KB037715

장원섭 교수의

자투리 한국사

우리 역사속 파란만장 이야기 1

장원섭 교수의

자투리 한국사

우리 역사속 파란만장 이야기 1

장원섭 글

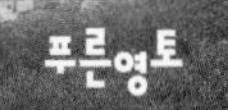

머리말

우리 역사의 시간 여행을 떠나면서

어린 시절부터 할머니와 할아버지께서 들려주는 옛날이야기가 너무 재미있었다. 호랑이 담배 피우던 이야기부터 수많은 영웅호걸의 무용담에 이르기까지 옛날이야기는 무슨 내용이든 상관없이 흥미로웠다. 밤이 되면 할머니의 무릎을 베고 옛날이야기를 졸라대곤 했었다. 그때는 밤이 기다려졌었다.

대학에서 사학과로 진로를 잡으면서 옛날이야기에 대한 호기심은 역사적 실체에 관한 깊은 연구로 옮겨갔다. 때로는 도서관 서고 바닥에 앉아 책갈피를 넘기면서 기록을 찾아 탐독했고, 때로는 발굴 현장에서 땅속을 헤집고 드나들면서 역사 속의 시공간을 넘나들었다.

옛날이야기에서 출발한 역사에 대한 호기심이 대학에 입학하여 기록과 현장에 이르기까지 그 실체를 찾아 나선 지 어느덧 40여 년이 흘렀다. 그동안의 연구 업적들을 모아 단행본 『신라 삼국통일 연구』를 내놓고 보니, 이제 다시 어린 시절의 옛날이야기가 그리워졌다. 할머니와 할아버지에게서 들었던 그 재미있는 이야기들을 나처럼 역사에 흥미를 느끼는 분들에게 들려주고 싶어진 것이다.

동서고금을 통해 보면, 어느 나라나 어느 시대이건 역사는 기록하는 사람에 따라 다르게 서술되었다. 객관적 사실은 하나인데 주관적 서술의 주체가 각각 달랐기 때문이다. 그러나 누가 그 역사를 서술했다고 하더라도 한 가지 변하지 않는 사실은 그 서술이 그 시대의 시대상을 반영하고 있다는 것이다. 역사 서술의 다양성은 역사학의 본질이다.

역사는 독점할 수 있는 것이 아니다. 역사는 공유하는 것이다. 그것은 우리가 모두 함께 역사를 만들어 왔고 또 만들어가기 때문이다. 우리가 모두 역사를 공유하기 위해서는 역사가 쉽게 서술되어야 한다. 할아버지, 할머니의 무릎을 베고 밤하늘의 별을 보며 호랑이 담배 피우던 시절의 영웅호걸 담을 들으면서 깔깔대며 웃고 박수를 보냈듯이, 역사 속의 이야기들은 이제 우리의 일상으로 들어와야 한다.

이 책의 내용은 우리 역사의 변곡점에서 어떤 사건을 이해하는 데에 약간의 도움이 될 수 있는 것들을 선택했다. 비록 우연하고도 사소한 일이지만 결과적으로 역사의 흐름에 큰 영향을 끼쳤던 일들이 대부분이다. 그런 내용의 실체적 진실에다 약간의 흥미를 더하기 위해 조미료를 조금 뿌려볼 생각이다. 물론 사건의 실체적 진실에 훼손이 가지 않는 범위임은 두말할 필요가 없다.

이런 생각들을 가지고 독자들과 함께 시간여행을 떠나려고 한다. 이 책은 그 출발의 첫 번째 이야기이다. 그러나 시작은 있지만 그 끝은 알 수 없다. 우리 역사 속에는 밤하늘을 수놓은 은하수만큼이나 소재 거리가 다양하고 풍부하기 때문이다. 아무쪼록 이 자투리 한국사 이야기를 통해 역사에 대한 많은 토론이 이루어지기를 기대해 본다.

2022년 1월

양주 천보산 기슭에서

장원섭

추천사

'역사'는 암기 과목이 아니다. 나라와 인류의 참된 구성원을 길러내는 교육과정이 되려면 스토리가 있고 동시에 재미있어야 한다. 이 책은 우리 역사 속에서 결정적인 순간을 골라 대화를 섞어 풀어나가며 결국에는 교훈을 주는 기법을 쓰고 있다. 한국인이면 누구나 읽어봐야 할 교양서이다.

신종원(한국학중앙연구원 명예교수)

최근까지의 연구성과를 최대한 반영한 대중적인 역사서를 아무나 쓸 수 있는 것은 아니다. 내공이 충분히 쌓였을 때만이 가능한 일이다. 이 책은 그럴만한 자격을 갖춘 것으로 판단한다. 제대로 된 한국사 대중 도서를 애타게 기다리는 분들의 욕구를 제대로 충족시켜 주리라 기대된다.

주보돈(경북대학교 명예교수)

이 책을 펼치면 쉽게 덮을 수 없게 하는 매력이 있다. 한국 고대사에서부터 근대사에 이르기까지 자투리 아닌 자투리 사건의 전후 맥락을 맛깔나게 그려내었다. 역사의 대중화에 이바지하고자 하는 저자의 마음이 우러나는 역사 대중서이다.

노중국(계명대학교 명예교수)

학창 시절 한국사는 인물과 연도를 외워야 하는 지겨운 과목이었다. 역사는 재미있고 말랑한 이야기라고 하면서도 정작 서술은 딱딱하기만 했다. 장원섭 교수의 자투리 한국사는 부드러운 문체로 우리가 잘 몰랐던 사건들을 구석구석 비추고 있다. 우리 역사에 관심 있는 성인뿐만 아니라 청소년에게도 널리 읽히길 기대한다.

이상훈(육군사관학교 교수, 군사사학과장)

역사는 스토리텔링의 원천과도 같은데, 하나하나의 '팩트'를 심도 있게 논의하면서 점점 일반인과 멀어져 가고 있지는 않았나 모르겠다. 이런 때에 역사를 읽는 즐거움과 저 먼 과거의 일이 오늘날 우리에게 어떤 의미가 있는지 되살려주는 멋진 책이 나왔다.

이문영(역사 작가, 소설가)

차례

장원섭 교수의

자투리 한국사

우리 역사속 파란만장 이야기 1

어비울이(魚肥里)에 떠도는 원혼(冤魂)

― 탁지부대신 어윤중 피살사건

명성황후가 시해되던 해인 을미년1895년 음력 선달그믐께, 용인 시내로 들어서는 버드실마을 입구에 낯선 2인교 부인용 가마가 나타났다. 가마에는 기름병과 표주박, 바가지 등이 잔뜩 매달려 있어서 한 눈으로 봐도 친정에 다녀오는 여인의 가마임을 알 수 있었다.

행색으로 미루어 설날이 얼마 남지 않은 때라 아마도 친정이나 시댁에 보낼 예물을 싣고 가는 듯했다. 그래도 건장한 사내 4명이 가마를 메고 있는 데다가 뒤를 따르는 장정들 또한 손에 무기를 들고 있어서 가마 안에 탄 사람은 예사 신분이 아니라는 것은 분명해 보였다.

가마는 경기도 광주를 거쳐 모현을 통과하여 용인에 모습을 드러냈지만, 사람들이 붐비는 곳을 피하려는 듯 가마는 시내를 그냥 통과하여 더욱 속도를 냈다. 가마가 용인 시내를 빠져나올 때쯤 해가 서산으로 기울자 가마 주인은 마음이 몹시 급한 듯 하인들에게 길을 재촉했다. 눈발은 그쳤지만, 한겨울 바람은 여전히 매서웠다. 가마가 덕성리와 시미리를 거쳐 송전을 지나

안성과 용인 땅 경계에 있는 마을에 들어서려 할 때쯤 되어 날이 저물었다.

해가 넘어가자 금방 기온이 뚝 떨어졌다. 초행길인 데다가 눈이 미처 녹지 않은 밤길을 재촉하기에는 아무래도 무리였다. 가마 속의 주인은 하룻밤을 묵어갈 곳을 찾으라고 일렀다. 장정 두 명이 재빠르게 어둠 속으로 사라졌다. 잠시 후 다시 돌아온 장정들의 안내를 받은 가마는 강변 마을의 주막에 들러 여장을 풀었다.

그런데, 가마에서 내린 사람은 뜻밖에도 여자가 아닌 건장한 남자였다. 어설프게 허름하게 변색을 했어도 그의 행동에는 무게가 있었고 그를 따라서 온 가마꾼들도 모두 건장한 사내들이었다. 사내들은 과객의 지시에 일사불란하게 움직였고 주변 경계를 게을리하지 않았다.

"이 마을 이름이 무엇인가?"

과객은 저녁상을 물리면서 주모에게 물었다.

"여기 사람들은 어비울이라고 부르는데 외지에서는 어사리라고 부릅지요."

갑작스러운 일행의 방문에 놀란 주모는 약간 겁에 질린 목소리로 눈치를 보며 대답했다.

"뭐라? 어사리? 그래… 무슨 자, 무슨 자를 쓰는고?"

"그게… 그러니까… 고기 어魚 자에 죽을 사死 자를 씁지요. 이 마을 개천에 고기가 워낙 많아서… 고기가 잘 잡힌다고 그렇게 지었다고 합니다요."

주모의 대답을 들은 과객은 미간을 찡그리면서 뭔가 골똘하게 생각에 잠겼다. 그 당시에는 오늘날 강태공들의 명소가 된 이동저수지가 생기기 전이었지만, 마을 앞을 흐르는 개천은 제법 수심이 넓고 깊어 고기가 많이 잡혔다. 사람들은 어사리魚死里라는 마을 이름 대신 개천이 크고 깊어 고기가 살찐다는 뜻으로 어비魚肥울이라고 불렸다.

"어사리魚死里라…? 어사리魚死里… 으음…"

과객은 마을 이름이 아무래도 마음에 걸렸다. 하필이면 마을 이름이 그래서 그런지 그는 뭔가 자꾸 불길한 생각이 들었다.

이유는 간단했다. 이 과객이 바로 어씨魚氏 성을 가진 탁지부度支部 대신 어윤중魚允中이었기 때문이었다. 어윤중은 주막의 주모가 일러준 마을 이름이 아무래도 마음에 걸렸다. 이 마을 이름이 마치 자신의 운명과 관련이 있는 것처럼 느껴졌다. 어쩌면 자신이 이곳에서 변을 당할지도 모른다는 불길한 예감이 든 것이다. 한참을 생각하던 어윤중은 사내들을 불러 부랴부랴 다시 행장行裝을 꾸렸다.

어윤중

주막을 벗어난 가마는 이 마을을 피해 오던 길을 되돌아 이웃 동네 묘봉리로 들어섰다. 강변을 몰아치는 바람이 얼굴을 때리자 뺨이 얼얼할 정도로 한기가 느껴졌다. 사내들은 마을에서 제법 규모가 큰 안관현安寬鉉이라는 사람의 집을 찾아 사정을 말하고 사랑채를 구해 하룻밤을 묵게 되었다. 한양에서 출발해서 먼 길을 이동한 탓에 피곤함을 느낀 어윤중은 화롯불을 한쪽으로 밀어놓고 잠을 청했다. 낯선 과객 때문에 저녁 내내 요란스럽게 짖어대던 개소리도 잦아들고, 하늘에는 아무 일도 없었던 듯 반달이 교교하게 떠 있었다.

어윤중이 이 마을에 들어서기 불과 얼마 전에 궁궐에서는 고종황제가 상궁의 가마를 타고 궁궐을 탈출하여 거처를 러시아 공관으로 옮긴 이른바,

아관파천俄館播遷 사건이 있었다. 일본공사 미우라三浦梧樓가 일본 군대와 낭인浪人들을 동원하여 대원군을 등에 업고 명성황후를 시해한 후 김홍집金弘集 내각을 출범시키자, 신변에 위협을 느낀 고종은 러시아 공사 베베르Waeber와 협의하여 1896년 2월 11일 새벽, 왕세자를 데리고 극비리에 정동貞洞의 러시아 공관으로 몸을 피한 것이다.

일국의 왕과 왕세자가 자국의 왕궁에 있지 못하고 타국의 공관에 피신하여 타국 군대의 보호를 받게 되었으니 당시 나라 상황이 얼마나 한심한 지경에 이르렀는지 짐작할 수 있다.

러시아 공관에 도착한 고종은 즉시 친일파 대신들인 총리대신 김홍집과 농상공부대신 정병하鄭秉夏, 유길준兪吉濬, 조희연趙羲淵, 장박張博의 5대신을 역적으로 규정하고 그들을 체포하여 처형하도록 명령하였다. 곧이어 시민들을 자극하는 내용의 방榜이 나붙고, 그 속에 고급 관료들을 거명하며 참수하라는 내용도 있었다.

순검들과 흥분한 군중들은 궁궐로 몰려가 퇴청하던 김홍집과 정병하를 붙잡아 몽둥이로 때려죽였다. 이들의 머리는 종로 네거리에 효시 되었고 유길준, 조희연 등은 체포되어 연행 중에 일본군에 의해 간신히 구출되었다. 나머지 사람들도 모두 몸을 피해 해외로 달아났다.

김홍집 내각에서 탁지부대신度支部大臣이었던 어윤중은 사건이 일어나자 일본 측으로부터 망명 제의를 받았으나 이를 거절했다. 그는 평소 원만한 인품의 중도파로서 당시 농민들로부터 많은 지지를 받고 있었기 때문에 자신이 표적이 되지 않은 것이라는 생각을 하고 있었다. 그러나 내각에 참여했던 대신들이 잇달아 흥분한 군중들로부터 피습을 당하고 도심 곳곳에 이들을 체포하라는 방이 나붙으면서 상황은 급변하였다.

그는 신변의 위협을 느끼자 곧바로 낙향을 서둘렀다. 그는 고향인 충북 보은報恩으로 가기 위해 급하게 행장을 꾸려 한양을 빠져나왔다. 그리고 신분을 감추고 사람들의 눈을 피해 여인이 타는 가마로 위장하여 낙향하고 있었다.

그는 21살 때인 1869년 문과에 급제하여 승정원의 주서主書로 등용된 후, 승지와 참판을 거치면서 유길준, 윤치호尹致昊 등과 함께 일본으로 건너가 새로운 문물제도를 시찰하고 돌아와 초기 개화 정책을 추진하는데 크게 이바지하였다. 또, 서북경략사西北經略使로 임명되어 러시아, 청나라와의 협의하여 국경을 정하는 데 공을 세웠고, 동학농민운동 때에는 선무사宣撫使로 파견되었다.

마침내 1895년에는 탁지부 대신이 되어 재정, 경제 부문의 대개혁을 단행하였는데, 특히 조세제도 개혁은 농민층의 부담을 크게 경감시켜 농민들로부터 상당한 지지와 환영을 받았다. 그는 친청파親淸派도 아니요. 친일파親日派도 아니며, 또 보수파도 개혁파도 아니었다. 그는 김윤식金允植과 더불어 중도 성향의 정치가로 국민에게 상당히 인기가 있는 명망 있는 사람이었다.

예나 지금이나 한 마을에 과객이 묵게 되면 그 과객의 신분을 알기 위해 마을 전체가 술렁이기 마련이다. 왜냐하면, 만약 그 과객이 귀인이거나 높은 벼슬아치일 때 못 알아보고 대접을 소홀했다가는 마을에 후환이 닥칠 것이고, 반대로 이를 잘 대접하면 훗날 영달의 기회로 삼을 수 있기 때문이었다.

담을 넘어 기웃거리던 마을 사람들은 마침내 안관현의 사랑채에 든 과객이 탁지부 대신 어윤중이라는 것을 알아냈다. 이 사실은 곧 마을 사람들의 입에서 입을 통해 삽시간에 이웃 마을로 퍼져 나갔다. 지체가 높은 관리가 마을에 들었으니 모두 알아서 잘 모셔야 할 것이라는 일종의 경고성 멘트가 포함된 내용이었다.

이 소문은 이웃 동네 송전리松田里까지 퍼져 나갔다. 그리고 마침내 그 마을 정원로鄭元老라는 사람의 집에 잠시 식객으로 머물고 있던 유진구兪鎭九라는 이의 귀에까지 들어갔다.

"뭐요? 그게 사실이오?"

자리에서 벌떡 일어나 놀란 눈을 동그랗게 뜬 유진구가 반문했다. 자신의 귀를 의심하는 눈치였다.

"사실이라네. 그런데 왜 그리 놀라는가?"

너무 놀란 나머지 펄쩍 뛰면서 두 주먹을 불끈 쥐는 유진구의 반응에 의아해진 정원로가 물었다.

"그게… 그러니까… 사실은…" 유진구는 몸까지 부르르 떨었다.

'원수는 외나무다리에서 만난다'라고 했던가. 어윤중과 유진구, 이 두 사람의 악연惡緣에는 개화기 근대사에서 잘 알려지지 않은 한 사건이 관련되어 있다. 그것은 바로, 이들이 어비울이에서 다시 마주치기 두 달 전에 있었던 국모 시해 복수 의거 실패 사건, 즉 춘생문 사건春生門事件이었다.

명성황후 시해 사건이 일어난 지 두 달 후인 을미년1895년 11월 28일 필동장신筆洞將臣인 김기석金箕錫의 조카 김재풍金在豊이 국모시해사건을 복수하기 위해 동조자들을 규합하여 경복궁에 침입하려다 실패한 사건이 있었다.

김재풍은 시해 사건 이전에 탁지부 대신이던 어윤중의 밑에서 사계국장司計局長으로 있었다. 이 의거의 주축은 남촌南村에 사는 무인武人들이었는데 친로파親露派인 이범진 등과 내통하여, 지금의 동대문운동장 자리에 있던 훈련원에 모여 거사 계획을 세웠다. 이 거사에는 친러파 관료 외에도 친위대 제1대대 소속 중대장 남만리南萬里와 제2대대 소속 중대장 이규홍李奎泓 이하 수십 명의 장교가 가담하였다. 이때, 궁내부 순사巡使요 장사壯士였던 유진구도 이 거사에 참여했다.

1895년 11월 28일 새벽, 남만리와 이규홍 등의 중대장은 800명의 군인을 인솔하여 김재풍이 이끄는 국모 복수단과 함께 안국동을 거쳐 건춘문建春門에 이르렀다.

원래 이 궁문은 사전 모의에 따라 미리 열려 있게 되어 있었다. 그러나 어찌 된 일인지 굳게 닫힌 궁문은 열려 있지 않았다. 오히려 문루에서 친위대 숙위병들이 기다렸다는 듯이 총을 쏘아대는 것이 아닌가. 게다가 군부대신 서리 어윤중이 궁성의 친위부대를 이끌고 현장에 나타나 시위대를 향해 항복할 것을 종용하였다. 당황한 시위대 군인들은 재빨리 삼청동으로 올라가 태화궁으로 피신했다. 그리고 경복궁에서 가장 가까운 춘생문에 이르러 담을 넘어 다시 궁궐로 진입을 시도했다. 그러나 담을 넘기도 전에 추격해온 일본 순사들과 일전을 치르게 되었다.

사태가 불리하게 돌아가자 시위대는 현장에서 탈출을 시도했다. 김재풍을 호위하던 유진구는 자신을 체포하려던 일본 순사의 손목을 자르고 현장을 빠져나왔으나, 20여 명에 이르는 동료 대부분은 현장에서 붙잡히고 말았다. 의거는 실패로 끝나고 말았다. 역사는 이 거사를 '춘생문 사건'이라고 기록하고 있다.

모든 거사의 실패 원인이 대부분 그러하듯이 이 거사의 실패도 내부자의 배신 때문이었다. 배신자는 사전에 건춘문을 열어주기로 내통한 시위대장 이진호였다.

사건의 모의 과정에서 궁문宮門을 열어주도록 삼촌 이범진으로부터 연락을 받은 이진호는 고민스러웠다. 이 사건이 성공할 수 있을지에 대한 확신이 없는 데다가 잘못되었을 때는 자신의 책임이 크다는 사실에 압박감을 느꼈기 때문이었다. 고민을 계속하던 그는 자신의 직속 상관인 군부대신 서리 어윤중에게 이들의 거사 사실을 알리고 그의 지시를 받기로 마음먹었다. 그렇게 하면 일단 자신의 책임은 어윤중에게 전가할 수 있기 때문이었다.

이진호의 보고를 받은 어윤중의 대답은 간단했다. 당신이 내통하기로 승낙했으니 당신이 알아서 하라는 것이었다. 이는 승낙도 아니요, 거절하는 것도 아니었다. 예로부터 아랫사람에게 '알아서 하라'는 말은 잘못되었을 때는 자신이 책임을 지지 않겠다는 뜻의 거절 의사로 활용되었다. 당시 어윤중은 일본 고위정책책임자들이 중용해온 친일파이면서도 동시에 청나라의 이홍장이 가장 신임했던 친청파이기도 했다. 또, 갑오개혁을 지지하던 개화파이기도 하면서, 일본이 권하던 양복 입기를 끝내 거부한 보수파이기도 한 인물이었다. 그가 궁문을 열어주는 문제에 대해 이도 아니고 저도 아니었듯이, 정치적 입장도 역시 그러했다.

다시 고민하게 된 이진호는 자신의 직무에 충실하기로 하고 끝내 궁문을 열어주지 않았다. 나중에 이 사실을 알게 된 거사를 주도했던 인물들은 이 거사의 실패 원인을 모두 이진호와 탁지부 대신 어윤중의 우유부단한 태도에 있었다고 생각하여 분통을 터뜨렸다. 그러나 어윤중은 사태의 심각성을 알아차리지 못하고 처세의 달인답게 사태가 잠잠해지기를 기다리고 있었다.

이진호는 배신에 대한 보복이 두려워 일본군영으로 도피하였다가 11월에 유길준兪吉濬 등과 함께 일본으로 망명하였다. 그는 1907년 제2차 한일협약이 체결되자 10년 만에 귀국하여 중추원 부찬의와 평안남도 관찰사로 임명되었다. 1910년 국권침탈 후 총독부 체제가 출범하자 경상북도 지사와 전라북도 지사에 임명되는 등, 일제강점기의 모든 매국노가 그러했듯이 승승장구하였다.

유진구로부터 자초지종을 들은 정원로는 분노했다. 당시 세간世間의 인심은 국모 시해에 대한 복수의 열기로 곳곳에서 의병이 궐기하는 등 온 나라가 들끓고 있었기 때문에, 이 사실을 들은 정원로 역시 다를 바가 없었다. 정원로는 즉시 사람을 먼저 보내 몰래 집주인 안관현에게 이 사실을 알렸다. 그리고 자신은 급히 동네 청년들을 모았다. 정원로와 유진구는 영문을 모르고 몰려든 동네 장정들을 모아놓고 자초지종을 설명했다. 마을 사람들은 분노했다. 몽둥이와 쇠스랑 등 손에 잡히는 대로 무기를 들었다. 두 사람은 이들을 이끌고 묘봉리 마을로 쳐들어가 어윤중이 묵고 있던 안관현의 사랑채를 덮쳤다.

그러나 초저녁부터 심상찮게 돌아가는 마을의 분위기가 이상하다고 느끼고 있었던 어윤중의 수하들은 이 같은 움직임을 알린 다음, 급히 행장을 꾸려 마을을 벗어났다. 마을 장정들이 안관현의 집에 들이닥쳤을 때 일행은 이미 떠나고 난 다음이었다.

"무슨 일인지 급하게 행장을 챙기더니 인사도 없이 떠났소. 방아다리 쪽으로 갔소. 한참 되기는 했지만, 가마를 메고 있어서 얼마는 못 갔을 거요. 그런데… 대체… 무슨 일인데 그러시나?"

안관현은 정원로와 유진구에게 상황을 설명하면서도 영문을 몰라 어리둥절했다.

안관현의 설명을 듣고 더욱 흥분한 이들은 즉시 가마를 추적했다. 눈이 덜 녹은 길바닥은 미끄러웠지만 흥분한 이들에게는 조금도 문제가 되지 않았다. 앞서거니 뒤서거니 부지런히 추격하던 이들은 저 멀리 방아다리 강변에서 달빛 아래 희미하게 움직이는 가마 행렬을 발견했다.

"저기 간다. 잡아라."

맨 앞에서 뛰던 장정이 소리쳤다. 곧이어 가마를 따라잡은 마을 사람들이 가마 행렬을 막아섰고, 가마는 포위되었다. 어윤중 일행이 처음 묵어가려 했던 어비울이 주막에서 그리 멀지 않은 곳이었다. 매서운 강바람이 사납게 몰아치고 있었다.

"당신들… 뭐야? 우리가 누군 줄 알고 감히…어?… 헉."

건장한 가마꾼 하나가 도끼눈을 뜨고 가마 앞을 가로막으며 나섰다가 어둠 속에서 날아든 몽둥이에 급소를 맞고 그대로 꼬꾸라졌다. 급소를 제대로 맞았는지 바닥에 쓰러진 장정은 아랫도리를 잡고 꿈틀거리면서 고통스러운 신음소리만 계속 내고 있었다.

"왜… 왜 그러시오?"

놀란 가마꾼 하나가 말했다.

"뭘 원하시오? 우린… 고향에 가는 길이라 가진 게 별로… 없습…니다."

가마꾼은 이 사람들이 틀림없이 자신들이 가진 재물을 노리고 덮친 것으로 아는 듯했다. 건장한 가마꾼들이었지만 자신들을 포위한 사람들의 기세가 워낙 흉흉해서 감히 앞으로 나서지 못하고 가마를 빙 둘러서서 주춤거리며 경계태세를 취했다. 마을 사람들 가운데서 한 사람이 앞으로 나섰다.

"가마에 탄 자는 누구신가? 어디… 얼굴 한 번 보여주시오."

유진구가 가쁜 숨을 몰아쉬며 큰소리로 외쳤다. 약간의 뜸을 들이고 가마 문이 열리면서 한 사람이 모습을 드러냈다.

"나를 찾는가? 대체 무슨 일로 이 야밤에 우리 행렬을 가로막는 겐가?"

잔뜩 겁에 질린 얼굴이었지만 억지로 위엄을 잃지 않으려고 애쓰는 듯 말과 행동이 다소 어색했다.

"어 탁지 대감 아니시오? 대감. 혹시… 나를 모르겠소?"

달빛 아래에서 희미하긴 하지만 가마에서 내린 사람이 어윤중임이 분명한 것을 확인한 유진구가 소리쳤다.

"그렇네… 내가 탁지부 대신 어윤중일세. 그런데 그대는 누구이고 이들은 무슨 일인가? 왜 길을 막는 겐가?"

어윤중은 한 번도 만난 적이 없는 유진구를 알아볼 리 없었다. 게다가 자신의 신분을 밝히면 이들이 겁을 먹고 사과하면서 물러가리라 생각했다. 당시 시골에서는 조정의 관리가 마을에 나타나면 서로 다투어 잘 보이려고 노력했기 때문에 그가 이런 생각을 한 것은 당연했다.

"이 매국노… 그날 밤 왜놈에게 시해당하신 국모의 복수를 당신 때문에 실패했소, 이 더러운 왜놈의 앞잡이… 죽어라."

말이 미처 끝나기도 전에 유진구의 몽둥이가 어윤중의 정수리로 떨어졌다. 곧이어 누가 먼저라고 할 것도 없이 흥분한 마을 사람들의 몽둥이가 어윤중에게 쉴 새 없이 날아들었다. 어윤중을 보호하려고 저항하던 가마꾼들은 속절없이 몽둥이세례를 받고 피를 흘리며 강변 바닥에 널브러졌다.

사람들은 가마를 부수어 장작더미를 만들고 피투성이가 되어 꿈틀거리는 어윤중의 시신을 장작더미에 올려놓고 불을 질렀다. 지금은 이동저수지의 수문水門이 있는 방아다리 강변에서 순식간에 일어난 일이었다. 중천에 떠 있던 반달이 서산으로 기울었고 이런 비극적인 사건을 알기라도 하듯 매섭던 강바람도 잦아들었다.

이동저수지

유진구의 후일담에 의하면, 어윤중은 죽는 마지막 순간까지도 자신은 역당逆黨 무리가 아니라고 극구 변명하면서 마을 사람들을 달래며 목숨을 구걸했으나 끝내 흥분한 동네 장정들이 휘두르는 몽둥이에 맞아 죽고 말았다고 한다. 살찐 고기가 죽는다는 뜻을 가진 마을 이름을 듣는 순간부터 들었던 어윤중의 불길한 예감이 그대로 현실로 나타난 것이다. 이때가 설날이 며칠 남지 않은 을미년乙未年 그믐께요, 양력으로는 1896년 2월 17일로, 그의 나이 겨우 47세였다.

지금의 이동저수지는 주말이면 가족나들이에다 강태공들이 몰려들어 북적대는 용인 최고의 저수지이지만, 60년대 초반까지만 해도 제법 컸던 이 마을을 가운데 두고 하천이 흘렀다. 이 하천은 용인에서 발원하여 진위천으로 합류하여 서해안으로 흘러드는 지류인데, 예로부터 고기가 많이 잡혀 마을 이름도 어비울이라고 불렀던 곳이다. 그러나 매년 가뭄과 홍수가 번갈아 심해지면서 농사짓기가 힘들어지자 60년대에 들어와 박정희 정권 때 마을 아래 방아리 쪽에 둑을 만들어 물길을 막아 담수호를 만들었다. 대대적으로 담수호 공사가 시작되면서 어비울이 마을은 수몰되었고 마을에 살던 사람들은 보상을 받아 부근으로 이주하거나 인근 도시로 떠났다.

이 사건이 있고 난 뒤로 지금까지 어비울이 마을 강변에는 밤마다 "어 탁지, 어 탁지"하며 귀신 우는 소리가 들려온다고 마을에서 만난 한 촌로村老께서 들려준다. 당시 섣달그믐께 밤에 갑작스레 일어난 이 사건을 목격한 사람들은 이미 모두 고인故人들이 되고 없다. 그러나 이 사건은 마을 사람들의 입에서 입으로 대를 이어가며 구전口傳되었다. 그러나 그마저도 지금은 사실을 제대로 알고 있는 사람이 거의 없다.

"저수지로 변한 지 오래됐는데 아직도 어 탁지 귀신이 웁니까?"

"물귀신이 되어 그런지 더욱 구슬프게 운답니다."

눈발이 흩날리는 저수지 가에 서서 한 시대를 주름잡던 풍운아의 원혼怨魂이라도 달랠 수 있을까 하여, 준비해 온 소주를 잔에 가득 채워 꽁꽁 얼어붙은 빙판 위로 뿌려 본다. 함박눈이 내리는 저수지의 겨울 경치가 너무도 아름다워 발길을 돌리기가 영 아쉬운데, 눈발에 실려 오는 바람 소리를 빌어 '어 탁지'의 원혼이 생전에 남기지 못한 말씀을 들려주려는 듯하여, 오던 걸음을 잠시 멈추고 고개를 빼 손을 들어 시린 귀를 쫑긋 세워본다.

빼앗긴 왕위를 되찾아라
— 김헌창의 난과 명주군왕

822년 신라 헌덕왕 14년 음력 4월 어느 날. 웅진성공주을 둘러싼 공방전은 벌써 열흘째로 접어들었다. 초반 기세를 올리던 반란군이었지만 곳곳에서 진압군에게 패하는 바람에 이제는 겨우 본거지인 웅진성에서 마지막 저항을 하고 있었다.

"대왕. 적들의 포위망이 점점 조여들고 있습니다. 성 안의 양식도 거의 바닥을 드러내고 있습니다. 민심이 흔들리고 있습니다. 이대로는 더 이상 버티기 어렵습니다. 성을 탈출해서 훗날을 도모하셔야 합니다."

망루에 올라 성 밖을 바라보는 김헌창金憲昌의 얼굴이 괴로운 듯 일그러졌다. 성문을 걸어 잠그고 진압군과 대치한 지가 벌써 10일째 되었다. 웅진성 밖에는 몰려드는 진압군의 포위망이 갈수록 겹겹이 늘어나고 있었다. 이제는 탈출로도 막혔고 상황은 점점 막다른 골목으로 들어서고 있음을 느끼고 있었다.

수하 장군들은 한쪽 무릎을 꿇고 초조하게 그의 대답을 기다리고 있었다.

망루 아래에는 성을 탈출할 결사대 수십 명이 말을 대기시켜놓고 김헌창이 내려오기를 기다리고 있었다.

"그렇습니다. 아바마마. 훗날을 도모하소서. 여기는 제가 맡겠습니다."

김헌창은 천천히 몸을 돌려 태자 범문梵文을 바라보았다. 웅천주공주 도독都督으로 좌천된 지 1년, 호시탐탐 기회를 엿보다가 국호를 장안長安, 연호를 경운慶雲이라 정하고 군사를 일으킨 지 불과 한 달 남짓에 불과했다.

반란군은 군사를 일으키자마자 9주 5소경 가운데 무진주광주, 완산주전주, 청주진주, 사벌주상주의 4주와 국원충주, 서원청주, 금관김해 등 3소경을 장악하여 기세를 올렸다. 곧 천하의 주인이 바뀌게 될 것이라는 확신이 들 정도로 반란군은 초반 기세를 올렸다. 그런데, 불과 두 달이 채 못 돼 상황은 반전되었고 이제는 곳곳에서 진압군에 패했다는 장계만 계속 올라오는 처지가 된 것이다.

그는 고개를 들어 하늘을 바라보았다. 싱그러운 봄 내음이 코를 찔렀다. 그동안 가슴을 짓누르고 있던 생각들이 주마등처럼 지나갔다.

"내가 백성들을 두고 어디로 간단 말인가? 모든 책임은 나에게 있다. 내가 죽거든 너희들은 성문을 열고 항복하고 내 목을 바쳐라. 백성들은 절대 다치지 않도록 해야 한다. 알겠느냐?"

김헌창은 칼집에서 칼을 꺼내들고 태자 범문과 수하들을 향해 조용하게 말했다. 음성은 가라앉았으나 표정은 비장했다. 장군들은 놀라 고개를 들어 그를 보고는 이내 체념했다. 상황은 이제 되돌릴 수 없게 되었음을 느꼈기 때문이었다. 그래도 이대로 포기할 수는 없는 일이었다.

"아니 되옵니다. 대왕… 대왕… 어서 탈출하시어 훗날을 도모하셔야 합니다. 어서 말에 오르소서."

수하들이 거듭 말에 오를 것을 재촉했다.

김헌창은 고개를 저었다. 그는 회한으로 가득한 눈으로 일일이 수하 장군들의 손을 잡고 어깨를 두드렸다. 수하 장군들의 눈에도 눈물이 흘렀다.

"아아… 이것이 정녕 하늘의 뜻이란 말인가? 분하고도… 분하구나."

김헌창은 고개를 들어 하늘을 올려다보며 주먹을 불끈 쥐고 울부짖었다.

"부왕父王. 소자는… 이제 부왕의 원한을 씻어드리지 못할 것 같습니다. 부디 용서하소서."

김헌창은 동쪽을 향해 세 번의 절을 올렸다. 수하 장수들은 모두 눈시울을 붉혔다. 절을 마치고 일어선 김헌창은 순식간에 칼로 자신의 목을 찔렀다. 검붉은 피가 사방으로 튀었다.

"대왕… 대왕… 대…왕…"

뜻밖의 사태에 놀란 부하들이 달려들었지만 이미 늦었다. 김헌창은 모로 쓰러지며 하늘을 향해 뭔가 몇 마디 내뱉었다. 그의 손을 떠난 칼이 힘없이 바닥에 떨어졌다. 한조각 구름이 살짝 태양을 가렸다. 성을 에워싼 진압군들의 함성은 시간이 갈수록 점점 커져갔다.

『삼국사기』에 김헌창의 난으로 기록된 이 사건의 이면에는 그의 부친 김주원金周元의 왕위 계승 실패 사건이 숨어 있다.

문무왕에 의해 삼국통일이 완성되고 강력한 중앙집권체제가 이루어지면서 신라 사회는 한동안 태평성대를 구가하고 있었다. 그러나 전쟁이 사라지고 외세로부터의 위협이 없어져 평화로운 날들이 길어지면서 나라는 점점 내부에서 일어나는 문제로 새로운 변화가 일어나기 시작했다. 그것은 다름 아닌 진골 귀족 사이의 왕권 쟁탈 사건이었다. 신라 말기에 접어들면서 진골 귀족세력의 분열은 갈수록 심화되어 갔다.

왕권이 약화되면서 귀족들은 서로 이합집산을 통해 자신의 세력을 확장해 나갔다. 이런 상황에서 신라 말기에는 155년 동안 20명의 왕이 교체되었을 정도로 정국이 혼란스러웠다. 이렇게 되자 국정의 운영은 자연스럽게 귀족들의 회의체인 화백회의가 주도권을 잡게 되었다. 화백회의에서 왕위 계승자를 결정하는 일이 잦아지자, 이 회의의 수장인 상대등上大等은 막강한 영향력을 행사하기 시작했다. 그동안 국정을 보좌하는 장관으로서 화백회의를 견제해왔던 시중侍中의 지위와 권한은 약화되었다.

780년혜공왕 16 2월, 왕당파였던 이찬 김지정金志貞이 반란을 일으켜 궁궐을 장악하자, 상대등이었던 김양상金良相은 같은 해 4월, 김경신金敬信과 모의하여 군사를 일으켜 김지정을 죽이고 혜공왕과 왕비까지 살해한 뒤 왕위에 올랐다. 그가 바로 선덕왕이다. 『삼국사기』에는 혜공왕이 난병亂兵에 의해 살해되었다고 하였으나, 『삼국유사』에는 선덕왕에게 죽임을 당했다고 적혀 있다. 그는 내물왕계의 후손이었다. 그의 즉위는 무열왕계인 김주원을 경계하고 그들의 반발을 억제하려던 같은 내물왕계인 김경신 세력의 강력한 뒷받침이 있었기 때문에 가능했다.

선덕왕은 즉위 후 김경신을 상대등으로 임명하여 정치적 안정을 도모했다. 그러나 그는 고령인 데다가 지병이 있어 건강이 좋지 않았다. 게다가 정치적으로 불안정한 상황이 계속되고 김경신의 세력이 부담스럽게 되자 784년선덕왕 5에 스스로 왕위에서 물러나려고 했다. 그러나 중신들의 반대로 뜻을 이루지 못하다가 이듬해 785년선덕왕 6 정월 13일에 지병이 악화되어 사망했다.

선덕왕이 후사 없이 사망하자 왕위 계승자는 관례대로 화백회의에서 결정하게 되었다. 사실 그동안 왕위 계승은 삼국통일을 달성한 후 무열왕계가 계속 이어왔지만 내물왕계 후손인 상대등 김양상이 혜공왕을 죽이고 선덕왕으로 즉위하면서 상황이 바뀌었다. 선덕왕을 도와 왕궁을 장악한 김경신 역시 내물왕계 12세손이었다. 그러나 아직도 중앙귀족들 사이에는 무열왕계가 주도권을 장악하고 있었고 상황은 팽팽하게 전개되었다.

당시 왕위를 계승할만한 인물은 김주원과 상대등 김경신으로 압축되어 있었다. 당시 김주원 세력은 김경신 세력보다 훨씬 강하였다. 뿐만 아니라 김주원은 무열왕계의 대표자적 위치에 있었기 때문에 왕위 계승권에 있어 김경신보다 명분으로 보아도 우위를 점하고 있었다.

김주원은 태종무열왕의 셋째 아들인 문왕의 5세손으로 각간角干 유정惟靖의 아들이었다. 그는 이미 777년혜공왕 13에 이찬伊飡으로 시중侍中에 임명되어 중앙 정치무대에서 상당한 영향력을 행사하고 있었다. 선덕왕 재위 기간 중에는 시중에서 물러나 있긴 했지만, 진골 귀족사회에서 여전히 막강한 영향력을 행사하고 있었으므로 그의 왕위 계승을 의심하는 사람은 없었다.

왕위는 잠시라도 비워 둘 수 없는 일이므로, 귀족들은 곧바로 화백회의를 소집했다. 통보를 받은 귀족들은 속속 궁궐로 모여들었다. 당시 경주 외곽의 북천에 살고 있던 김주원에게도 왕의 부음과 함께 화백회의 소집 통지가 전달되었다.

김주원은 서둘러 행차를 준비하여 왕궁으로 향했다. 그런데 길잡이를 나섰던 수하들이 급히 돌아와 보고했다. 어제부터 갑자기 내린 비로 알천閼川을 물이 불어 강을 건널 수 없다는 것이었다. 겨울인데도 이상기후 때문인지 눈 대신 폭우가 쏟아졌기 때문이었다. 알천은 경주 분지를 관통하는 형

경주 월성

산강으로 흘러드는 지류 중 하나다. 북쪽을 관통한다 해서 북천北川이라고 도 한다. 지금은 상류를 막은 덕동댐과 보문호 때문에 평소 수량은 작은 도랑 수준을 넘지 못하지만, 당시에는 비가 오면 금방 물이 넘쳐 매년 홍수 피해가 극심했다.

"뭐라…? 강을 건널 수 없다고? 이런 변고가 있나? 빨리 길을 찾아라."

김주원의 수하들은 갑자기 불어난 강을 오르내리며 길을 건널 곳을 찾아 분주하게 뛰었다. 겨울인데도 비는 그칠 줄 모르고 계속 내렸다. 비는 이튿날 오전에 이르러 겨우 그쳤다. 불어난 물이 빠질 때까지 꼬박 이틀을 기다린 후에야 김주원 일행의 가마는 알천을 건너 왕궁으로 향했다. 비가 그치자 이번에는 매서운 겨울바람이 불었다. 길은 금방 꽁꽁 얼어붙었다. 일행

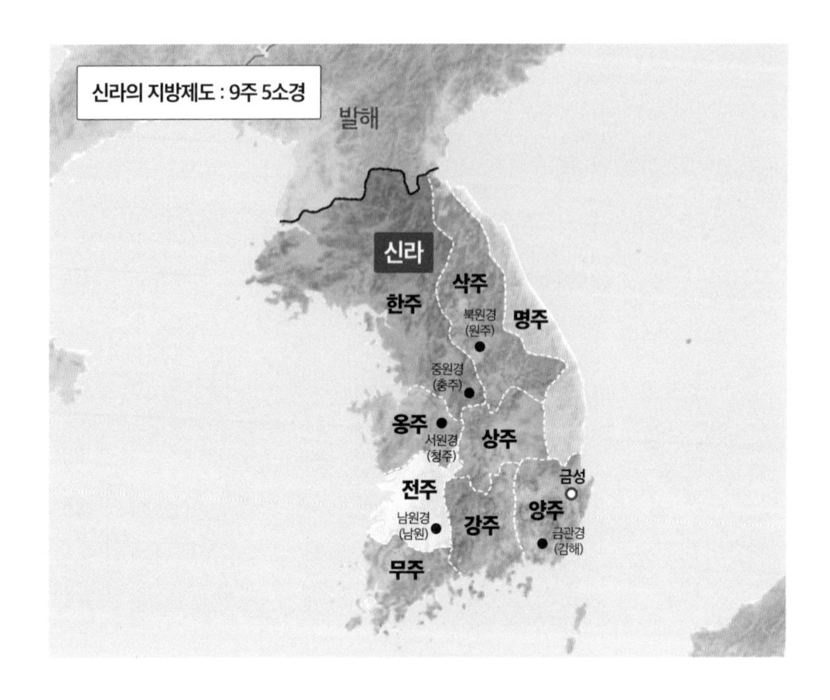

은 속도를 올렸지만 미끄러운 노면 때문에 행렬은 더디게 나아갔다. 김주원 일행은 속이 타들어갔다.

이즈음, 왕궁에서는 화백회의가 열렸고 귀족들 사이에 치열하게 논쟁이 벌어지고 있었다. 원래대로라면 귀족들로부터 폭넓은 지지를 받고 있던 김주원이 당연히 왕위 계승자로 추대되었겠지만, 김주원이 때마침 내린 겨울비 때문에 화백회의에 참석하지 못하면서 일이 꼬인 것이다. 계속되는 이견으로 몇 차례 회의가 유회되면서 왕궁은 어수선해졌다. 물밑에서는 귀족들 사이의 이합집산이 계속되었다.

상황이 이렇게 되자 김경신을 지지하는 세력들은 기회를 놓치지 않고 재빨리 궁중 수비대와 왕실 호위병들을 장악했다. 그리고 다시 소집된 화백회의에서 상황이 불가피하므로 김경신을 추대할 수밖에 없음을 들어 귀족들을 겁박하고 나섰다. 명분은 왕위를 비워둘 수 없다는 것이었다.

"자고로 왕위는 한순간이라도 비워둘 수 없는 것이오. 상재인 주원周元공이 이 자리에 불참하셨으므로 다음 계승권자인 경신敬信공을 추대하는 것이 순리가 아니겠소. 오늘의 폭우는 하늘이 주원공을 왕으로 세우려 하지 않는 것이라 할 것이오. 상대등 경신공은 앞선 왕의 아우로 본디 덕망이 높고 왕의 체모를 가지고 있소, 이는 곧 하늘의 뜻을 따르는 것이 아니고 무엇이겠소?"

그동안 김주원을 지지하고 있던 귀족들은 날씨 때문에 김주원이 입궁할 수 없게 되자 속이 타들어갔다. 그 와중에 왕궁이 김경신 일파에게 장악 당했다는 소식을 접하자, 하늘의 뜻이라 여기고 할 수 없이 태도를 바꾸어 김경신을 왕으로 추대하는 데 동의했다. 예나 지금이나 어느 때를 막론하고 소신을 지키지 않고 정치적 상황에 따라 이리저리 기웃거리는 부류들이 넘치기 마련이다.

마침내 김경신이 김주원을 제치고 화백회의의 추대를 받아 왕으로 즉위했다. 그가 바로 원성왕元聖王이다. 왕궁을 장악한 김경신의 세력들은 즉시 김주원의 동향을 파악하기 위해 병력을 풀었다.

궁궐로 향하던 김주원의 가마 일행은 궁궐에서 그리 멀지 않은 곳에 이르렀을 때, 궁궐에서 일어난 변고를 접하고 가마를 멈추었다. 궁중에서 활약하고 있던 심복이 보낸 급보를 받아든 것이다.

"아아… 하늘이 나를 버리는구나. 운명이로고…"

김주원은 하늘을 향해 깊은 탄식을 쏟아냈다. 이대로 궁궐로 들어가면 신변이 위태롭다는 부하들의 건의를 받아들여 김주원은 말머리를 돌렸다.

매서운 겨울바람이 뺨을 스쳤다. 하늘은 여전히 흐려 있었다.

왕위 계승에 실패한 김주원은 거처로 되돌아와 궁궐의 동향에 촉각을 곤두세웠다. 궁중에서 계속 날아드는 첩보는 모두 김주원의 동향을 감시하는 내용들이었다. 시간이 흐를수록 시시각각 신변에 위협이 계속되는 것을 느낀 김주원은 부하들의 건의를 받아들여 자신의 오랜 세력 기반인 명주溟州, 강릉의 장원莊園으로 옮겨가기로 결정했다.

김주원이 명주로 옮겨가자 원성왕은 비로소 안심할 수 있었다. 왕권에 가장 위협이 되는 걱정거리가 없어지게 되었기 때문이었다. 원성왕은 곧 김주원을 '명주군왕溟州郡王'으로 봉하고, 명주의 속현인 실직悉直, 삼척, 우진야于珍也, 울진, 근을어斤乙於, 평해 등의 고을을 떼서 식읍食邑으로 삼게 했다.

그 후부터 명주도독은 대대로 김주원의 후손에게 세습되어 신라 말까지 반독립적인 지방 호족세력으로 영향력을 행사하였다. 그의 후손들은 강릉을 관향貫鄕으로 삼았는데, 이것이 오늘날 강릉 김씨의 탄생 배경이다.

그의 자손들은 그가 강릉 지방으로 퇴거한 뒤에도 계속 중앙에 남아 활약했다. 790년원성왕 6에는 그의 장자 종기宗基가 시중侍中에 임명되었다. 이는 원성왕이 즉위 후에도 김주원 세력의 동향에 촉각을 곤두세우고 있었음을 보여준다. 김주원 세력에게 시중직을 할애함으로써 그들의 정치적 반발을 무마시키고자 하는 목적이 있었기 때문이었다. 무열왕계인 김주원 세력은 비록 왕위에 오르지 못했음에도 불구하고 강력한 지방 세력으로서 여전히 정치적 영향력을 유지하고 있었음을 알 수 있다.

둘째 아들인 김헌창 역시 정치적 활동이 활발하였다. 그는 807년애장왕 8에 시중이 되어 당시 원성왕의 후손 가운데 실력자인 상대등 김언승金彦昇 : 헌덕왕憲德王에 버금가는 실력자로서 두각을 나타내고 있었다. 그러나 809년 김

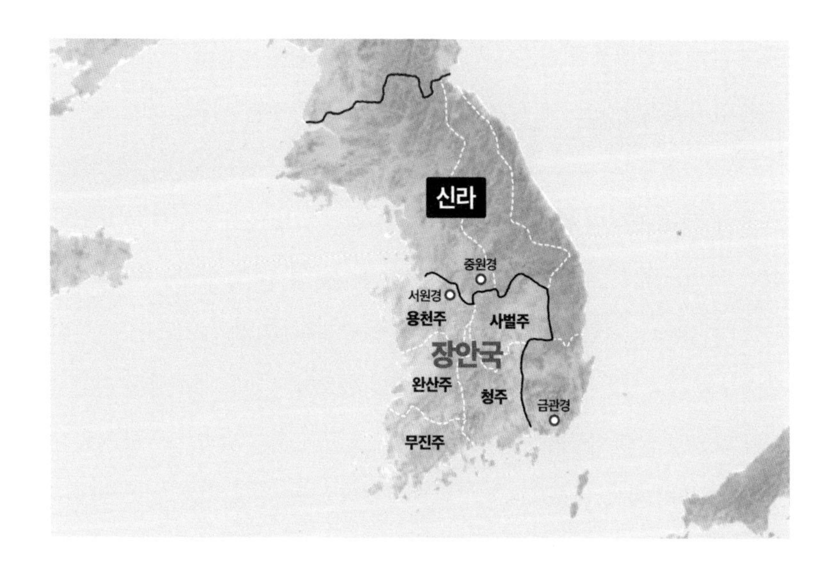

언승이 애장왕을 살해하고 왕위에 오르면서 견제를 받아 이듬해 1월에 시중에서 물러났다. 813년헌덕왕 5 정월에 무진주도독武珍州都督이 되고, 그 뒤 중앙으로 들어와 다시 814년헌덕왕 6 8월에는 시중에 임명되어 1년 5개월간 재직하다가 퇴임하였다. 그 뒤 계속 헌덕왕파의 견제를 받아 816년헌덕왕 8에는 청주진주도독이 되어 지방으로 가게 되었고, 821년헌덕왕 13에는 웅천주 도독으로 좌천되었다.

중앙 정치무대에서 완전히 밀려났다고 판단한 김헌창은 세력을 끌어모아 이듬해 3월 웅진성을 거점으로 반란을 일으켰다. 그는 새로운 정부를 수립하고 국호를 '장안長安', 연호를 '경운慶雲'이라 하였다. 반란의 명분은 잃어버린 왕위를 되찾는 것이었다.

『삼국사기三國史記』에는 김헌창이 그의 아버지 주원周元이 왕위에 오르지 못한 것 때문에 반란을 일으켰다고 기록하고 있다. 원성왕의 즉위와 원성왕계 왕실의 합법성을 정면으로 부정하면서, 다른 한편으로는 자신의 거사에 대한 합리화였다. 동시에 과거 김주원을 지지했던 귀족 세력들에게 지지를 호소하는 명분이기도 했다.

초기 반란 세력의 기세는 수도인 경주 인근 일대까지 위협할 정도였다. 반란 세력은 순식간에 무진주광주와 완산주전주, 청주진주, 사벌주상주 등 4개 주를 장악하고, 국원경충주과 서원경청주, 금관경김해의 장관과 여러 군·현의 수령들을 복속시켰다. 그러나 반란 세력에 동조하지 않은 부류들은 피신하거나 탈출해 중앙 정부에 반란이 발생했음을 고하였다. 반란 세력이 장악한 지역은 신라 9개 주 가운데 4개 주에 이르렀다.

중앙 정부는 난이 일어나자 반란군의 진압을 위해 주로 원성왕 직계 후손들이 결속하여 계속적으로 진압군을 출동시켰다. 토벌군이 출동하자 김헌창은 전략상의 요지에 병력을 배치하고 싸울 태세를 갖추었다. 그러나 삼년산성보은에 배치되었던 주력군이 일길찬 장웅張雄의 부대에게 격파되면서 성까지 함락당하고 여세를 몰아 들이닥친 관군에게 속리산에 배치된 병력까지도 섬멸되면서 큰 타격을 받았다. 그리고 왕경王京에 깊숙이 자리 잡았던 성산성주의 반란군도 김균정 등이 이끄는 주력 부대에게 패하면서 패전을 거듭한 끝에 반란군의 본거지인 웅진성까지 포위되고 말았다.

822년헌덕왕 14 음력 4월, 반란을 일으킨 지 한 달을 겨우 넘긴 시점에서 김헌창이 자결하면서 난이 진압되었다. 성문을 열고 들어온 진압군에 의해 반란 세력은 무장 해제되었고 이어 대규모의 처형이 일어났다. 김헌창의 시신은 관에서 꺼내져 다시 참시斬屍 되었고 그의 목은 성문 높이 걸렸다. 반란에 가담한 종족宗族과 도당 239명이 사형 당했다. 그러나 반란에 가담하지 않은 김헌창 형제의 자손과 근친은 대부분 살아남았다. 또, 강제로 병졸로 동원

명주군왕 김주원 묘소(강원도 강릉시 성산면 보광리)

된 사민私民이나 일반 양민은 방면되거나 해산되었다.

원래 고대사회에서 반란죄는 가장 엄중한 처벌을 받았다. 주모자를 중심으로 삼족 또는 구족에 이르기까지 모든 혈족을 죽여 후환을 없애는 것이 일반적이었다. 그러나 이미 신라 사회는 오랜 왕위쟁탈전을 거치면서 왕권이 매우 취약했기 때문에 그렇게 강력한 처벌을 할 수 없었다. 게다가 이번 사건에는 대부분의 진골 귀족이 연루되어 있기 때문에 이를 처벌하려고 들었다가는 오히려 다른 반발을 불러일으킬 것이 확실하기 때문이었다.

김헌창의 난으로 무열왕계 귀족들은 크게 몰락하였다. 반란에 가담한 많은 귀족들이 죽임을 당했고, 비록 사형은 면제되었을지라도 골품제에서 신분이 강등되거나 소유하고 있던 장원莊園 등의 경제적 기반을 몰수당한 세력들도 상당히 많았다. 중앙에서 활약을 하더라도 원성왕의 후손들이 주축이 된 각 귀족의 파벌에 가담하는 정도여서, 중앙 정계를 주도할 수 있는 위치에서는 완전히 밀려났다.

한편, 김헌창의 아들 범문梵文은 토벌군이 성문을 진입하는 과정에서 탈출에 성공했다. 그리고 3년 뒤인 825년, 경기도 여주 고달산高達山의 산적 수신壽神과 함께 세력을 모아 한산漢山에서 다시 반란을 일으켰다. 여전히 국호는 '장안'이었고 도읍은 평양남양주 진접으로 바뀌었다. 반란군은 북한산주를 공격했으나 도독 총명聰明이 이끄는 토벌군에 의해 진압되고 김범문도 잡혀 죽임을 당했다.

반란이 진압된 후 무열왕계 귀족들이 크게 몰락하여 중앙 정계를 주도할 수 있는 위치에서 완전히 밀려나게 되었다. 실제로 김경신이 원성왕으로 즉위하면서 무열왕계 후손들은 왕위 계승 쟁탈전에서 완전히 밀려났다.

김범문과 연합해 반란을 일으킨 초적들은 지배체제에 항거하는 농민군이었다. 당시 몰락한 농민들은 곳곳에서 조직화하여 산채山寨에 은거하여 지배체제에 항거하고 있었는데, 김범문은 반反신라적 경향을 지닌 이들 농민군과 연합하여 신라 정부에 대항한 것이다. 이는 9세기 후반기에 전개되는 대대적인 농민반란의 서막이었다.

역사학계에서는 김헌창의 난을 백제 권역에 새 국가를 건국하려고 시도한 사건으로 보기도 한다. 김헌창이 백제의 중심지라 할 웅천주의 도독으로 부임한지 채 일 년이 못 되어 반란을 실행시킬 수 있었던 것은, 이들 백제 지역이 정서적으로 신라에 대한 반감이 매우 오래도록 상존해 있었기 때문이라는 것이다.

고구려의 옛 권역도 비록 김헌창의 난에 가담하지는 않았지만 그렇다고 신라 편에 서지도 않았다. 훗날 김헌창의 아들 범문이 한산을 근거로 다시 반란을 일으켰던 데에는 반란 세력들이 고구려권 민심의 호응을 내심 기대했기 때문이라고도 했다. 이렇게 볼 때 통일신라 말기에는 중앙 정부의 실정이 겹치면서 이미 후삼국으로 분리될 소지를 잠재적으로 내포하고 있었다.

명주군왕 김주원의 후손들은 그를 시조로 하여 오늘날 영동 지방 명문가의 하나인 '강릉 김씨江陵 金氏'로서 가계를 이어오고 있다. 맏아들 종기宗基는 790년원성왕 6년에 시중에 올랐고, 그의 아들 정여貞茹와 손자 양陽에 이르기까지 4대가 명주군왕의 뒤를 이었다. 하지만 김헌창의 난과 김범문의 난이 연이어 일어나면서 '명주군왕'이라는 작위는 없어졌다.

결국 첫째 종기, 둘째 헌창의 후손들은 모두 대가 끊겼고, 오늘날 강릉 김씨는 셋째 신身의 후손들이 가문을 이어오고 있다. 그는 여러 관직을 두루 역임하고 814년헌덕왕 6에 시중에 임명되었으나 이를 사양하고 강릉으로 퇴거하였다. 그의 가문은 891년문성왕 9에 고승 범일梵日이 선문구산禪門九山의 하나인 강릉 굴산사崛山寺를 개창하자 사굴산파闍堀山派를 적극적으로 지원하면서 영동 지방의 영향력을 확고하게 다졌다.

후삼국 시대 명주의 강력한 호족이었던 김순식도 바로 그의 후손이다. 후에 김순식은 왕건이 사성 정책에 의해 왕씨王氏 성을 하사받고 왕순식으로 개명했다. 그의 가문은 고려 시대 동안 왕씨였다가 조선 건국 후 다시 김씨로 복성하여 오늘에 이르고 있다.

강릉 시내를 벗어나 대관령 옛길을 오르다 보면 강릉시 성산면 보광리에 강릉 김씨 시조 명주군왕 김주원의 묘소가 있다. 그의 묘소는 천하 명당으로 알려진 자리에 울창한 송림으로 둘러싸인 채, 유구한 세월을 지나 오늘도 권력의 무상함을 지켜보고 있다.

대야성(大耶城)에 부는 바람

—삼국통일전쟁의 불씨가 되다

"장군. 큰일 났습니다. 군량미를 쌓아둔 창고에 불이 났습니다. 불길이 잡히지 않고 있습니다. 백성들이 동요하고 있습니다."

"뭐라? 창고에 불이…?"

대야성 성주 김품석은 망루에 올라 성 안의 군량 창고 쪽을 바라보았다. 불길은 사방을 대낮처럼 밝혔다. 초저녁부터 불던 바람은 더욱 거세게 불고 있었다. 불길은 바람을 타고 창고 전체로 빠르게 번지고 있었다.

"뭐 하는 게야. 빨리 불을 꺼라. 빨리."

성주는 다급한 목소리로 재촉했다. 분명히 뭔가 잘못되고 있었다. 갑작스럽게 불이라니…. 그는 고개를 돌려 적진을 바라보았다. 적진에서는 움직임이 없었지만, 뭔가 불길한 느낌을 지울 수 없었다. 품석은 길게 한숨을 몰아쉬었다. 한숨에는 후회와 탄식이 함께 묻어나왔다. 성은 이미 백제군에게 포위된 지 여러 날이 지났고, 성 밖은 하나 둘 몰려드는 백제군사들이 흩날리는 먼지로 완전히 뒤덮인 지 오래였다.

함안 대야성

"경계를 강화해라. 성 안에 동원할 병력은 얼마나 되는가?"

그러나 그는 이미 알고 있었다. 주변의 성들은 이미 모두 적의 수중에 들어갔고 대야성은 고립무원에 빠져 있다는 것을.

562년진흥왕 23, 신라 장군 이사부伊斯夫가 이 일대를 공략하여 신라 영토로 만들고 이름을 대량주大良州로 개칭하면서 비로소 서남부 지역에 신라와 백제의 접경 지역이 탄생했다. 이 지역은 군사적 요충지였으므로, 신라는 이곳에 도독부都督府를 두고 경계를 강화하였다. 신라는 대야성으로 통하는 거창과 산청 지역 요소요소에 약 40여 개의 크고 작은 성들을 바둑알처럼 촘촘하게 포진시켜 경계를 강화하고 있었다. 대야성은 그 중심이 되는 성이었다.

642년 정월, 왕정 친위 쿠데타를 통해 왕족들을 추방하고 왕권을 장악한 백제 의자왕이 정국을 안정시키기 위한 방편으로 선택한 것은 전쟁이었다. 정권을 잡은 권력자들이 늘 그러하듯이 권력 다툼으로 흩어진 민심을 다른 곳으로 돌려보려는 전략이었다. 목표는 신라의 서부지역 총사령부에 해당하는 합천의 대야성이었다.

의자왕이 직접 이끄는 백제군은 충분한 물자와 병력이 충원되어 사기가 올라 있었다. 반면에 방어하는 신라군은 병력이 분산되어 있어서 여러 면에서 불리했다. 백제군은 병력을 집중하여 대야성 주변의 성들을 하나하나 각개 격파해 나갔다. 불과 한 달 만에 대야성 주변 40여 개 성들이 백제군의 수중에 들어갔다.

삼국사기에는 당시의 상황을 다음과 같이 기록하고 있다.

> "(642년) 가을 7월, (의자)왕이 직접 군사를 거느리고 신라를 침공하여 미후성(獼猴城) 등 40여 개 성을 함락시켰다."
>
> —『삼국사기』

거창분지 대부분을 장악한 의자왕은 군대를 재편성한 다음, 장군 윤충允忠에게 1만의 군사로 거점 성인 대야성을 함락시킬 것을 명령하고 자신은 본진을 이끌고 지리산을 넘어 사비성으로 돌아갔다. 궁중 쿠데타로 대규모 숙청을 단행한 지 얼마 되지 않아 왕경을 오래 비워둘 수 없었기 때문이었다.

642년 8월, 마침내 윤충이 이끄는 백제군이 대야성을 포위했다. 거창분지를 장악한 백제군은 넓은 들에서 신라군이 애써 경작해 놓은 농작물을 거두어들였다. 군량이 확보되자 병사들의 사기는 하늘을 찔렀다. 신라군은 멀리서 이 모습을 속수무책으로 지켜봐야만 했다. 신라군의 사기는 땅에 떨어졌다.

당시 대야성 성주는 도독 김품석이었다. 그는 진골 귀족 가운데서도 유력한 가문 출신으로 정계의 막강한 실력자 김춘추의 딸과 결혼하는 행운을 누렸다. 그는 장인 김춘추의 막강한 후광을 등에 업고 고속으로 승진하여 사단장에 오른 인물이었다. 대야성은 신라 서변의 요충지답게 두터운 성벽을 두른 요새로서 만만치 않은 전력을 갖추고 있었다. 많은 병력과 군수물자를 보유하고 있었고, 성주 휘하에는 적지 않은 용맹한 장수들이 포진해 있었다.

성 안에는 수도 경주에서 파견된 고위급 장수들을 제외하고 중하위급 지휘관은 거의 모두 현지인 출신으로 채워져 있었다. 이들은 현지 사정에 밝고 백성들의 정서를 잘 알고 있어서 여러 방면에서 유용한 정보들을 지휘부에 전달해왔다. 특히 지금과 같은 전시에는 적군의 동태를 수시로 정확하게 파악하고 있을 뿐만 아니라 동요하고 있는 백성들의 민심을 달래는 데도 중요한 역할을 수행하고 있었다. 이들 가운데 사료에서 확인되는 사람은 서천西川, 죽죽竹竹, 용석龍石, 검일黔日 등 네 사람이다.

백제 장군 윤충에게는 의자왕으로부터 받은 명령이 하나 더 있었다. 바로 대야성주 품석의 머리를 가져오라는 것이었다. 당시로부터 88년 전인 554년진흥왕 15, 진흥왕의 배신으로 한강 하류를 상실한 백제의 성왕은 신라를 응징하기 위해 친히 군대를 인솔하여 한성으로 향했다. 그러나 백제 구원군은 뜻하지 않게 옥천의 관산성에서 신라군의 매복에 걸려들었다. 성왕은 사로잡혔고 그의 머리는 도도都刀라는 노비 출신에 의해 잘려져 경주로 보내졌다. 도도는 그 공으로 고간高干이라는 벼슬에 올랐다. 성왕의 머리는 신라 왕경의 북청 계단 아래 묻혀 왕경을 드나드는 뭇사람들의 발길에 짓밟혔다. 성왕의 아들 위덕왕은 원수를 갚으려고 두 차례나 신라를 공격했지만 역습을 받고 참패했다. 머리 없는 성왕의 무덤 앞에 제사를 올리는 백제 왕들의 가슴속에는 피맺힌 원한으로 남아 있었다.

의자왕으로부터 특명을 받은 윤충은 마음속으로 맹세했다. 이 피맺힌 한을 풀기 위해서는 대야성의 문을 열어야 했다. 윤충은 대야성을 공격하기 위해 전열을 정비했다. 특히 지리산과 덕유산, 가야산 일대에서 활동하고 있던 모칙毛尺들을 통해 수집한 정보는 아주 유용한 것들이었다. 모척이란 이들 지역 일대에서 사냥 등을 통해 확보한 가축과 털을 거래하면서 살아가던 집단을 가리키는 말이다. 이들은 국적이 불분명한 사람들이었다. 그래서 백제와 신라가 서로 뺏고 빼앗기는 변경지역에 살면서 누가 그곳을 점령하는가 보다는 그들의 생업에 영향을 주는 쪽에 더 관심을 둔 사람들이었다.

모척들에게 얻은 정보 가운데는 대야성주 품석의 비행에 관한 정보도 들어 있었다. 『삼국사기』에는 다음과 같이 기록되어 있다.

> "품석이 막객인 사지(舍知) 검일의 처가 색(色)이 있어 그녀를 빼앗으니 검일이 이를 한스럽게 여겼다."

품석은 검일의 처가 아름답다는 소문을 듣고 검일을 외지로 파견해놓고 그가 없는 틈을 타서 그의 처를 강제로 취했다. 그는 최고 지휘관이라는 지위를 이용해 부하의 처를 빼앗는 수준 낮은 인물이었다. 예쁜 여자라면 처녀든 유부녀든 가리지 않는 호색한이었다. 품석이 검일을 대야주의 사지라는 무관직에 임명한 것은 그의 능력을 인정했다기보다는 기회를 보아 그의 처를 빼앗기 위한 술수였다.

모척들로부터 정보를 받은 윤충은 쾌재를 불렀다. 모척들에게는 아내를 빼앗기고 괴로워하는 검일을 포섭하라는 밀명이 내려졌다. 기록에 실린 모척은 이들 집단을 대표하는 자였던 것 같다. 밀명을 받은 모척은 대야성을 드나드는 현지인 세작細作들의 틈에 끼어 성 안으로 잠입했다.

"성주라는 사람이 부하의 아내를 빼앗다니. 어찌 사람으로서 할 수 있는 일이란 말인가?"

검일을 만난 모척은 그의 가장 아픈 곳을 건드렸다. 등불 아래 잔뜩 일그러진 검일을 보면서 모척은 말을 이었다.

"복수를 해야지. 어찌 참을 수 있으리오? 자네는 지금 누구를 위해 목숨을 걸고 싸우는가?"

검일이 고개를 들었다. 독기를 품은 눈가에는 살짝 경련이 일었다. 모척은 검일의 귀에 대고 뭔가를 속삭였다. 때로는 주먹을 쥐고 때로는 팔을 펴기도 하면서 열심히 설명했다. 조금씩 고개를 끄떡이던 검일이 비장한 얼굴을 하고 의자에서 일어섰다. 대세는 이미 기울었고 살아남기 위해서는 선택의 여지가 없었다. 그렇다. 복수를 해야 한다. 그는 손에 잡은 장검에 힘을 주면서 모척을 향해 말했다.

"장군에게 약속을 지켜달라고 전해주시게. 이쪽은 내가 알아서 하겠네."

미소를 보이며 검일과 눈빛을 나눈 모척은 담을 넘어 어둠 속으로 사라졌다. 하늘에는 반달이 중천에 걸려 있고 사방은 전쟁터 답지 않게 고요했다. 부엉이 우는소리가 정적을 깼다. 모척이 사라진 담장을 바라보며 검일

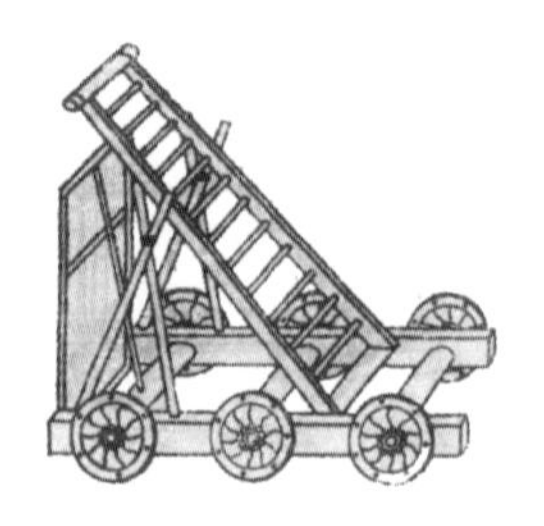
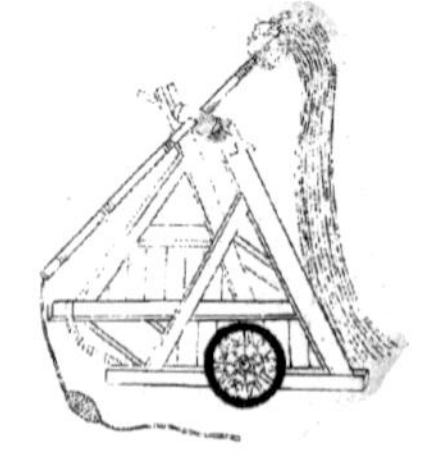

은 어금니를 물었다.

백제군의 공격이 시작되자, 품석은 성문을 단단히 걸어 잠그고 장기전 태세에 돌입했다. 그러나 매일같이 화실이 하늘을 뒤덮고 투석기에서 발사된 돌들은 곳곳에 깊은 흔적들을 남겼다. 사다리를 걸치고 성벽을 기어오르는 백제군은 마치 포도송이처럼 매달렸고 충차는 계속해서 성문을 부수고 있었다. 백성들은 매일같이 공포에 떨었다.

그러나 대야성의 병사들은 살아남기 위해 항전을 해야 했다. 아직 희망은 있었다. 성 안의 창고에는 아직도 몇 달을 버틸 수 있을 정도로 군량이 가득했고 성을 감고 흐르는 황강의 물은 넘쳐 식수 걱정은 할 필요가 없었다. 그런데 어둠이 내리자 상황이 급변했다. 군량을 쌓아둔 창고 여러 곳에서 동시다발로 불길이 타올랐다. 불길은 때마침 불어오는 바람을 타고 삽시간에 걷잡을 수 없이 번졌다. 방화범은 바로 검일과 그의 수하들이었다.

아침이 되자 불에 탄 건물들이 드러났다. 잿더미를 본 병사들과 백성들은 할 말을 잃었다. 병사들의 눈빛에는 절망의 그림자가 드리워졌고 항전 의지는 한 풀 꺾였다. 지휘부에서는 항전과 강화를 놓고 갑론을박이 오갔다. 품석은 살기 위해 보좌관 서천을 백제 군영으로 보내 조건부 항복을 제안했다. 『삼국사기』에는 다음과 같이 기록하고 있다.

"원컨대 만약 장군이 우리를 죽이지 않는다면 성을 들어 항복하겠다."

윤충이 대답했다.

"만약 그렇게 한다면, 그대와 더불어 우호를 함께 하겠다. 하늘에 해를 두고 맹세하겠다."

윤충의 목적은 오로지 품석과 그의 부인이자 김춘추의 딸 고타소古陁炤의 머리였다. 그들이 스스로 성문을 열고 나와 항복하겠다는데 거부할 이유가 없었다. 윤충이 군대를 뒤로 물리자, 품석의 얼굴이 비로소 환해졌다. 이때 죽죽이 나서 결사항전을 부르짖었다.

"백제는 자주 말을 번복하는 나라이므로 믿을 수 없습니다. 윤충의 말이 달콤한 것은 우리를 유인하는 것이니 그대로 하면 우리는 그들의 포로가 되고 말 것입니다. 쥐처럼 엎드려 삶을 구하기보다는 차라리 호랑이처럼 싸우다가 죽는 것이 낫습니다."

그러나 죽죽과 장수들의 항전 의지는 일언지하에 묵살되었다. 품석은 병

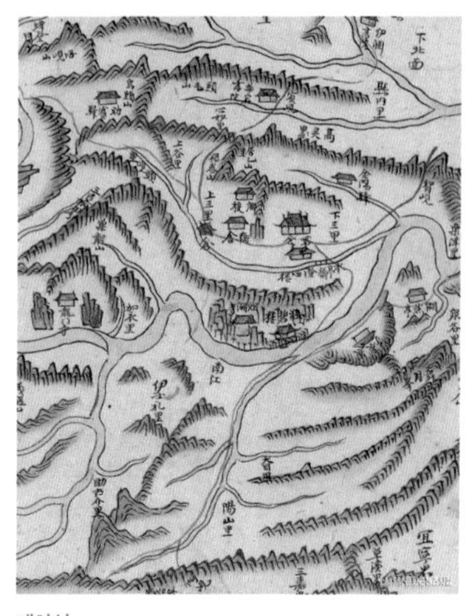

대야성

사들을 먼저 성 밖으로 내보냈다. 백제군의 약속을 확인한 다음, 처자를 데리고 나가겠다는 심산이었다. 부하들을 위험에 빠뜨리는 것을 전혀 꺼리지 않는 무책임한 지휘관의 전형이었다. 변방을 책임지는 지휘관이라고 하기에는 너무나 비겁한 인간이었다.

성문이 열리고 기가 꺾인 병사들이 비무장으로 나오기 시작했다. 품석도 처자를 거느리고 나가려고 준비하고 있었다. 그런데 갑자기 성 주위에 매복해있던 백제군이 달려들면서 성을 나온 병사들을 도륙하기 시작했다. 성 밖에는 무자비한 인간사냥이 벌어지고 있었다. 비무장의 신라 병사들은 속절없이 죽어나갔다. 참혹한 지옥이 거기에 있었다.

놀란 품석이 급히 말을 돌려 되돌아와 성문을 닫아걸었다. 품석이 병사들에게 전투명령을 내렸으나 병사와 백성들은 더 이상 그를 따르지 않았다. 품석은 처자를 데리고 어디론가 사라졌다.

죽죽이 도망친 성주를 대신하여 지휘권을 장악하고 지휘소에 올라 결사항전을 외쳤다. 남은 병사들을 재편성하여 요소마다 배치했다. 그러나 죽죽은 알고 있었다. 이미 대세는 기울었고 성 안에 남은 것은 공포에 질린 백성들뿐이어서 어차피 성의 함락은 시간문제였다. 이제 남은 것은 끝까지 싸우다가 명예롭게 죽는 일뿐이었다.

시간이 흐를수록 상황은 악화되어갔다. 계속되는 공세에 화살도 떨어지고 병사들은 지쳐갔다. 마침내 성문이 열리면서 곳곳에서 난투극이 벌어졌다. 죽죽은 동료 용석과 함께 끝까지 싸우다가 현장에서 장렬하게 전사했다. 성을 장악한 백제군이 성 안을 뒤져 현장을 피해 처자들을 데리고 민가에 숨어 있던 품석을 찾아냈다. 품석과 처자식은 포박되어 이미 포로가 된 1,000여 명의 병사들 앞에 끌려 나왔다.

대야성의 백성들과 포박된 병사들이 보는 앞에서 품석 부부의 처형이 집행되었다. 품석은 그제야 깨달았다. 이들이 처음부터 노린 것은 자기 부부의 머리였던 것이다. 그의 앞에는 군량 창고에 불을 지르고 백제군을 끌어들인 부하 검일이 서있었다. 검일은 품석의 얼굴에 침을 뱉고 자결을 강요했다. 무능한 상관의 비행과 분노한 부하의 배신이 가져온 비극적인 순간이었다. 겁에 질린 품석은 마지못해 처자식을 죽이고 자신의 목을 찔러 자결했다. 품석 부부의 머리는 잘려져 소금에 절여졌고 나무상자에 담겨 지리산을 넘어 백제 사비성으로 보내졌다. 마침내 의자왕은 복수에 성공했다. 『삼국사기』 백제본기에는 이 전투의 결말을 다음과 같이 기록하고 있다.

> "성주 품석이 처자와 함께 나와 항복하자 윤충이 모두 죽이고 그 머리를 베어 (백제)왕도에 전달하고, 남녀 1,000명을 사로잡아 나라 서쪽 주현에 나누어 살게 했다. 그리고 군사를 (대야성에) 남겨두어 성을 지키게 했다. 왕은 윤충의 공로를 치하하여 말 20필과 곡식 1천 섬을 내렸다."

대야성이 함락되고 성주 품석 부부가 처형되었다는 소식이 신라 왕경에 전해지자 신라 조정은 큰 충격에 빠졌다. 특히 너무도 아끼고 사랑했던 딸이 죽었다는 소식을 들은 김춘추는 망연자실하여 바닥에 주저앉았다. 『삼국사기』에는 김춘추가 딸이 죽었다는 소식을 듣고 온종일 기둥에 기대서서 눈도 깜빡이지 않은 채 사람이나 물체가 앞을 지나가도 알아보지 못했다고 기록되어 있다.

며칠이 지나 간신히 정신을 차린 김춘추는 뼈에 사무친 원한을 갚기 위해 절치부심했다. 원수를 갚기 위해서는 백제를 멸망시키는 것 외에는 방법이 없다는 결론에 이르렀다. 그는 직접 고구려로 가서 군대의 파견을 요청하는 모험을 감행했다. 그의 목숨을 건 외교활동은 이때부터였고, 십수 년의 노력 끝에 결국 당나라와 손을 잡는데 성공했다.

신라 서부 요충지 대야성 함락과 성주 품석 부부의 처형 사건은 신라 귀족들에게는 충격과 함께 자존심을 건드린 가장 아픈 상처로 남았다. 신라는 대야성이 함락 당하자 낙동강 동쪽 압량押梁, 경산까지 후퇴했다. 이 무렵 압량군 군주로 부임한 김유신은 군사를 조련시키며 호시탐탐 때를 기다렸다.

648년진덕여왕 2 2월, 드디어 김유신은 대야성 수복에 나섰다. 신라군은 반격에 나선 백제군을 유인하여 옥문곡玉門谷에서 백제 장수 8명을 생포하고, 병사 1천여 명의 목을 베는 대승을 거두었다. 그리고 백제 진영에 사람을 보냈다.

"우리 군주 품석과 그 아내 김씨金氏의 뼈가 너희 나라 옥중에 묻혀 있다. 지금 너희들의 장수 8명이 포로가 되어 살려달라고 애걸복걸하고 있다. 너희는 죽은 두 사람의 유해를 보내 여덟 명의 산 사람과 바꾸는 것이 어떠한가?"

신라 장수들은 모두 반대하고 나섰다. 범 같이 날랜 백제 장수들을 놓아준다면 백제군의 전력은 곧 회복될 것이 불을 보듯 뻔한데, 죽은 사람의 해골을 돌려받는다고 해서 무슨 실익이 있겠느냐는 것이었다. 김유신이 단호하게 말했다.

"낙엽 하나가 떨어진다고 해서 무성한 숲에 손실이 되는 게 아니며—葉落茂林無所損, 티끌 하나가 더 쌓인다고 해서 큰 산이 더 높아지는 것은 아니다—塵集太山無所增. 적은 이미 기세가 꺾였는데 여덟 명이 돌아간들 무슨 걱정거리가 되겠는가?"

백제 진영에서는 이 무슨 횡재인가 싶어 얼른 품석 부부의 유골을 파서 관에 넣어 신라 진영으로 보냈다. 유골을 돌려받은 김유신은 백제 장수 여덟 명을 풀어주었다. 그리고 마침내 승세를 타고 백제군을 공격하여 악성嶽城 등 12성을 빼앗고, 2만여 명의 머리를 베었으며 9천 명을 사로잡았다. 백제 사비도성에 묻혀있던 두 사람의 유골은 신라 왕경으로 옮겨져 안장되었다. 김춘추는 다시 한번 통곡을 하며 복수를 다짐했다.

660년 7월, 나당 연합군이 사비도성을 함락시키고 곧이어 8월 2일에 승전을 축하는 잔치가 열렸다. 의자왕은 무릎을 꿇고 문무왕에게 절하며 술잔을 올렸다. 망국의 중신들은 모두 눈물을 흘리며 이 치욕적인 광경을 지켜보았다. 『삼국사기』 신라본기의 기록에는 다음과 같이 전한다.

> "(무열왕 7년 8월 2일) 이날 모척을 잡아 목을 베었다. 모척은 본래 신라 사람으로 백제로 도망쳐서 대야성의 검일과 모의하여 성이 함락되도록 한 일이 있었기에 목을 벤 것이다. 또 검일을 잡아 죄목을 따져가며 말하였다.
>
> '네가 대야성에서 모척과 모의하여 백제 병사를 끌어들여 창고를 불 질러 없앰으로써 성 안에 식량을 모자라게 하여 싸움에 지도록 하였으니 그 죄가 하나다. 품석 부부를 핍박하여 죽였으니 그 죄가 둘이다. 백제와 함께

우리나라를 공격하였으니 그 죄가 셋이다.' 그리고는 그의 사지를 찢어 그 시체를 강물에 던져버렸다."

누가 알았으랴. 그동안 두 나라는 수많은 전투를 벌여 희생을 주고받았지만 대야성 전투의 결과가 훗날 백제 멸망의 직접적인 원인을 제공한 사건의 불씨가 될 줄은 상상이나 했겠는가. 나아가 신라가 당나라와 연합함으로써 결과적으로 동북아시아 국제전으로 비화된 삼국통일전쟁의 시발점이 되리라고 생각한 사람은 아무도 없었다.

무능하고 파렴치한 한 인간이 진골 귀족으로서 자신이 가진 권력과 지위를 이용하여 부하의 처를 빼앗고 백성들을 죽음으로 내몰았던 이 사례는 1,400년이 지난 오늘날에도 우리 사회에 많은 교훈을 던져주고 있다.

후삼국의 명운을 가른 고창(古昌) 전투

— 안동의 명문가 삼태사

930년경순왕 4 정월 어느 날. 한 무리의 인마가 고창성古昌城, 안동 지휘소 앞 연무장으로 급하게 들어섰다. 말에서 내리는 사람은 투구를 쓰고 정장을 했지만 장정 몇 사람만 대동한 단출한 차림이었다. 풍채로 보아 예사 인물은 아니었다.

곧이어 한 무리가 도착하자, 먼저 온 사람이 다가가 말에서 내리는 사람을 맞으며 반갑게 포옹했다. 지휘소 계단 앞에서 두 사람을 기다리고 있던 군복 차림의 중년 남자가 두 사람을 향해 정중하게 읍을 하며 당상으로 오르는 계단으로 안내했다. 설을 쇤 지 며칠 지나지 않은 데다가 눈도 내렸기 때문에 사방은 온통 눈밭이었다. 매서운 강바람이 한차례 훑고 지나가자 계단 아래 양쪽에 세워 둔 횃불이 심하게 요동쳤다.

계단을 올라 당상에 이르자, 중년 남성은 안을 향해 나지막하게 말했다.

"성주님. 두 분께서 도착하셨습니다."

"어서 안으로 모셔라."

초조하게 기다리고 있던 성주 김선평金宣平이 부장의 보고를 받자마자 잰걸음으로 계단 아래로 내려갔다. 그는 파안대소하면서 내당으로 들어오는 장길張吉과 김행金幸을 맞아 반갑게 포옹한 후, 두 사람의 손을 잡아 안으로 끌었다. 안으로 들어서자 방 한가운데 화롯불이 피어있고 온기가 돌았다. 부장은 두 사람의 외투를 받아 조심스럽게 걸었다.

"두 분 장군, 오시느라 고생하셨습니다. 기다리고 있었습니다."

"밖이 매우 춥습니다. 연락을 받고 일찍 출발했습니다만, 눈이 덜 녹고 길이 미끄러워 늦었습니다." 장길과 김행이 성주 김선평을 향해 목례를 하면서 미소를 지었다. 매서운 겨울바람이 방문을 한차례 때리고 지나갔다.

"아무도 들이지 말라. 알겠느냐?"

부장은 손을 모아 읍을 하며 물러났다. 건물 바깥은 철통같은 경계가 펼쳐졌다.

집무실에 마련된 탁자를 가운데 두고 세 사람이 둘러앉았다. 화로 위의 주전자를 들어 두 사람의 찻잔에 뜨거운 차를 따르면서 김선평이 조심스럽게 입을 열었다. 향긋한 계피향이 방안에 퍼져나갔다.

"두 분 장군께서도 잘 알고 계시다시피 지금 우리 고창군의 상황이 그야말로 백척간두에 처했소이다. 견훤甄萱의 군대가 의성부義城府와 고사갈이성高思曷伊城, 문경을 점령하고 순주성順州城, 안동시 풍산면까지 장악했다 하오. 그 여세를 몰아 우리 고창성 인근의 병산屛山에 주둔한 고려국 왕건王建의 군대까지 포위했소. 이제는 우리도 거취를 표명해야 할 때가 된 것 같소이다."

"그렇소이다. 견훤은 무도하게도 신라 왕을 죽이고, 왕비를 능욕하고 노략질을 일삼으니, 함께 같은 하늘을 머리에 이고 살 수 없는 역적이오. 그러나 우리의 병력이 그에게 미치지 못하니 원통하게도 능히 보복할 길이 없소. 게다가 군사상 요충지가 갈수록 그에게 점령당하고 있으니 더욱 어렵게 되고 말았소."

김행이 분노를 참지 못하고 장검으로 바닥을 치며 일어섰다. 장길이 김행을 바라보며 결의에 찬 목소리로 말했다.

"듣자 하니, 왕건은 군사를 일으켜 신라 조정의 어지러운 상태를 수습하고 도왔으며, 죽은 신라 왕의 제사까지 지내게 했다고 합니다. 우리가 왕건에게 성문을 열어주고 그의 군대와 협력해서 반역자 견훤을 친다면, 위로는 왕의 원수를 갚을 수 있고, 아래로는 백성의 생명을 구는 길이 되는 게 아니겠소. 마땅히 왕건에게 협조하는 것이 하늘의 이치를 따르는 도리라 생각합니다."

성주 김선평이 기다렸다는 듯이 만면에 웃음을 머금은 채 두 사람의 손을 잡으며 말했다.

"고맙소, 두 분 장군. 비록 지금의 형세가 왕건에게 불리하다고 하더라도 평소 형제처럼 지내는 우리 세 사람이 합심하여 그를 도운다면 이기지 못하라는 법은 없지요. 게다가 우리는 하늘의 이치를 따르는 것이니 천지신명이 도울 것입니다. 날이 밝는 대로 성문을 열어 고려 국왕을 맞아들이도록 하겠습니다."

세 사람은 다시 머리를 맞대고 뭔가를 깊게 논의하는 듯 말소리를 죽여가며 밀담을 나누었다. 얼마 후, 밖으로 나온 세 사람은 다시 굳게 손을 잡았다. 밤은 깊었지만 내린 눈에 보름달까지 떠있어 사물을 분간할 수 있을 정도로 주위는 밝았다. 세 사람은 각자 군사와 병마를 갖추어 이튿날 묘시卯時, 05~07시에 성문 앞에 집결하기로 약속하고 헤어졌다. 두 사람이 대동한 장정들을 데리고 어둠 속으로 사라지자 김선평은 부장을 불렀다. 그리고 미리 준비한 밀서를 주면서 단단히 일렀다.

"지금 즉시 고려 군영으로 가서 이 밀서를 전달해라. 반드시 고려 국왕 왕건에게 직접 전해야 한다. 알겠느냐?"

"예. 장군."

밀서를 받은 부장은 날랜 동작으로 말에 올라 북문으로 사라졌다. 성주 김선평은 부장이 사라진 곳을 한동안 지켜보다가 하늘을 올려다보았다. 보름달은 중천에서 말없이 사방을 지켜보고 있었다. 이제 날이 밝으면 마침내 결전의 시간이다. 비록 전세는 불리하다 해도 선택의 여지가 없다. 견훤의 군대에게 점령당한 주변의 여러 성들이 후백제군의 노략질과 잔인한 보복으로 초토화된 것을 알고 있기 때문에 왕건의 군대가 패하고 나면 고창성도 곧 초토화될 것이 자명한 일이었다. 성주 김선평은 어금니를 굳게 물었다.

926년경애왕 3 고창성古昌城의 성주로 부임한 김선평은 그동안 견훤과 왕건의 주도권 쟁탈 과정에서 줄곧 중립적인 입장을 고수하고 있었다. 김선평은 고창성주로 부임한 이듬해에 견훤의 공격으로 왕이 피살당하고 새로운 왕

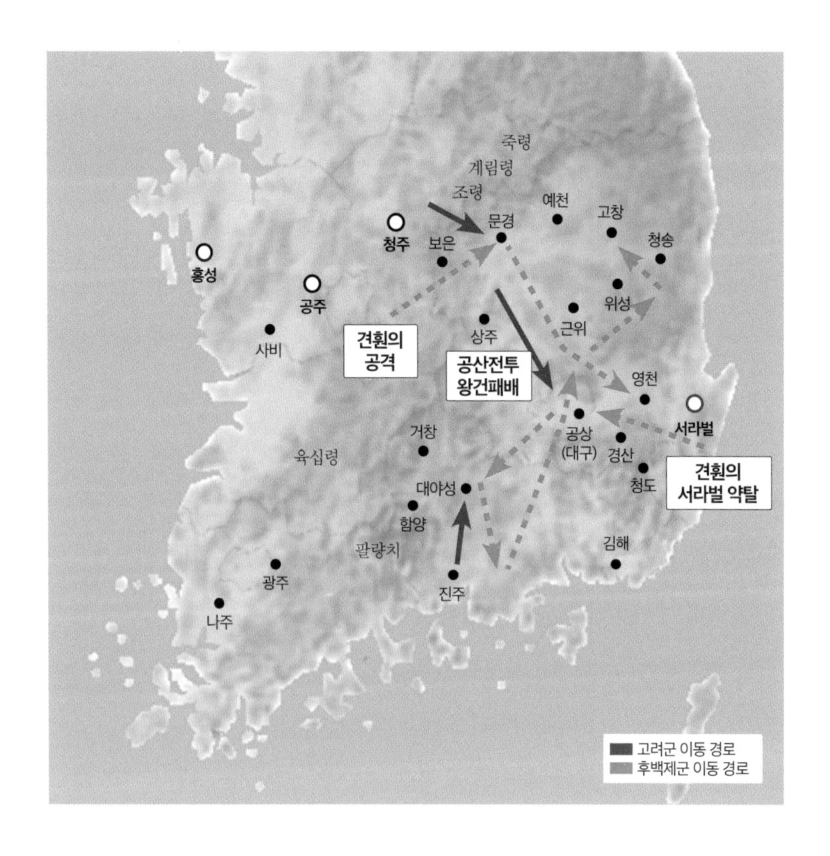

이 들어섰지만 중앙 정부로부터 훈령조차 받을 수 없는 상황에 놓여 있었다. 그러므로 모든 결정은 자신이 내리고 책임도 자신이 져야 하는 위치에서 선택할 수 있는 것은 정국의 추이를 지켜보며 신중을 기하는 것뿐이었다. 게다가 고창성을 수비하는 병력이라고 해봐야 고작 수천 명에 불과했기 때문에 고창성을 제대로 지키기 위해서는 지역에서 사병을 거느리고 있는 여러 호족들의 도움을 받지 않을 수 없는 형편이었다.

신라 말기에 이르러 계속되는 왕권 쟁탈로 중앙 정부의 통치력은 갈수록 그 힘을 잃어갔다. 나라가 거의 무정부 상태에 빠지면서 숱한 세력들이 새로운 세상을 열겠다고 기치를 내걸고 일어났다. 이른바 호족豪族으로 불리는 세력들이었다. 이들은 중앙 정부의 통치력이 흔들리자 자신의 기반을 활용하여 막강한 군대를 보유하면서 세력을 떨치기 시작했다.

당시 호족들의 권력기반은 크게 네 부류로 나눌 수 있다. 먼저, 왕위쟁탈 과정에서 실패했거나 적대세력으로 간주되어 지방으로 밀려난 이들로 모두 진골 귀족세력이다. 고구려의 부흥을 내세우며 일어난 궁예弓裔가 대표적인 인물이다.

두 번째는 지방관으로 파견되었다가 그 지방에서 자신이 보유한 군사력을 기반으로 세력을 형성하고 중앙 정부의 통제를 거부한 이들로 무진주전주에서 봉기한 견훤이 바로 대표적인 인물이다.

세 번째는 자신의 지역에서 경제적 기반을 이용해 부富를 축적하여 세력을 키운 이들이다. 예성강 하구에서 무역으로 거부巨富가 된 왕건과 강주康州, 진주의 왕봉규王逢規가 대표적이다. 특히, 왕봉규는 924년경명왕 8 천주절도사泉州節度使를 자칭하고 중국 후당後唐에 사신을 보냈다. 후당이 그를 권지강주사權知康州事 회화장군懷化將軍으로 봉하자, 사신을 보내어 답례하는 등 강력한 지방 세력을 형성하였다. 당시 호족들 가운데는 왕봉규처럼 중국에 사신을 보내 자신의 지위를 높이려는 자들이 더러 있었다.

마지막으로, 대대로 그 지방에 살면서 경제력과 명망을 이용해 독자적인 세력으로 성장한 이들이다. 이들은 신라 말기에 촌주村主라고 불리던 세력으로서 지방 호족세력의 대부분을 차지하고 있었다. 거기에다 반란을 일으킨 농민들이 점차 세력을 형성해 나가기 시작하면서 정국은 더욱 복잡하게 얽혀 있었다. 이 시기에 이르면 호족들은 전국적으로 수백 명에 이를 정도로 난립하였으며 서로 이합집산을 통해 자신의 세력을 키워가고 있었다.

이들 호족 가운데 가장 강성했던 세력은 호남 일대를 장악하면서 '백제의 부흥'이라는 기치를 내걸고 일어선 전주의 견훤이었다. 궁예의 부장으로 출발하여 결국 그를 무너뜨리고 한반도 중부 일대를 장악한 왕건은 후발주자로서 견훤과 힘겨운 싸움을 하고 있었다. 시간이 흐르면서 이제 싸움은 후백제의 견훤과 고려의 왕건으로 압축되었다.

당시 고창성 주변에도 30여 명에 이르는 호족들이 각자 사병을 거느리고 장군을 자칭하고 있었다. 그 가운데에서도 김행과 장길이 이끄는 세력이 가장 강하였다. 김행은 원래 그 출자를 자세하게 알 수는 없으나 선대에서 왕위쟁탈전에 휘말려 패한 후, 고창으로 낙향한 진골 귀족으로 알려져 있었다. 비록 왕권에서 밀려나긴 했지만 신라 왕족으로서의 위엄을 잃지 않고 지역에서 존경받는 세력으로 군림하고 있었다.

장길은 당나라 말기 5대10국의 대란을 피해 중국에서 건너온 인물로 알려져 있었다. 실제로 『안동장씨세보』에는 시조 장정필張貞弼에 대해 다음과 같이 기록하고 있다.

> "그의 처음 이름은 장길(張吉)이며, 888년(진성여왕 2) 중국 절강성 소흥부(蘇興府)에서 대사마대장군(大司馬大將軍) 장원(張源)의 아들로 태어났다. 5세 때 난을 피해 아버지를 따라 망명하여 강원도 강릉에 머물다가 경상북도 노전(蘆田,안동의 옛 이름)에 정착하였다. 18세 때 다시 당나라에 들어가 문과에 급제하였고, 이부상서(吏部尙書)를 지내다가 김남석(金南錫)이 무고를 하는 바람에 이를 피해 다시 고창으로 돌아와 제자들을 가르쳤다."

그는 사회가 극심한 혼란을 겪는 와중에도 지역에서 사재를 털어 인재들을 양성하기 위해 교육에 전념하고 있었다. 그 역시 많은 제자들을 배출하면서 강력한 호족세력으로 지역에서 존경받는 인물이었다.

김선평은 성주로서 평소 고창성을 지키기 위해서는 반드시 이 두 사람의 힘을 빌려야 했다. 그래야만 지역에서 각자 사병을 갖고 군림하고 있는 다른 호족세력들에게 엄청난 파급효과를 누릴 수 있기 때문이었다. 그래서 평소 두 사람을 깍듯하게 대해 왔다. 그러다가 상황이 긴박해지자 곧바로 사람을 보내 지원을 요청했고, 두 사람은 성주로부터 기별을 받자마자 간단한 차림으로 급히 달려왔던 것이다.

당시 견훤의 세력은 막강했다. 신라의 수도 경주와 안동 일대를 제외한 영남 일대를 모두 손에 넣었고 웅천주공주를 포함하여 고려의 배후 근거지였던 나주도 탈환했으며, 신라 서부의 최대 거점이던 대야성합천까지 함락시켰다. 또 중국과 외교관계까지 수립하며 강력한 세력으로 성장하고 있던 진주의 왕봉규까지 제압함으로써 호남과 경남 서부지역 일대를 완전히 장악하고 있었다.

이제 남은 곳은 한반도의 중동부 지역으로 그 중심지는 안동이었다. 안동은 경주와 소백산맥 북쪽을 잇는 교통의 중심지로서 역사적으로 절대 놓칠 수 없는 군사적 요충지였다. 때문에 누가 이 지역을 차지하느냐가 후삼국의 세력 판도에 결정적인 영향을 미칠 수 있었다.

왕건은 견훤의 세력을 꺾을 만큼 강하지 못했다. 게다가 이곳 안동에서 가까운 상주는 견훤의 출신 지역이었으므로, 개성을 지역적 기반으로 하는 왕건으로서는 매우 불리한 위치에 있었다. 왕건으로서는 후백제의 배후 거점이었던 나주를 상실하고 주도권을 빼앗긴 상황이었기 때문에 이 지역을 확보하는 것이야말로 정국을 장악하기 위한 가장 필수적인 선택이었다. 이런 이유로 고려와 후백제의 전투는 자연스럽게 의성과 상주를 거쳐 안동으로 이어졌다. 그러나 왕건의 고려는 병력과 물자 등 여러 면에서 불리한 위치에 있었다.

그러나 왕건을 지지하는 호족들의 저항이 만만치 않게 전개되자 전투는 잠시 소강상태에 이르렀다. 925년, 양측은 서로 인질을 교환하고 잠시 화친을 맺었다. 그러나 이듬해 견훤이 인질로 고려에 보낸 조카 진호眞虎가 병으로 죽자, 견훤은 그 보복으로 왕건이 인질로 고려에 보낸 그의 사촌 아우 왕신王信을 죽이고 다시 고려를 공격하였다. 927년, 견훤은 근품성近品城, 상주을 빼앗고 고울부高鬱府, 영천를 습격하였다. 이어 경주로 진격해 신라 경애왕景哀王을 죽이고 왕비를 능욕한 다음, 왕의 친척 아우인 김부金傅를 세워 왕으로 삼으니 그가 바로 신라의 마지막 왕 경순왕敬順王이다.

신라로부터 구원을 요청받은 왕건은 9월, 군사를 이끌고 대구 외곽 팔공산에서 견훤과 결전을 펼쳤으나 크게 패하고 말았다. 그는 이 공산公山 전투에서 가장 아끼던 신숭겸申崇謙과 김락金樂 등을 잃고 자신은 겨우 몸만 빠져나오는 수모를 겪었다.

이듬해 928년, 견훤은 강주康州, 진주를 공격해 3백여 명을 죽이고, 오어곡성烏於谷城, 예천과 부곡성缶谷城, 군위을 공격해 고려군 1천여 명을 참살하였다. 중부지역의 요충지를 빼앗기자 왕건의 분노는 극에 달했다. 왕건은 견훤에게 항복한 성주 양지楊志와 명식明式 등 장수 6명의 처자식들을 잡아들여 저잣거리에서 군중 앞에 망신을 준 다음, 목을 베어 성문에 높이 걸었다. 견훤의 군대는 가는 곳마다 승승장구했다.

오어곡성 전투 이후 죽령로를 장악하고 있던 견훤은 그해 7월 중무장한

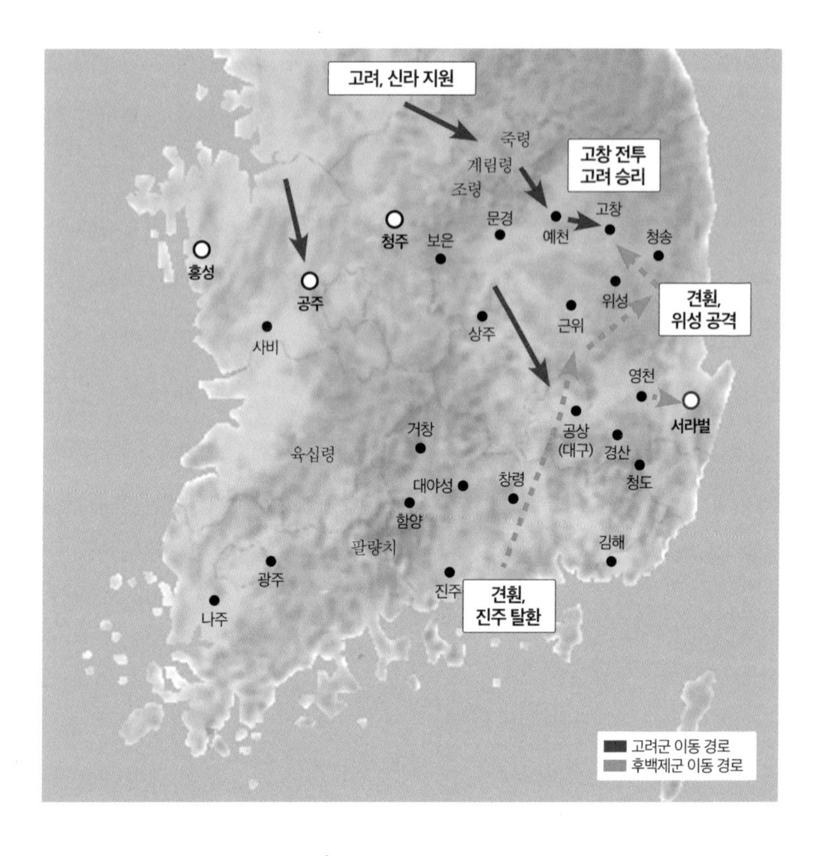

군사 5,000명을 이끌고 의성부로 진격했다. 의성부는 중남부 지역 중심지로서 성주 홍술洪述이 지키고 있었다. 그는 견훤이 경주를 공격하여 왕을 죽이고 패륜을 저지르자 왕건에게 귀순하였다.

견훤은 의성부를 빼앗음으로써 고려의 영향권에 있던 고창古昌, 안동, 보천甫川, 예천, 내령奈靈, 영주 등의 고을을 고립시키려고 하였다. 죽령이 봉쇄된 상태에서 5,000의 대군을 맞은 성주 홍술洪述은 끝내 버티지 못하고 견훤에게 사로잡혀 목이 떨어졌다. 홍술의 전사 소식을 들은 왕건은 "내가 양손을 잃었도다"면서 통곡하다가 혼절했다. 그만큼 의성부 함락은 왕건에게 엄청난 충격이었다. 견훤은 여세를 몰아 고창과 보천의 사이에 위치한 순수성順州城, 안동시 풍산면도 장악했다.

10월에 들어 견훤은 고사갈이성高思曷伊城, 문경까지 장악하였다. 이로써 견훤의 후백제군은 고려군과 연결이 되는 주변의 성들을 모조리 함락시킴으로써 안동 지역을 공략하여 죽령로 일대를 완전히 장악하기 위한 준비를 마쳤다.

견훤이 안동을 장악하려는 이유는 곡창지대인 이 지역을 완전히 손에 넣어 병참선을 확보함으로써, 장차 죽령 이북지역 전투에서 주도권을 장악하기 위함이었다. 더구나 안동은 영남에서 죽령으로 통하는 길목이었으므로 군사적으로도 요충지였다. 왕건도 안동이 견훤에게 넘어간다면 죽령 이북의 자신의 근거지가 바로 위협을 받는다는 점에서 이를 그냥 두고볼 수는 없는 일이었다.

929년경순왕 3 12월, 마침내 견훤은 안동으로 대군을 이끌고 진격해왔다. 당시 안동의 병산 일대에서는 고려군 3,000명이 이미 후백제군의 선공으로 포위되어 있었다. 만약 이 전투에서 패하면 안동지역을 기반으로 활약하고 있던 수많은 호족들이 백제로 넘어가는 최악의 상황이었다. 그렇게 되면, 소백산맥 이남에는 고려의 영향력이 전혀 미치지 않는 곳이 되어버릴 것이다. 왕건은 병산 일대에 고립되어 있는 고려군을 구원하기 위해 병력을 이끌고 예안진안동시 예안면에 주둔했다.

이때, 견훤의 책사 최승우는 왕건에게 견훤을 대신하여 '대견훤기고려왕서代甄萱寄高麗王書'라 불리는 격서를 보낸다.

"그대는 아직도 나의 말머리를 보지 못하였고 나의 소털 하나도 뽑지 못하였도다.…(중략)… 내 반드시 평양성의 문루에 활을 걸고 대동강의 물에 말의 목을 축이게 하리라."

연전연패하며 달아나는 왕건을 비웃는 내용이었다. 왕건의 답장이 곧바로 후백제 진영에 보내진다.

"오강(烏江, 항우가 자결한 곳)에서 한왕(漢王, 한고조 유방)이 최후의 일전에 성공하여 마침내 천하를 평정하였듯이, 내 반드시 그대를 이겨 사해(四海)를 평정할 것을 기약하노라."

항우가 유방에게 연전연승하고도 해하의 일전에서 패배하여 자결한 고사를 들먹인 내용으로, 공산전투에서 이겼다고 자만하지 말라는 경고의 답서였다.

양측의 공방전은 해를 넘겨 계속되었다. 930년 정월, 견훤의 후백제군은 석산 기슭에, 고려군은 병산 기슭에 주둔하여 각각 진을 쳤다. 두 진영의 사이는 불과 500보에 불과했다. 고려군은 우세한 전력을 갖춘 후백제군을 상대로 해를 넘겨가며 분투했으나 시간이 흐를수록 전력 차는 뚜렷해졌다. 머지않아 후백제군의 승리가 예상되었다.

바로 이때, 변수가 생겼다. 당시 이 전투 상황을 예의주시하고 있던 고창성주 김선평과 이 지역의 유력 호족인 장길과 김행이 자신의 군대를 이끌고 왕건의 고려군을 지원하고 나선 것이다.

고창성주 김선평과 호족 장길, 김행의 서명이 담긴 밀서를 받아든 왕건

안동 태사묘

은 감격했다. 전세는 갈수록 불리하고 패배는 이제 시간 문제라고 여기고 체념하면서 퇴각을 심각하게 고민하고 있던 상황에서, 고창성주와 유력 호족 두 가문의 군대가 호응하고 나선 것은 천군만마를 얻은 것이나 다름없었다.

"고맙도다. 내 곧바로 군대를 이끌고 동이 트기 전에 고창성으로 들어가겠다고 전하라."

두 손을 모아 읍을 하고 쏜살같이 사라지는 고창성주의 사신을 보면서 왕건은 중얼거렸다.

"오오! 하늘이 나를 돕는구나."

왕건은 후백제군이 알아차리기 전에 서둘러 군사를 몰아 동트기 전에 고창성으로 들어갔다. 성주 김선평과 호족 장길, 김행은 성문을 활짝 열고 왕건의 군사를 맞아들였다. 왕건은 세 사람을 일일이 포옹하면서 고마움을 표

삼태사 묘(경북 안동시 북문동)

시했다.

날이 밝자, 병산의 고려군을 포위하여 마지막 공세를 취하고 있던 견훤의 군대 배후에서 갑자기 함성이 일면서 일단의 병력들이 공격해 들어왔다. 이 지역의 지리에 밝은 세 사람이 지형을 이용하여 적절하게 작전을 펼치자 팽팽하던 전세는 금방 역전되었다.

예상치 못한 후방 공격에 후백제군의 진영은 삽시간에 무너졌다. 수세에 몰려 있던 병산의 고려군이 이에 호응하여 성문을 열고 나와 후백제군을 덮치면서 퇴로가 막힌 후백제군과 백병전이 벌어졌다. 저녁 무렵에 이르자 후백제군은 더 이상 버티지 못하고 퇴각하기 시작했다. 견훤은 부하들이 혈로를 개척하여 간신히 탈출하는데 성공했지만, 견훤이 아끼던 참모 김악金渥

이 고려군에 사로잡혔다. 이 전투에서만 후백제군은 8,000여 명의 군사를 잃었다.

고창성 전투를 기점으로 후백제와 고려의 힘의 우열이 완전히 역전되었다. 고창성 전투에서 왕건의 고려군이 이겼다는 소식이 퍼져나가자 고려와 후백제 사이의 싸움에서 사태를 예의주시하고 있던 안동과 청송 일대의 30여 호족들이 잇따라 고려에 귀순하겠다는 의사를 전해왔다. 곧이어 동해안의 명주溟州, 강릉부터 북미질부北彌秩夫, 흥해와 남미질부南彌秩夫, 포항 신광면 그리고 흥례부興禮府, 울산 부근에 이르는 동해안 일대의 110여 성城이 고려에 귀순하였다. 그야말로 후삼국의 쟁패에서 판세를 뒤집은 결정적인 승리였다.

왕건은 이 전투에서 결정적인 공을 세운 성주 김선평金宣平에게는 대광大匡, 김행金幸과 장길張吉에게는 대상大相의 관계官階를 주어 포상하였고, 고창군을 '동쪽을 편안하게 했다'는 뜻으로 '안동安東'이라고 바꾸고 안동부安東府로 승격시켰다. 특히, 김행은 신라 왕족의 후손이었으므로 왕건은 그에게 '권權'이라는 성을 하사하였다.

후삼국을 통일한 뒤에는 세 사람을 삼한벽상공신三韓壁上功臣으로 봉하고 태사太師로 모시면서 그 공을 기렸다. 그가 내린 삼한벽상삼중대광三韓壁上三重大匡은 정일품正一品 벼슬로서 정승政丞 반열의 윗자리이며, 아보공신亞父功臣은 국부國父의 버금가는 공신 벼슬이고, 태사太師는 정일품正一品 가운데 으뜸가는 벼슬로 왕王의 스승이라는 뜻이다.

고려 태조 왕건은 왕 23년에 공신각功臣閣을 설치하고, 동서 벽에 세 사람의 초상肖像을 걸어 놓고 해마다 날을 받아 일주일 밤낮으로 무차대회無遮大會를 베풀었다. 안동부의 부민府民들도 고을을 승격시키고 빛낸 인물로 삼태사三太師를 추모하여 사당을 세워 삼태사의 위패를 봉안하고 제사를 지내왔다.

고창성주 김선평의 후손들은 그를 시조로 하는 신안동 김씨로 세계를 이어오고 있다. 조선시대에 이르러 정승 15명, 대제학 6명, 왕비 3명, 호당 1명, 청백리 1명 등 고관대작이 끊이지 않고 배출되는 등, 오늘날에도 우리 사회의 명문 가문으로 인정받고 있다.

권씨 성을 하사받은 권행權幸의 후손들도 안동을 본관으로 하는 안동 권씨로 세계를 이어오고 있다. 여말선초의 권근權近을 대표 인물로 이름을 날린 안동 권씨는 조선시대에는 증직贈職을 포함하여 40명, 경신卿臣 116명, 초시初試 이상 1,085명, 봉군封君 70명, 호당湖堂 6명, 시호 59명, 공신 86명 등을 배출하는 등, 역시 명문 가문으로 전통을 이어가고 있다.

장길張吉의 후손들은 안동을 본관으로 세계를 이어오다가 5세손에 이르러 6형제가 모두 입신하면서 후손들이 시관조로 모시면서 분관했다. 이후 그의 후손들은 수많은 인물들을 배출하면서 명문 가문으로 도약했다. 울진의 토성土姓으로 세계를 이어오는 울진 장 씨는 시조 장정필의 5세손 말익末翼이 울진부원군蔚珍府院君에 봉해지면서 울진蔚珍을 본관으로 하는 시관조가 되었다. 특히, 말익의 8세손 양수良守가 고려 희종 원년1205에 진사시에 급제하면서 받은 홍패紅牌는 국보 181호로 지정되어 가문의 자랑으로 여겨지고 있다. 그의 홍패는 최근 울진의 월계서원에 국보각이 건립되면서 그곳에 모셔졌다.

10세기 초, 한 치 앞을 내다볼 수 없는 혼돈의 시대 상황에서 견훤과 왕건 사이에서 단 한 번의 선택으로 형세를 반전시켜 시대의 명운을 결정한 삼태사의 과감한 결단은, 천년의 유구한 세월을 거치면서 오늘에 이르기까지 세 명문 가문의 전통을 넘어 역사 속에서 빛나고 있다.

효(孝)냐, 충(忠)이냐, 그것이 문제로다

—가문이냐, 국가냐, 선택의 기로에서

절의논쟁을 일으킨 성영과 홍효사

구름 한 점 없는 하늘에 뜨거운 햇살은 가히 살인적이었다. 오후가 되자, 또 한 무리의 피난민들이 관문으로 몰려들었다. 피난 행렬이 일으키는 먼지가 회오리바람을 타고 관문을 덮치자. 관문을 지키던 관군들이 먼지를 피해 몸을 잔뜩 움츠렸다.

남자들은 지게에 잡동사니를 가득 졌고, 여자들도 머리 위에 보따리를 이고 아이의 손을 잡고 힘겨운 걸음으로 관문으로 들어섰다. 피난민들은 관문을 통과하기 위해 줄을 섰다. 이들은 짐이 몹시 무거운 듯 연신 소매로 이마를 훔쳐댔다. 대부분 아이들이거나 늙은이들이어서 몹시 힘에 겨운 듯 보였다. 엄마젖을 빨고 있는 어린아이들은 나오지 않는 젖을 쥐어짜며 울었다. 아이를 달래는 아낙의 얼굴에는 지칠 대로 지쳐버린 삶의 무게가 잔뜩 얹혀 있었다.

문루에서 피난민 행렬을 지켜보던 순찰사巡察使 성영成泳, 1547~1623은 긴 한

피난민 행렬

숨을 몰아쉬며 멀리 들판을 바라보았다. 보리가 한창 익어가고 있어야 할 누런 들판은 황량하게 바뀌었다. 가뭄이 계속된 땅은 거북등을 드러낸 채 작은 바람에도 흙먼지를 일으켰다. 전쟁이 계속되면서 농사를 짓는 사람을 찾아볼 수 없게 되면서 들판은 이미 생기를 잃은 지 오래였다.

갑자기 성문 아래에서 다투는 소리가 들려왔다. 고개를 돌려 관문을 내려다보니 나귀에 올라탄 사람을 가운데 두고 그를 따르는 장정 몇 사람과 관문을 지키는 병사들이 큰소리로 언쟁을 벌이고 있었다. 피난민 대열 가운데 간혹 나귀를 끌고 가는 사람들도 있기는 했지만, 대부분 나귀에 짐을 싣고 가는 정도였다. 그런데, 이번 행렬에는 특이하게도 나귀를 타고 피난 행렬에 끼어 있는 사람이 있었던 것이다.

성영은 수하들을 대동하고 관문으로 내려갔다.

"무슨 일인가? 왜 이리 시끄러운 게야?"

순찰사가 직접 성문을 내려와 까닭을 묻자, 검문을 하던 군졸이 놀라 나귀에 올라탄 사람을 가리키며 대답했다.

"검문을 하려는데 저 자가 무례하게도 하마下馬를 하지 않아 다투고 있는 중입니다. 보십시오. 지금 순찰사께서 앞에 계시는데도 말에서 내릴 생각을 하지 않고 있지 않습니까?"

군졸들이 나귀에 탄 사람을 에워싸고 빨리 내려서 순찰사에게 예를 표하라고 호통을 쳤다. 그래도 나귀를 탄 사람은 들은 체도 하지 않고 먼 산을 바라보고 있었다. 행색이나 풍모로 미루어 보건대, 세도가 있는 양반임에는 분명해 보였다. 순식간에 지나가던 피난민들이 우르르 몰려들었다. 그 바람에 흙먼지가 어지럽게 날렸다.

성영은 화가 치밀어 올랐다. 감히 순찰사가 직접 앞에 있는데도 이를 무시하고 딴청을 피우다니…. 성영이 한 걸음 앞으로 나서면서 호통을 쳤다.

"이런 무도無道한 자가 있나? 반상班常의 법도가 엄연히 있거늘 그대는 왜 말에서 내리지 않는 겐가? 여봐라. 이 자를 당장 끌어내려라."

"예. 나리."

군졸들이 나귀에 탄 사람에게 몰려들자 나귀를 호위하던 장정 둘이 앞으로 나서며 가로막아 섰다. 일촉즉발의 긴장감이 흘렀다. 그제서야 나귀에 탄 사람이 말에서 천천히 내렸다. 그러나 그는 여전히 면전에 서있는 순찰사를 무시하듯 정면으로 보지 않고 고개도 숙이지도 않았다. 대신 허리에 찬 호패戶牌를 끌러 군졸들에게 내밀었다.

호패를 받아든 성영이 깜짝 놀랐다. 자신과 지위가 비슷한 목사牧使의 신분을 가진 홍효사洪斅思라는 인물이기 때문이었다. 성영은 화가 치밀어 호통을 쳤다.

"지금 왜놈들이 쳐들어와 강산을 유린한 지 여러 해가 되어 나라의 존망이 서산에 걸린 해와 같다. 온 나라 백성이 힘을 모아 왜적을 물리치기 위해 나서 싸우고 있다. 한 사람의 손발이 아쉬운 이때, 소위 조정의 녹을 먹는 수령守令의 지위에 있는 자가 전선을 이탈하여 백성들의 피난 행렬에 숨어 도망을 가다니…. 이런 쳐 죽일 자가 있나? 여봐라. 뭣들 하느냐? 이런…"

"대감!"

성영의 호통이 미처 끝나기 전에 홍효사가 한 걸음 앞으로 나서며 말했다. 달려들던 군졸들이 주춤하면서 뒤로 물러났다. 홍효사는 고개를 빳빳하게 들고 순찰사를 정면으로 바라보면서 말했다.

"내 그 도리를 모르는 바 아닙니다. 나도 어제까지 왜군과 싸우느라 관군을 이끌고 동분서주하고 있었소. 그런데 어제 모친께서 돌아가셨다는 기별을 받고 복상服喪을 하기 위해 급히 낙향하고 있는 중이오. 내가 지금 피난 행렬에 들어 있는 것은 도망하기 위함이 아니라, 다만 자식으로서 부모에 대한 효孝를 다하기 위함일 뿐이오."

홍효사는 모로 비껴 서서 하늘을 올려다보며 잠시 말을 끊었다. 화가 났던 성영의 얼굴에 순간 곤혹스런 기색이 돌았다. 모여든 사람들도 모두 사태가 어떻게 흘러갈 것인가에 촉각을 곤두세우며 지켜보고 있었다. 홍효사가 다시 고개를 돌려 성영을 보며 말을 이었다.

"내 듣자 하니 순찰사께서도 얼마 전에 친상親喪을 당하셨다 들었소. 그렇다면 순찰사께서도 지금 복상 기간이 아니오? 그런데 지금 복상을 하지 않고 뭘 하고 계시오? 내 일찍이 자식이 부모에게 마땅히 해야 할 도리를 천륜이라 하여 사람됨의 기본이라 배웠소이다. 친상을 당하여 복을 입으려면 적에게 항복을 해야 할 판이오. 적에게 항복하는 불의不義를 택하느니 피난을 하여 상복을 입는 것이 순리가 아니오? 그래서 상복을 입고 자식으로서 그 도리를 다하고자 급히 낙향하는 사람을 붙잡고 지금 뭣들 하는 게요? 나는 순찰사처럼 인륜人倫의 기본 도리조차 지키지 않는 사람과는 말을 섞고 싶지 않았을 뿐이오. 길을 열라 이르시오. 세상이 다 지켜보고 있소이다."

말을 마친 홍효사가 다시 나귀에 올랐다. 그는 순찰사를 경멸하는 눈초리로 바라보고는 고개를 돌려 발로 나귀의 배를 걷어찼다. 놀란 나귀가 움직이자 그를 따라왔던 장정들이 얼른 나귀의 고삐를 잡아끌었다. 군졸들이 얼른 제지하지 못하고 순찰사를 바라보며 엉거주춤 허둥댔다. 성영은 순간 몹시 당황했으나 군졸들에게 손을 들어 제지하지 말라는 표시를 했다. 홍효사가 관문을 통과하여 멀리 사라질 때까지 성영은 물끄러미 바라보다가 이마를 훔쳤다. 뜨거운 햇살 때문에 흐르는 땀인지, 당황하여 부끄러운 마음 때문에 흐르는 식은땀인지 알 수 없었다.

1592년 4월 13일에 부산에 상륙한 일본군은 엄청난 기세로 쳐들어와 불과 보름 만에 한양을 점령했다. 선조와 신하들은 궁궐을 버리고 나와 평양을 거쳐 의주까지 피난했다. 일본군은 5월 말에는 개성을 점령했고, 전쟁이 시작된 지 두 달 만인 6월 13일에는 평양성까지 함락시켰다.

육지에서는 대부분의 조선군이 왜군의 공격을 받고 무너졌지만, 바다에서는 이순신이 이끄는 조선 수군이 왜군을 연달아 격파했다. 이순신의 활약으로 왜군은 서해를 통해 수군을 북상시켜 육군과 합류하고, 동시에 바다를 통해 식량과 무기를 공급하려던 계획도 차질을 빚었다. 그런가 하면 전국 곳곳에서 의병이 일어나 왜군을 공격했다.

조정에서는 고위 관리들에게 고향으로 내려가 의병을 모아 왜군과 싸울 것을 종용했다. 성영成泳도 조정으로부터 고향으로 내려가 의병을 모아 종군하라는 어명을 받았다. 그에게는 경기좌도 관찰사, 경기도 순찰사 겸 여주목사라는 중책이 내려졌다. 그러나 당시 여주목사로 재직하고 있던 성영은 모친상을 당해 관직을 사직하고 복상을 하고 있었다. 모친 무덤의 여막에서 어명을 받아든 성영은 고민에 빠졌다. 효孝를 택할 것인가, 아니면 충忠을 택할 것인가. 어명을 받들자니 불효不孝의 멍에를 질 수밖에 없고, 그렇다고 복상을 계속하자니 어명을 어기는 불충不忠에 해당된다.

며칠을 고민하던 성영은 결국 어명을 받아들여 복상을 중지하고 의병을 모아 전선에 나섰다. 국난을 당하여 나라의 안위가 위태로운 때에 잠시 복상을 중지하고 나라를 구하는 것이 먼저라고 생각했던 것이다. 당시 양반 사회의 가치관으로 볼 때, 성영의 선택은 다소 의외였던 것은 분명했다.

당시 유림儒林에서는 선비가 부모상을 당하여 수묘守墓 중에 벼슬살이를 계속 한다는 것은 선비로서의 도리와 의리를 저버리는 행위로서 선비가 택해서는 안 되는 수치로 여겼다. 때문에 비록 관직에 있던 사람이라도 부모상을 당하면 관직을 떠나 고향에 가서 3년 복상을 마친 다음에 다시 복직하는 것이 마땅한 도리였던 것이다. 그러므로 부모상의 수묘 중에는 어명을 따르지 않아도 불충이라 여기지 않았고 조정에서도 이를 문제 삼지 않았다. 홍효사가 성영을 향해 선비로서의 도리를 따진 것은 바로 양반 사회의 이러한 가치관을 확인시킨 것이었다.

임진왜란이 끝나고 이 두 사람의 일화가 유림에 알려지면서 양반 사회에서는 '효孝가 우선인가, 충忠이 우선인가'라는 명제를 놓고 이른바 '절의논쟁節義論爭'이 치열하게 전개되었다. 성영은 상중임에도 종군하여 국난을 몸소

헤쳐 나갔고 홍효사는 몽상蒙喪을 위해 국난을 외면했다.

이 두 사람의 선택을 두고 수백 년 동안 이어진 논쟁 결과, 유림에서는 부모에 대한 도리를 다하였다고 하여 홍 목사의 선택을 훌륭하게 평가했다. 그러나 신하로서 국가에 절의를 다한 성 순찰사는 자식으로서 부모에 대한 절의를 다하지 못했다고 하여 수치스러운 선택이었다고 비난을 받았다. 이 일화의 이면에는 조선시대 양반 사회의 가족관과 국가관의 일면을 들여다볼 수 있다는 점에서 그 의미가 매우 크다.

효와 충의 갈림길에서

영조가 말년에 병치레가 잦아지더니 급기야 중병에 걸렸다. 궁궐의 어의御醫들이 모두 고개를 젓자, 조정에서는 비상이 걸렸다. 급기야 각 고을의 수령에게 그 고을에 이름 있는 명의를 추천하라고 전국에 방榜을 내렸다. 방문榜文은 팔도 곳곳의 저잣거리에 나붙었다. 이 방문은 강원도 오지인 평창平昌 고을에도 전해졌다.

당시 강원도 평창에는 명의名醫로 소문난 나두삼羅斗三이라는 사람이 있었다. 아무리 중병에 걸린 사람이라도 그를 만나면 금방 나았다. 그의 의술이 신묘하다는 소문이 퍼지면서 영남 지방의 먼 곳에서도 그를 찾아오는 사람들이 줄을 이었다.

조정의 소식이 전해지자 평창 현감은 나두삼을 찾았다. 나랏님이 중병에 걸려 궁중의 어의도 고치지 못하니 천하 명의로 소문난 당신이 입궐하여 직접 치료를 했으면 한다는 것이었다. 현감은 나두삼에게 조정에서 내려온 문서를 내밀었다.

영조의 초상화

나두삼은 고민에 빠졌다. 당시 그의 부친은 중병에 걸려 있어서 잠시도 집을 비울 수 없었기 때문이었다. 의사인 자신이 보기에도 부친은 그리 오래 버티지 못할 것이 확실했다. 그래서 그는 가족들에게 일러 부친 임종 후의 장례 준비를 미리 다 해놓은 상황이었다. '아버지'의 임종을 지키는 것은 자식으로서 마땅히 해야 할 '효孝'의 도리지만, '나라님'의 병환을 고치는 것 또한 백성으로서 마땅히 해야 할 '충忠'의 도리가 아닌가. 이 두 가치 사이에서 그는 고민에 빠질 수밖에 없었다.

나두삼은 결정을 내리지 못하고 평창 고을의 선비들이 모이는 서원書院을 찾아 사정을 설명하고 어떤 선택이 옳은지 물었다. 양반들은 이구동성으로 대답했다.

"지금 무슨 소리를 하는 겐가? 나라님이야 돌아가시면 새 나라님이 들어서는 걸세. 그런데 부친은 돌아가시면 다시 모실 수 없지 않은가? 천륜의 도리를 다하는 것이 마땅한 게야."

양반 사회에서는 '선효후충先孝後忠'이 사람이 지켜야 할 확고한 가치임을 말한 것이다. 그래도 마음이 편치 않은 나두삼은 자신이 자주 어울리는 중인中人들의 모임에 나가 사정을 설명하고 물었다. 그들의 대답은 달랐다.

"지금 무슨 소리를 하는 겐가? 아버지가 돌아가시면 가족 친지 몇 사람이 울지만, 나라님이 돌아가시면 온 백성이 곡을 하고 슬픔에 잠기는데, 마땅히 나라님의 병환을 보살펴야 하는 게 도리이지."

중인 사회에서는 '선충후효先忠後孝'가 사람이 지켜야 할 확고한 가치임을 말한 것이다. 당시 양반 사회와 중인 사회가 가졌던 이러한 가치관의 차이는, 훗날 개화기에 이르러 사상적인 면에서 항일의병운동의 성패에 결정적인 영향을 미치게 된다.

두 가지 명제를 놓고 며칠을 고민하던 나두삼은 마침내 상경하기로 결정을 내렸다. 떠나기 전에 자신이 돌아올 때까지 부친께 드릴 탕약을 충분히 지어놓고 가족들에게 잘 모실 것을 신신당부했다. 그는 양반 사회로부터 '상놈'이라는 손가락질을 뒤로하고 평창 현감이 준비한 말을 타고 관원 몇 사람과 함께 한양 길에 올랐다.

치악산을 넘어 문막에 이르러 주막에 잠시 여장을 풀었다. 그런데 그날 밤 그들의 행렬을 뒤좇아 온 노복으로부터 아버지의 부음을 들었다. 집을 떠난 지 사흘째 되던 날이었다.

나두삼은 노복을 붙잡고 통곡했다. 그는 주모에게 일러 간단하게 상을 차린 다음, 고향을 향해 절을 했다. 그리고는 노복에게 집으로 돌아가 장례 처리를 잘해줄 것을 부탁하고 날이 밝자 서둘러 한양 길에 다시 올랐다. 그의 이러한 행동은 당시 성리학적 가치질서가 지배하는 사회에서는 상상할 수 없는 파격적인 행동이었다.

궁궐에 도착한 나두삼은 쉴 틈도 없이 기다리고 있던 내관들에 의해 곧바로 영조의 침전으로 안내되었다. 영조는 침상에 누워 그를 바라보기만 했다. 기력이 없어 말할 힘도 없던 영조는 며칠 만에 거짓말처럼 병상에서 일어났다. 영조는 탄복했다. 궁중의 어의조차도 손을 고치지 못했던 자신의 병을, 시골 의사가 와서 불과 며칠 만에 아무 일 없었던 듯 병을 깨끗이 고쳤으니 그럴 만도 했다. 그러나 영조가 더 감동을 받은 것은 한양으로 올라오는 길에 부친상의 부음을 듣고도 되돌아가지 않고 궁궐로 올라온 나두삼의 행동이었다.

영조는 죽은 나두삼의 아버지에게 호조참판의 벼슬을 내렸다. 호조참판은 무려 종2품에 해당하는 벼슬로 오늘날로 따지면 재정경제부 차관에 해당하는 높은 벼슬이었다. 당시 평창 현감이 종6품에 해당하였으니 나두삼의 부친에게 내린 증직贈職이 얼마나 높은 것인지 알 수 있다. 나두삼의 신분은 중인에서 곧바로 양반으로 바뀌었다.

궁궐에서 파견한 관리들의 호위를 받으며 나두삼은 화려하게 고향으로 돌아왔다. 평창 현감이 관아의 관리들을 총동원하여 극진하게 맞았다. 그러나 환대는 거기까지였다. 평창 고을 양반 사회의 분위기가 이상하게 흘렀다. 비록 자신은 평창 최고의 양반으로 신분이 바뀌었지만, 정작 평창의 양반 사회에서는 그를 양반으로 인정하지 않은 것이다. 오히려 부친상을 당하고도 그 도리를 다하지 못한 것을 두고 자신의 영달을 위해 불효를 저지른 상놈이라고 비난을 쏟아냈다.

나두삼의 가족들은 얼마 후 고향을 등지고 이사를 갈 수밖에 없었다. 평창 고을 양반 사회의 냉담한 반응과 불효 자식이라는 손가락질을 견디지 못하고 정든 고향을 떠날 수밖에 없었던 것이다.

효냐 충이냐, 그것이 문제로다

1907년 6월, 일제는 헤이그특사 사건을 빌미로 고종을 강제로 퇴위시키고, 순종을 즉위시켜 대한제국의 식민지화에 박차를 가하였다. 일제 통감부는 정미칠조약을 강제로 체결하여 통치권의 대부분을 장악하고, 군대해산을 단행하여 대한제국의 무력 저항세력을 제거하였다. 일제가 본격적으로 야욕을 드러내자, 전국에서는 항일의병운동이 거세게 일어났다.

순종

1907년 11월, 강원도 원주에서 관동창의대장으로 활동하던 의병장 이인영李麟榮은 전국에서 산발적으로 벌이고 있던 의병장들에게 사발통문을 돌렸다. 전국에서 산발적으로 일어난 의병부대를 하나로 묶어 대규모 연합의병부대로 편성하여 통일된 지휘 아래 한양으로 진격하여 일거에 일본군을 축출하자는 내용이었다. 이에 호응한 전국의 의병부대들이 속속 집결지인 경기도 양주로 모여들었다. 이어 관동군 6천여 명과 진동군 2천여 명을 중심으로 '13도 전국연합의병부대'가 창설되었고 이인영은 의병장들의 만장일치로 총대장에 추대되었다.

의병 연합군은 을사조약의 폐지와 전국연합의병군을 교전단체로 인정해줄 것 등, 창의倡義의 명분을 밝히는 격문檄文을 작성하여 한성 주재 각국 영사관에 전달했다. 국내외에 배포된 격문은 한민족으로 하여금 구국 의지를 고조시켰으며 많은 우국지사들이 이 격문에 감동하여 의병 연합군에 참가함으로써 그 수가 무려 1만여 명에 이르렀다.

한성 공략 일자를 12월 말로 정한 의병 연합군은 예하 각 의병대장들에게 경기도 양주군 수택리구리시 수택동 한강변 일대에 주둔하도록 영令을 내렸다. 이어서 각 의병부대에서 선발된 장병들을 모아 300여 명의 결사대를 조직하였다.

의병 연합군의 총공세가 예상되자 일본군은 수천 명의 보병과 기마병으로 망우리 일대 군사요충지를 선점하였다. 연발총 무기로 무장한 300여 명의 의병 결사대가 선봉에 서서 망우리 고개를 넘어서면서 일본군과 치열한 접전이 벌어졌다. 2,000여 명의 본진이 결사대의 뒤를 받치며 일본군을 압박해 나가자, 견고하게 구축된 일본군의 전선이 무너지기 시작했다. 마침내 연합군은 상봉동 일대를 장악하고 중랑천변까지 진출하는데 성공했다.

그러나 시간이 흐를수록 무기의 열세와 병력의 수적 열세가 드러나기 시작했다. 필사의 신념으로 무장된 의병들이었지만 열악한 무기와 병력의 열세는 극복하기 어려운 과제였다. 설상가상으로 각도 의병부대들이 약속한 기일 내에 도착하지 못해 후방부대의 지원이 원만하게 이루어지지 않게 됨으로써 선발대는 완전히 고립무원의 처지에 놓이게 되었다. 일본군에게 포위된 결사대 300여 명은 대부분 장렬하게 전사하고 말았다.

의병 연합군 지휘부는 눈물을 머금고 후퇴 명령을 하달했다. 연합군은 망우리를 다시 일본군에게 내주고 구리 한강변으로 밀려났다. 그리고 뒤늦게 합류한 의병부대들을 중심으로 다시 전열을 재정비했다. 매서운 겨울바람이 몰아치는 한강변에 모여든 전국 각지의 의병들은 패전에도 굴하지 않고 칼바람을 견디면서 복수의 칼을 갈았다.

그런데 갑자기 의병 연합군에 변수가 생겼다. 해를 넘겨 1908년 1월 28일 밤, 꽁꽁 얼어붙은 한강을 건너 의병부대 진영으로 오는 사람이 있었다. 의병부대 진영에 이른 사람은 보초를 서는 군졸의 안내를 받아 총대장 이인영의 막사에 들어섰다. 그는 이인영을 보자마자 무릎을 꿇고 땅바닥에 주저앉으며 눈물을 흘렸다.

"아니. 자네 행랑아범이 아닌가? 여긴 어쩐 일인가?"

당시 의병들의 모습

깜짝 놀란 이인영이 그를 팔을 잡고 일으켜 세웠다. 고향에 있어야 할 노복老僕이 여기까지 오다니…. 순간 뭔가 불길한 예감이 머리를 스치고 지나갔다.

"혹시…?"

"예. 어르신께서 돌아가셨습니다요. 어르신께서…"

원래 이인영은 나라가 어지러워지자 세상을 등지고 경북 문경의 산골에 숨어 은둔생활을 하고 있었다. 강원도 원주에서 의병 2천여 명을 일으킨 이은찬, 이구채 등이 학식과 명망이 있는 그를 지휘자로 모시기 위해 찾아와 간곡히 권유하였으나 그는 부친의 병이 깊을 때여서 선뜻 허락을 하지 못했다. 그러나 이들이 계속 찾아와 간곡하게 부탁하자, 1907년 7월 25일 마침내 이를 허락했다. 그는 언제 돌아가실 줄 모르는 부친에게 눈물로 작별 인사를 하고 원주로 가서 의병부대를 재편성하여 관동 창의대장이 되어 오늘에 이른 것이었다.

이인영은 노복의 손을 잡고 부친이 병으로 위중하였을 때 간병하지 못한 일, 임종을 지켜드리지 못한 일, 아들의 도리를 다하지 못한 일 등을 자책하면서 통곡했다. 한참을 울고 일어난 그는 군사장 허위許蔿를 불렀다. 밤은 깊어 삼경이 지난 지 오래였다.

"내 방금 고향에서 올라온 노복으로부터 아버님의 부음을 들었소. 예로부터 신종추원愼終追遠이라 했소. 내 비록 임종을 지키지는 못했으나 자식된 도리는 다해야 하지 않겠소. 하여 할 수 없이 복상을 위해 떠나야 하니 총대장직을 사임하겠소. 군사장께서 내 뒤를 맡아 잘 처리해 주시오. 3년을 복상한 후에 내 다시 의병부대에 합류하여 일본을 몰아내는 데 앞장설 것이오."

말을 마친 이인영은 모든 군무를 군사장 허위에게 맡기고 짐을 정리하여 문경 고향집으로 떠났다. 허위는 긴급회의를 소집하여 의병장들에게 갑자기 벌어진 일을 설명한 다음, 대책을 의논했으나 뾰족한 대책이 없었다. 결국 의병부대는 각자 해산하여 본래의 활동지로 돌아갔다가 훗날 연합군의 사발통문이 돌면 그때 다시 모여 권토중래하기로 합의했다. 날이 밝자 의병부대는 각기 지방으로 돌아갔다. 이렇게 하여 정미년 전국연합의병부대의 한성 진격작전은 어이없이 무산되고 말았다.

후임 의병 총대장 허위는 소요산까지 추격해온 일본군이 산을 태우는 화공 작전으로 포위망을 압축해오자, 이를 피하지 못하고 1908년 5월 14일 포천 영평에서 체포되었다. 원래의 활동지로 돌아가던 의병부대 역시 모두 일본군의 추격으로 상당한 사상자를 내고 괴멸되거나 위축되고 말았다.

문경으로 돌아가 3년을 복상하려던 이인영은 일본 헌병들의 추격으로 정작 본가에 이르지도 못하고 쫓기는 신세가 되었다. 그러다가 부친의 묘를 성묘하는 것이 단서가 돼 1909년 6월 7일 충북 황간 금계동에서 일본 헌병들에게 붙잡혔다. 그는 일본 헌병의 가혹한 심문에도 굴하지 않고 꿋꿋이 견뎌내다가, 1909년 8월 13일 경성 지방법원에서 교수형을 선고받아 동년 9월 20일 서대문 형무소에서 순국했다. 그의 나이 향년 42세였다.

당시 공판 과정에서 일본인 판사가 이인영에게 물었다.

"당시 전황이 그러한데 어찌 부친이 사망했다고 하여 고향으로 돌아갈 수 있는가?"

이인영이 대답했다.

"부모의 상을 치르는 것은 자식으로서의 기본 도리이다. 이를 행하지 않으면 불효不孝한 것이다. 부모에 효도하지 않는 자는 금수禽獸와 다름이 없다. 금수는 신하가 될 수 없다. 신하가 될 수 없으니 그것이 바로 불충不忠인 것이다."

이 문답을 통해 당시 양반 사회의 선비들이 가지고 있었던 효와 충의 개념과 그 인식을 알 수 있다. 양반 사회에서는 가문을 위해 목숨을 버리는 일은 많았어도 국가나 공공의 이익을 위해 목숨을 던지는 일은 극히 적었다. 그러므로 공공의 이익이나 국가에 투사되는 충忠보다는 집이나 가문으로 투사되는 효孝의 가치를 더 소중하게 지켜야 할 덕목으로 인식한 것이다.

그러나 양반 사회와는 달리 중인이나 평민과 천민들은 집이나 가문의 가치보다는 국가나 공공의 가치를 더 크게 여기고 있었다. 양반에 비해 지켜야 할 '가문'이라는 실체가 없었기 때문이었다. 실제로 국난을 당했을 때 국가를 위해 끝까지 목숨을 던지면서 싸운 사람들 가운데는 이들이 더 많은 이유이기도 하다.

가문을 위한 일이라면 나의 희생은 받아들일 수 있어도, 나라를 위한 일이라면 나의 희생은 약화될 수밖에 없었던 양반 사회의 가치관은 조선사회 지배계층의 의식 속에 내재되어 있었다. 그리고 그것은 평소에는 드러나지 않았지만, 국난을 당하여 나라가 위급한 상황에서 그 두 가치관이 충돌되었을 때 국론을 분열시키는 뇌관으로 극명하게 수면 위로 떠올랐던 것이다.

시대를 달리하면서도 조선시대를 관통하는 성리학적 가치 질서의 흐름을 살펴보면, 서양의 세력들이 물밀듯이 몰려오는 개화기에 왜 우리 선조들은 나라를 지키지 못하고 국권을 상실할 수밖에 없었는지 그 이유를 어느 정도 짐작할 수 있다.

성영과 나두삼, 이인영의 사례를 통해, '효孝'와 '충忠'의 두 가치가 서로 충돌했을 때, '어떤 가치를 먼저 선택할 것인가?'라는 성리학적 가치 논쟁은 오늘날에도 여전히 유효하다고 할 것이다.

망국(亡國)의 왕자, 8백년 만에 돌아오다

—한국 땅에 뿌리를 내린 베트남 왕자 이용상

1995년 3월 27일, 베트남 호찌민 국제공항에 많은 사람들이 모여들었다. 활주로에는 도므어이Đỗ Mười 공산당 총비서를 비롯한 베트남 정부의 3부 요인이 모두 나와 비행기의 착륙을 기다리고 있었다. 베트남의 모든 언론사는 다투어 이 소식을 실시간으로 타전했고 TV 방송사에서는 생방송으로 프로그램을 편성했다. 사람들이 몰려든 대합실 출구 전면에는 '망국亡國의 왕자, 8백 년 만에 돌아오다'라고 쓰인 대형 현수막이 걸려있었다.

이윽고 비행기가 착륙하고 잠시 후 활주로에 들어선 비행기의 문이 열렸다. 양복을 차려입은 젊은이를 필두로 일련의 사람들이 웃으면서 손을 흔들면서 트랩을 내려왔다. 활주로까지 나와 이들을 기다리고 있던 드므어이 총비서가 젊은이를 반갑게 끌어안았다. 그리고 정부 요인들과 함께 방문단과 일일이 악수를 교환하면서 이들을 최고의 예우로 환영했다. 이들은 바로 한국에서 온 화산 이씨花山 李氏와 정선 이씨旌善 李氏 종중宗中 임원으로 구성된 방문단이었다.

베트남 리 왕조 태조 리 꽁 우언 동상

화산 이씨 26세 종손 이창근당시 38세과 함께 방문한 사람들이 베트남 국민들로부터 이토록 열렬한 환영을 받은 이면에는, 800년 전으로 거슬러 올라가 일어났던 가슴 아픈 베트남 리 왕조1009~1225 흥망의 역사가 숨겨져 있다.

오랜 세월 동안 중국의 지배를 받아오면서 베트남인들은 독립을 위해 끊임없이 저항을 계속해왔다. 그 결과, 10세기 말에 이르러 마침내 중국의 지배에서 벗어나는데 성공하였다. 중국의 지배에서 벗어나는 데에는 성공했지만 초기에는 여전히 나라를 이끌어 갈 중심세력이 없어서 불안정한 상황

리 왕조의 왕족인 이용상

이 지속되었다. 그러다가 1009년 이공온李公蘊, 리 꽁 우언 Lý Công Uẩn이 혼란상을 수습하고 리 왕조李朝를 세워 황제에 올랐다. 그는 수도를 오늘날 하노이 지역인 탕롱Thang Long으로 옮기면서 비로소 베트남 역사상 처음으로 독립국가로서의 면모를 갖추었다.

리 왕조는 전통적으로 숭상해오던 불교를 장려하여 불교문화를 융성시키면서, 한편으로는 유교를 도입하여 공자의 문묘를 세우고 교육을 장려하였다. 그리고 처음으로 과거제도를 도입하여 인재를 선발하여 중앙집권적 관료체제를 구축하였다. 전국적으로 제방과 운하 등 수로를 만들어 농업을 일으키고 국가의 부흥을 위해 노력하면서 리 왕조는 베트남 국민들로부터 절대적인 지지를 받았다. 그러나 리 왕조는 호족 중심의 사회구조였기 때문에 지방 세력이 강하여 강력한 중앙집권적 체제를 갖출 수 없었으므로 왕권이 강하지 못하다는 구조적인 취약성을 가지고 있었다. 세월이 흐르면서 리 왕조도 서서히 부패와 무능으로 구조적인 취약성이 드러나면서 몰락의 길로 접어들었다.

리 왕조의 왕족인 이용상李龍祥, 리롱뜨엉, Lý Long Tường, 1174~?은 1174년 수도 하노이에서 제6대 황제 영종 이천조英宗 李天祚, Lý Thiên Tộ의 7남으로 태어났다. 7대 황제인 고종高宗은 자신의 친형 이용한李龍翰이었다. 영종에 이어 3세에 즉위한 고종은 병약하고 무능하여 실정을 거듭했다. 1210년 고종이 죽고 그의 아들 혜종이 16세에 황제에 올랐으나 그 역시 병약하고 무능하여 정사를 돌보기다 어려웠다. 상황이 이렇게 되자, 전국 각지에서 지방호족을 중심이 된 반란이 계속 일어났다. 이런 혼란한 상황에서 당시 왕실의 외척이었던 쩐陳씨 가문의 진수도陳守度, Trần Thủ Độ가 반란세력들을 차례로 진압하며 세력을 키워 국정을 장악하였다.

진수도는 무능한 혜종을 협박하여 왕위를 혜종의 둘째 딸 소성 공주佛金에게 양위하도록 종용하였다. 협박을 견디지 못한 혜종이 딸에게 양위하니 그가 바로 베트남 최초의 여황제 소황昭皇으로 그때 나이 겨우 7세였다. 진수도는 여황제가 된 소송 공주와 자신의 8세에 불과한 조카 쩐 까인陳煚을 결혼시켰다. 그리고 왕위를 남편에게 넘기도록 하는 방식으로 역성혁명을

하이퐁 항구 앞바다

일으켰다. 마침내 쩐 까인이 황제의 자리에 오르면서 리 왕조가 멸망하고 진 씨陳氏 대월大越이 건국되었다. 1226년 1월의 일이었다.

왕조가 이씨에서 진 씨로 넘어가면서 대규모 살육이 일어났다. 진수도는 리 왕조의 왕족과 종친들을 전부 몰살하려는 계획을 세웠다. 먼저, 새로운 왕조 건국의 걸림돌인 혜종을 독살하였다. 1226년 12월, 진수도는 독살된 혜종의 장례식을 빌미로 그 자리에 참석한 왕족과 그 종친들을 남김없이 죽이려고 했다. 이 과정에서 리 왕조 가문의 후손들은 대부분 멸족을 당했다.

그러나 몰래 진행되던 진수도 일당의 계획은 궁중에 심어놓은 이용상의 심복을 통해 그에게 전달되었다. 긴급한 상황을 보고받은 이용상은 혜종의 장례식에 참석하려던 계획을 바꾸고 참모들과 긴급 대책 회의를 열었다. 강경파와 온건파의 갑론을박 끝에, 먼저 도성을 탈출하여 훗날을 도모하자는 데에 의견을 모았다. 자신의 세력으로는 상황을 반전시키는 것이 불가능하다는 판단이 섰던 것이다.

그러나 당장 피신할 곳이 없었다. 이미 진수도의 세력이 전국의 호족세력을 장악하고 있었고 곳곳의 요충지도 이미 점령하고 있었기 때문이었다. 이용상은 중국의 송宋나라로 망명하기로 결심하고 즉시 심복을 항구도시 하이퐁海防, Hải Phòng으로 보내 배를 구할 것을 지시했다. 험준한 육로를 이용하는 것보다는 바다로 피신하는 것이 안전하다고 판단한 것이다.

이용상은 병을 핑계로 장례식에 참석하지 않고 가족과 자신을 따르는 부하들을 데리고 탈출을 시도했다. 그러나 많은 인원이 도성을 소문 없이 빠져나가는 것은 거의 불가능에 가까웠다. 다행히 곳곳에서 이들을 도와주는 이들이 있었다. 하노이에서 하이퐁으로 가는 길은 멀고도 험난했다. 계절이 우기雨期의 막바지였지만 며칠 동안 비가 계속 내려 길이 미끄러워 수레를 밀고 앞으로 나아가기도 벅찼다. 아이들과 부녀자, 노인들이 포함된 그들의 일행은 속도를 낼 수 없었다.

"전하. 궁궐에서 보낸 군대가 추격해오고 있습니다. 이렇게 가다가는 하이퐁에 도착하기도 전에 붙잡히고 말 것입니다."

후미를 따르던 호위대장 군필君苾이 급하게 달려와 이용상에게 보고했다. 대열을 훑어보며 잠시 생각을 하던 이용상이 소리쳤다.

"짐수레를 버리고 간다. 각자 최소한의 자기 짐만 챙겨라. 어린아이와 여자, 노인들만 수레에 태워라. 나머지는 모두 버리고 간다. 서둘러라. 하이퐁에서 만나자."

부하들이 신속하게 수레에서 짐을 끌어내리고 대신 어린아이와 여자, 노인들을 부축해서 태웠다. 이용상이 선두에 서서 말을 몰았다. 급하게 각자 짐을 챙긴 사람들이 말에 올라 뒤를 따랐다. 대열이 짧아지고 수레의 속도도 빨라졌다. 길가에는 버리고 간 수레가 어지럽게 널려 있었다. 빗줄기는 점점 굵어졌다. 추격대와의 거리도 점점 좁혀지고 있었다.

쉬지 않고 말을 몰아 하이퐁 항구에 도착한 이용상 일행은 부둣가로 들어섰다. 미리 파견한 부하들이 소형 선박 2척을 선착장에 대놓고 이들을 기다리고 있었다. 이용상의 호위병과 가족을 중심으로 배에 올랐고, 나머지 배에는 그의 심복들을 중심으로 편성되었다. 2대의 배에 사람들이 모두 올라타자 배는 발 디딜 틈이 없을 정도로 빼곡하게 들어찼다. 이용상이 뱃머리에 서서 출발 신호를 보냈다.

"송나라로 간다. 배를 몰아라. 모두 안전하게 가야 한다. 알겠느냐?"

"예. 전하."

배가 항구를 막 벗어나려고 할 때, 진수도가 보낸 궁궐의 군사들이 부둣가로 들이닥쳤다. 화살을 어지럽게 쏘아대긴 했지만 이미 이용상 일행이 탄 배는 항구에서 점점 멀어지고 있었다. 군사들은 발을 동동 구르며 추격할만한 배를 찾아 이리저리 분주하게 뛰어다녔다. 겨우 추격병들을 따돌리고 항구를 벗어나면서 이용상은 멀어져 가는 육지를 바라보았다. 언제 다시 돌아와 이 산하를 다시 볼 수 있을까? 기약 없는 이별에 하염없이 흐르는 눈물을 멈출 수 없었다. 같은 왕족이자 호위 대장인 군필이 뱃머리에 올라 소리쳤다.

"모두들 조심해라. 후미를 따르는 배와 거리를 잘 조정하고, 항로를 잘 잡아라."

"예. 장군"

부하들이 신속하게 배 안을 돌아다니며 사람들을 챙겼다. 비는 내리고 있었지만 다행히 바다는 비교적 잔잔했다. 육지가 시야에서 점점 멀어지더니 어느새 사방에는 망망대해 외에는 아무것도 보이지 않게 되었다. 마침내 이용상은 극적으로 가족과 일단의 부하들과 함께 진수도의 마수에서 벗어나 베트남을 탈출하는 데 성공했다. 그러나 베트남 최초의 보트피플boat people이 된 그들의 앞에는 험난한 여정이 기다리고 있었다.

배가 항구를 떠난 지 며칠이 지났을까? 고요하던 바다가 꿈틀거리기 시작했다. 바람이 거세지면서 파도가 사납게 일어나자 배 내부에서는 소동이 일어났다. 배를 처음 타 본 사람들이 많았기 때문에 뱃멀미는 피할 수 없었지만, 하늘에 검은 구름이 잔뜩 몰려들고 파도가 거세지면서 사람들은 불안에 휩싸였다. 갑판 여기저기에서 신음 소리가 들리고 여기저기에 널브러져 움직이지 못하는 사람들이 점점 늘어났다. 이용상도 뱃멀미를 느끼기는 마찬가지였다.

"전하. 태풍입니다. 갑판은 위험하오니 선실로 들어가십시오."

호위대장 군필이 갑판 위에서 바다를 바라보고 있는 이용상을 선실로 끌었다. 바람은 점점 더 거세게 불었고 배는 심하게 요동쳤다. 성난 파도가 연달아 갑판 위를 쓸고 지나가자 더 이상 갑판 위에는 사람이 서있을 수 없었다. 하늘이 점점 검어지더니 칠흑 같은 어둠이 몰려왔다.

"돛을 내리고 뱃머리를 잘 잡아라. 사람들을 모두 선실로 들여보내고 갑판 위로 올라오는 자가 없도록 해라. 노약자들을 잘 챙겨라."

"예. 전하"

"후미를 따르는 배도 이상 없는가?"

"이상 없습니다. 수신호로 계속 연락을 유지하고 있습니다."

그러나 바다 생활에 익숙하지 않은 사람에게 항해는 결코 쉬운 일이 아니다. 게다가 추격을 벗어나려고 급하게 배와 사람을 구했기 때문에, 사실상 해상에서 맞닥뜨린 긴급한 상황을 효과적으로 벗어나기에는 아무래도 역부족이었다.

그렇게 며칠이 지났을까? 며칠 동안 사납게 몰아치던 태풍이 물러가고 바다가 고요해진 뒤에야 사람들은 갑판으로 올라올 수 있었다. 사람들은 비로소 안도의 한숨을 몰아쉬었다.

이용상은 부하들을 시켜 배 안의 상황을 점검했다. 계속해서 내린 비 때문에 식수는 충분했지만 식량은 바닥을 드러내고 있었다. 사람들은 대부분 지쳐있었다. 그러나 가장 큰 문제는 태풍으로 돛대가 부러져 배의 방향을 마음대로 조정할 수 없다는 것이었다. 그런데 더더욱 이용상을 당황하게 만든 것은 후미를 따르던 배가 보이지 않은 것이었다. 험한 파도에 난파되어 침몰한 것인지, 아니면 태풍에 밀려 다른 곳으로 갔는지 알 수 없었다. 이용상은 크게 낙담했다. 그러나 어찌하랴. 이 망망대해에서 자신들이 할 수 있는 일이라고는 아무것도 없었다. 그는 호위대장에게 배의 부서진 부분을 고치고 식량을 보충할 방안을 강구하라고 지시했다.

지루한 항해가 계속되었다. 표류하는 배가 서서히 북상하면서 이들은 기후라는 또 다른 난관을 극복해야 했다. 낮에는 뜨거운 태양 아래에서 따가운 햇살과 싸워야 하던 이들이, 언제부터인가 밤이 되면 뼈 속까지 시려오는 추위에 몸을 떨어야 했다. 더운 나라에 살면서 경험하지 못한 추위는 이들을 절망의 구렁텅이로 몰아넣었다.

더더욱 견디기 힘든 고통은 배고픔과 갈증이었다. 다행히 간간이 내리는 빗물로 식수는 해결할 수 있었지만, 식량을 구하는 것은 큰 문제였다. 식량이 바닥을 드러내면서 이들은 할 수 없이 낚시도구를 만들어 망망대해에서 물고기를 잡으려고 시도했다. 그러나 엉성한 도구로 그들이 잡을 수 있는 물고기는 거의 없었다. 어쩌다가 수면으로 떠오른 큰 거북이를 만나는 건 횡재나 다름없었다.

부러진 돛대 때문에 방향을 잡지 못하던 배는 망망대해에서 해류에 떠밀려 북상했다. 빗줄기는 이제 하얀 눈으로 바뀌었고 살을 에는 추위와 굶주림에 지친 사람들은 하나둘 죽어 나갔다. 이들을 지켜보는 이용상은 말할 수 없는 괴로움에 몸을 떨어야 했다. 자신과 이들의 운명을 하늘에 맡기는 수밖에 없다는 무력함이 그를 더욱 괴롭게 만들었다.

다시 캄캄한 밤이 지나고 망망대해에 아침이 밝았다. 바다는 고요했고 바람도 불지 않는 화창한 날씨였다.

"육지다. 육지."

갑자기 갑판 위에 올랐던 누군가가 소리쳤다. 선실 안에서 상념에 잠겨 있던 이용상은 깜짝 놀라 갑판 위로 뛰어 올라갔다. 저 멀리 육지가 선명하게 시야에 들어왔다. 사람들은 흥분해서 서로 부둥켜안고 살았다고 소리를 질렀다. 어떤 사람은 엉엉 소리 내어 울었다. 추위에도 이들은 아랑곳하지 않았다. 그의 눈에도 눈물이 고였다. 얼마 만에 보는 육지인가.

"노를 저어라. 육지에 배를 대라. 서둘러라."

이용상의 지시에 군필은 부하들을 지휘하여 신속하게 움직였다. 언제 그랬느냐는 듯이 사람들의 얼굴에는 오랜만에 화색이 돌았다. 마침내 배가 육지에 닿았다. 이용상은 부하들에게 속히 사람들이 추위를 피할 만한 장소를 찾으라고 일렀다. 잠시 후 이들은 민가를 찾아 여장을 풀었다. 길고 긴 바다의 피난생활이 끝나는 순간이었다.

1227년 정월 중순, 마침내 이들이 표착한 곳은 바로 황해도 옹진반도의 남단 창린도猖麟島라는 작은 섬이었다. 베트남을 떠난 지 꼬박 두 달이 지나

황해도 옹진군 화산 이씨 수항문

새해 신년벽두의 어느 날이었다. 실제로 오늘날 창린도로 향하는 해변을 '낙래외落來隗'라고 부르는데, 이들이 도착한 후 짐을 옮기다가 베트남 조상의 제기祭器를 떨어트렸기 때문에 지어진 이름이라고 한다. 비록 송나라로 가려던 그들의 계획은 수포로 돌아갔지만 고려국에 안착한 것은 그나마 불행 중 다행이었다. 이용상은 작은 섬은 정착할 곳이 되지 못하므로 육지에 정착할 적당한 곳을 찾으라고 사람들을 풀었다.

봄이 되어 날씨가 풀리자 이용상 일행은 육지로 이동하였다. 이미 사람을 풀어 미리 봐 둔 곳으로 가기 위함이었다. 그런데 이들이 배를 타고 육지에 막 이르렀을 때, 한 무리의 도적떼를 만났다. 도적떼들은 해안가에 배를 대고 해변가 마을을 초토화시키고 있었다. 마을 곳곳에 검은 연기가 피어

충효당(경북 봉화군 봉성면 창평리)

올랐다. 마을을 약탈하고 사람들을 잡아다가 묶어 배에 태우고 있었다. 해적이었다.

이용상은 부하들에게 즉시 마을 사람들을 구할 것을 지시했다. 해적 때보다 적은 병력이었지만 호위대장 군필이 이끄는 베트남 사람들은 용감했다. 얼마 지나지 않아 해적들은 뿔뿔이 도망치고 잡혔던 사람들은 풀려났다. 마을 사람들이 모두 나와 이들을 향해 고맙다는 인사를 했지만 눈빛만 서로 교환할 뿐 말이 통하지 않았다. 이용상 일행은 마침내 황해도 옹진군 마산면馬山面 화산리花山里에 정착하였다.

말이 통하지 않은 이방인들의 선행은 곧바로 옹진현에 보고되었다. 옹진 현령은 이용상을 찾아 감사를 표하고 극진히 접대하며 필담筆談을 나눈 끝에 이들이 안남국 왕자 일행이라는 것을 알았다. 옹진 현령은 안남국의 황손이 멀리서 배를 타고 이곳에 이르러 해적들을 퇴치하고 백성들을 구했다는 상소문을 써서 고종에게 상주하고 그의 일행을 받아주기를 청원했다.

옹진 현령의 보고받은 조정에서는 크게 환영하였다. 고종은 이용상에게 식읍을 하사하고 화산군花山君으로 봉하면서 극진히 대우했다. 이용상을 고종에게 표를 올려 "망국亡國의 왕자를 이리도 과하게 대우하시다니 몸 둘 바를 모르겠습니다"라고 고마워하자, 고종은 "나라가 망하는 것은 어느 나라도 피할 수가 없다. 나도 언제 망국의 왕이 될지 누구도 모르는 일 아닌가?"라고 답신을 보내 위로했다.

1253년 12월, 옹진 현령이 다급하게 이용상에게 달려와 구원을 요청했다. 몽골군이 쳐들어와서 지역이 초토화되고 있으니 도와달라는 것이었다. 이용상은 즉시 자신의 부하들과 고려 병사들을 한 데 묶어 부대를 편성하여 수성 전략을 수립하였다. 자신이 거주하고 있는 화산花山의 삼면에 흙으로 성벽을 쌓고 전면에 목책을 높이 세웠다. 오늘날 황해도 옹진에 남아 있는 화산산성花山山城이 바로 그것이다. 이용상은 동굴을 파서 땔감과 나무를 비축하고 몽골군이 투석기를 쏘면 함께 쏘고, 성벽을 넘으면 돌과 뜨거운 물을 부어 대응했다. 몽골군이 집요하게 계속 공격해 왔지만, 매복과 기습작전을 번갈아 전개하여 몽골군을 대파하고 5백여 명을 포로로 잡는 혁혁한 공을 세웠다. 결국 이들은 반년 동안이나 끈질기게 저항하며 산성을 지켜냈다.

이용상의 활약과 전공을 보고받은 고종은 그를 포상하여 관직을 높이고 화산을 중심으로 30리 일대의 식읍 2천호를 추가로 하사했다. 또, 조상의 제사를 지내도록 제수祭需를 내리고 화산관花山關에 '수항문受降門'이란 친필을 내려 걸도록 하였다.

고려 조정으로부터 극진한 예우를 받으면서도 이용상은 늘 조국을 그리워했다. 해마다 고향을 향해 제사를 지내 망향의 아픔을 달래다가 천수를 누리고 화산에 묻혔다. 그가 고향을 그리며 세운 망국단望國壇과 화산산성, 고종이 이용상에게 내린 수항문受降門, 그리고 그의 망명과 귀화 사실을 기록한 수항문기적비受降門紀蹟碑가 이 사실을 증명하는 유적으로 남아있다.

그의 후손들은 그를 시조를 삼아 본관을 화산으로 하여 계보를 이어갔다. 이용상은 망명할 때 리 왕조의 계보를 챙겼고, 이 내용을 그의 후손들이 화산 이씨 족보에 남김으로써 오늘날까지 전해졌다. 화산 이씨의 족보에 기록된 리 왕조의 계보와 쩐 왕조가 기록한 리 왕조의 계보가 일치함으로써 화산 이씨가 리 왕조의 후손으로 인정받는 근거가 되었다. 그의 맏아들 이간李幹은 고려 조정에서 삼중대광, 도첨의 좌정승과 예문관 대제학을 역임했고, 둘째 아들 이일청李一淸은 안동부사를 지내고 안동시 내성면 토곡리에 정착했다.

우리 역사 속에서 베트남계 혈통으로는 화산 이씨 외에도 정선 이씨가 있다. 리 왕조의 4대 왕인 인종 이건덕仁宗 李乾德, Lý Càn Đức의 셋째 아들이자 5대 왕 신종 이양환神宗 李陽煥, Lý Dương Hoán의 아우가 되는 이양혼李陽焜이 조상이다. 이양혼은 신종과 왕위를 두고 다투다 북송으로 망명했고, 이후 북송이 쇠락하면서 고려로 와 경주에 정착했다. 그의 9세손인 이우원李遇元은 국자생원國子生員으로 상서 좌복야에 추봉 되어, 정선으로 이거移居하였으므로 후손들이 정선旌善을 본관으로 하여 세계世系를 이어왔다. 이용상의 화산 이씨보다 먼저 우리나라에 뿌리를 내린 것이다. 이들이 베트남 리 왕조의 후손인 것은 명백하기 때문에, 1995년에 화산 이씨 대표단과 함께 베트남을 방문해 왕손으로서 인정받았다.

리 왕조를 모신 하노이 리뱃사원

베트남에서는 19세기까지 이상한 전설이 내려오고 있었다. 조선에 표류한 베트남 황태자 일행을 조선인들이 약탈하고 죽였다는 내용이었다. 이 전설의 근원은 아마도 바다로 도망친 이용상에 대한 이야기가 그 지역에서 대를 이어 입으로 전해지면서 와전된 것으로 보인다.

그런데 1959년에 이 전설을 확인하려고 북한을 방문한 북베트남월맹의 역사학자가 있었다. 당시 북베트남의 문화사절로서 북한을 방문한 역사학자 쩐반잡이 북한 학자의 도움을 받아 황해도 옹진의 망국단과 수항문기적비 등을 답사했다. 그는 이용상의 전설이 사실임을 확인한 뒤에 보고서를 남기면서, 서문에 이용상은 북베트남과 북한의 우호관계를 상징한다고 기록하였다.

베트남 전쟁이 한창이던 1967년, 화산 이씨 25세 후손인 이훈이 남베트남월남 대사관을 방문하여 자신이 베트남 왕자 이용상의 후손임을 밝혔다. 그 뒤 이훈은 남베트남과 한국을 오가며 자신의 뿌리 찾기 활동을 계속하였고, 그의 활동은 1226년 리 왕조가 멸망한 뒤 741년 만의 귀향이라는 제목으로 남베트남과 한국의 언론에 자세히 소개되었다. 당시 남베트남의 대통령까지도 관심을 보였지만, 1975년 남베트남이 패망하고 이훈도 1976년에 사망하면서 화산 이씨의 뿌리 찾기는 실패로 돌아가는 듯 보였다.

1995년 3월, 베트남 정부의 초청으로 화산 이씨와 정선 이씨 종중이 함께 베트남을 방문하면서 이들의 계보가 비로소 확인되었다. 이들은 하노이 북부 박닌성 딘방에 위치한 리 왕조의 종묘를 찾아 분향했다. 리 왕조의 종묘는 역대 왕 8명을 모시고 있는데, 베트남 화폐 1천 동짜리 주화에 새겨질 정도로 베트남 국민들이 신성하게 여기는 곳이다.

이곳은 1019년에 세워진 이래 1952년 프랑스에 의해 전소되었다가 1989년에 재건되었다. 당시 종묘에 있던 제기들 가운데 신성하게 여기던 향로의 행방이 묘연해졌다. 그런데 이때 베트남을 찾은 화산 이씨와 정선 이씨 후손들이 여기서 첫 제사를 지낸 뒤에 종묘의 땅속에 묻혀 있던 우물에서 향로가 발견되었다. 지역의 촌로들은 "나무숲이 사라지고 따오케 강물이 마를 때, 리 왕조가 다시 돌아온다는 전설이 실현되었다"며 감격했다고 한다. 당시 그 지방의 나무숲은 사라졌고, 따오케 강이 흐르던 곳은 농토로 변해 있었다. 촌로들에 의하면, 이 전설은 리 왕조를 멸망시킨 쩐 왕조의 시조가 한 얘기라고 한다. 즉, 다시는 리 왕조가 부활할 수 없다는 것을 역설적으로 표현한 것인데, 공교롭게도 그의 호언장담이 현실로 되어버렸다는 것이다.

화산 이씨와 정선 이씨 종친의 방문은, 리 왕조의 혈통이 800년 세월을 뛰어넘어 3,600여 km나 떨어진 한국에 온전히 남아 있음을 확인한 감격스러운 순간이었다. 당시 현지 언론이 800년 만에 끊겼던 리 왕조의 혈통이 부활했다고 대서특필할 정도였다.

쩐 왕조에 의해 리 왕조의 후손들이 멸족된 이후, 베트남에서는 그때까지도 리 왕조에 제사를 지내오고 있었다. 외세의 침입을 물리치고 독립국가를 세워 베트남의 정통성을 확립한 리 왕조에 대한 향수가 지금도 강하게 남아 있기 때문이었다. 후손들이 다시 베트남으로 돌아오기 전까지는 리 왕조의 후손이 없었기 때문에, 역대 하노이 시장이 제사를 주관해 오고 있었다. 현재는 그 우물이 복원되어 거기에서 길어낸 물로 제사를 지내고 있으며, 지금은 화산 이씨 종손 이창근이 아예 베트남으로 귀화해 리 왕조의 후손으로서 선조의 제사를 봉행하고 있다. 지금도 해마다 리 왕조 건국기념식에 종친회 대표들이 초청된다.

오늘날 베트남 정부는 화산 이씨와 정선 이씨 후손들을 아예 베트남인으로 인정해 주고 있다. 이들이 베트남에 거주하기를 원할 경우 베트남에서 까다로운 외국인의 건물 및 토지 구입 제한을 적용하지 않는 등의 우대를 해주고 있다. 또, 이들이 이주를 희망하면 세금과 사업권 등을 내국인과 동일하게 부여하고 있으며, 리 왕조가 개국한 음력 3월 15일에는 종친회 인사들을 초청하여 기념행사를 갖고 있다. 현재 화산 이씨는 전국에 560여 가구 1,800여 명, 정선 이씨는 약 4,000여 명이 살고 있다.

800년 전에 역사 속에서 사라진 왕족의 후손들이 수만 리나 멀리 떨어진 타국에서 그 계보를 이어오고 있었으니 그 기이한 인연의 끈에 놀라움을 금할 수 없다. 오늘날 우리 사회에 상당히 높은 비율을 차지하고 있는 베트남계의 다문화가정을 생각해 보면, 그들과의 기이한 인연에 더욱 친근감을 느끼게 된다.

어리석은 군주(君主), 한 시대의 막을 내리다

— 개로왕과 도림

"대왕. 더 늦기 전에 성을 버리고 피신해야 합니다. 아리수阿利水, 한강의 옛 이름를 건너 왕성을 포위하는 고구려 군의 수가 점점 늘어나고 있습니다."

"지원군은 어떻게 됐느냐? 왜 연락이 없는 겐가?"

궁궐 호위대장의 보고를 받고 당황한 개로왕蓋鹵王이 역정을 내며 다그쳤다.

"후방과 연결되는 주요 통로가 모두 차단된 것 같습니다. 상황이 급합니다. 더 이상 버티기가 어렵습니다. 더 늦기 전에 탈출하셔서 훗날을 기약하소서."

호위대장과 몇 사람의 장군들이 왕의 피신을 독촉하고 있었다. 개로왕은 당황하여 흙빛이 된 얼굴로 성벽 너머로 보이는 한강을 향해 깊은 한숨을 쏟아냈다.

한강을 건너는 고구려 군의 수는 점점 늘어났다. 계속되는 고구려 군의 공격으로 왕성을 수비하던 백제군은 점점 지쳐가고 있었다. 일주일 동안 계속된 고구려 군의 공격을 버티다 요충지인 북한산성北漢山城을 내주고 한강을 건너 왕성인 풍납토성風納土城으로 후퇴했지만 고구려 군의 추격은 집요했다. 주력군은 이미 무너졌기 때문에 왕성을 지키는 수비대의 병력으로는 막강한 고구려 군의 공격을 더 이상 버틸 수 없었다. 후방에서 올라오는 지원군도 곳곳에서 고구려 군에 의해 차단되었다. 백제로서는 구원군을 기다리는 것은 소용없는 일이었다.

개로왕의 가상도

왕성을 사수할 수 없다고 판단한 개로왕蓋鹵王은 호위대장이 편성한 결사대를 따라 탈출을 시도했다. 정예병으로 구성된 소규모 결사대는 왕을 호위하여 어둠을 틈 타 몰래 동문을 빠져나왔다. 동이 트기 전에 송파 벌판을 벗어나 남한산성 계곡으로 숨어드는 것이 관건이었다. 그러나 일행이 남한산성이 시작되는 하남 춘궁리春宮里 골짜기 입구에 이르렀을 때, 고구려 군의 매복에 걸려들고 말았다. 고구려 군은 예상 도주로 몇 곳을 차단하여 기다리고 있었던 것이다. 매복하고 있던 고구려 군은 일시에 사방에서 일행을 포위했다. 백제군이 약간의 저항을 했지만 금방 제압당하고 말았다. 무장해제를 당한 병사들 사이로 개로왕은 온몸이 묶인 채 앞으로 끌려 나왔다.

"아니… 이게 누구신가? 대왕이 아니신가? 여기에서 만나다니… 하하하…."

말 위에서 장검을 높이 들고 앙천대소하던 사내가 큰 소리로 빈정대면서 말했다. 동쪽 산봉우리에 살며시 고개를 내민 태양이 넓은 송파 벌판을 환

풍납토성 전경(1930년대)

하게 비추면서 이미 어둠은 숲속으로 사라지고 없었다.

귀에 익은 목소리에 개로왕은 소스라치게 놀라 적장의 얼굴을 바라보았다. 말에서 내리는 고구려 장수는 고이만년古爾萬年이었다. 불과 몇 해 전까지만 해도 유능한 백제의 장수였던 그가 지금은 적군의 장수로서 자신을 노려보며 호령하고 있는 것이 아닌가.

"원수는 외나무다리에서 만난다더니… 이렇게 만났소이다. 대왕."

고이만년은 말에서 끌려내려 포박을 당한 채 고개를 숙인 개로왕 앞에 섰다. 개로왕의 표정이 일그러졌다. 왕을 호위하던 백제군은 모두 무장해제 당하고 나란히 무릎을 꿇린 채로 있었다. 곧이어 한 무리의 고구려 군이 흙먼지를 일으키며 달려왔다. 말이 멈추기 무섭게 훌쩍 뛰어내린 고구려 장수가 개로왕에게 다가서며 외쳤다.

"내 이날을 기다린 지 오래되었소이다. 대왕"

장검을 빼들고 고이만년과 함께 나란히 선 장수는 재증걸루再曾桀婁였다. 재증걸루가 개로왕을 향해 소리쳤다.

"충신의 충언을 듣지 않고 첩자와 간신들의 감언이설에 속아 나라를 망친 결과가 바로 오늘의 상황이오. 우리 두 사람이 왕성을 탈출하여 고구려로 건너가 오늘에 이른 것은, 오로지 가족을 잃은 데 대한 복수의 일념 때문이었소."

고이만년이 한 발 앞으로 나서며 말을 이었다.

"복수를 하기 전에 한때 모시던 군주에 대한 마지막 예禮를 갖추려 하오. 우리를 원망하지 마시오. 모두가 자업자득이니 나라를 망친 군주의 죗값이라 여기시오."

두 사람은 포박당한 개로왕 앞에서 장군으로서의 예를 갖추었다. 한쪽 무릎을 꿇고 신하로서의 마지막 예를 표한 두 사람은 천천히 일어나 개로왕 앞으로 다가섰다. 순간 개로왕의 얼굴에 회한의 그림자가 지나갔다. 재증걸루가 개로왕의 얼굴에 가래침을 뱉으며 핏발이 선 눈으로 쏘아보며 소리쳤다.

"오늘에야 비로소 내 가족의 원수를 갚게 되었구나. 당신을 대왕이라고 충성을 다한 지난날을 내가 얼마나 후회했는지 아느냐? 이 멍청하고 더러운 놈아… 퉤."

두 사람이 뱉은 가래침이 개로왕의 얼굴에서 흘러내렸다. 개로왕은 눈물을 흘리면서 속으로 울음을 삼켰다. 고이만년의 발길질에 나가떨어진 개로왕이 겨우 몸을 추스르고 다시 일어나 꿇어앉자, 상황을 지켜보던 백제 군사들은 공포에 질려 모든 것을 체념했다.

개로왕은 실눈을 뜨고 하늘을 올려다보았다. 따가운 가을 햇살 사이로 아름다운 남한산성의 산자락이 눈에 들어왔다. 드높은 가을 하늘 아래 온 산은 이 가슴 아픈 상황을 아는지 모르는지 울긋불긋 단풍잎으로 자태를 뽐내고 있었다. 얼마나 아름다운 내 강산이었던가. 개로왕은 후회와 자책을 하며 한차례 몸을 떨었다.

"백제 왕을 죄수 수레에 태워라. 대왕이 계신 아차성阿且城으로 간다."

"예. 장군"

고이만년의 지시가 떨어지기 무섭게 고구려 군사들은 대기하고 있던 수레에 포박당한 개로왕을 태웠다. 수레의 후미로는 호위대장과 군사들이 포박당한 채 무리 지어 끌려갔다. 승리를 만끽하며 만세를 외치는 고구려 군의 함성이 천지를 흔들었다.

광개토대왕의 뒤를 이어 왕위에 오른 장수왕은 5세기 고구려의 전성기를 연 뛰어난 왕이었다. 당시 고구려는 막강한 힘을 바탕으로 동북아시아의 강자로 군림하고 있었다. 그러나 평화로운 상황이 오래 지속되면서 고구려 내부에서는 서서히 권력 다툼으로 인한 분열의 조짐이 일어나고 있었다.

이러한 상황을 기회로 삼은 나라는 의외로 백제였다. 396년과 400년 두 차례나 광개토대왕에게 대항하다가 크게 패배한 백제는, 수십 년 동안 안으로 실력을 키우며 고구려에게 복수할 때를 기다리고 있었다. 고구려의 분열 조짐에 주목하고 있던 백제 개로왕은 469년 소규모의 군사를 동원하여 고구려 남부 지방을 공격했다. 그런데 뜻밖에도 고구려에서 반격이 없자, 개로왕은 고구려를 대대적으로 공격할 야심을 가지게 되었다. 그러나 백제 혼자의 힘으로는 고구려를 상대할 수 없음을 잘 알고 있었으므로 기회를 엿

풍납토성 동벽(1930년대)

보고 있었다.

472년 개로왕은 북중국의 지배자인 북위北魏에 사신을 보냈다. 함께 고구려를 공격할 동맹국을 확보하기 위해 적극적인 외교에 나선 것이다.

"우리 백제는 오랫동안 고구려에게 억눌려 지냈다. 이제 백제가 힘을 회복하여 고구려를 공격하고자 한다. 고구려는 유연柔然, 송宋과 힘을 합쳐 그대 나라를 협박하고 있다. 우리 백제와 연합해서 고구려를 공격하면 어떠하겠는가."

그런데 북위의 반응은 예상 밖이었다.

"백제가 고구려와 사이가 나쁘다는 것은 우리가 알 바 아니다. 우리는 고구려와 사이좋게 지내고 있으므로 고구려를 공격할 의사가 없다. 만약 고구려가 우리에게 나쁜 짓을 한다면 그때는 백제가 우리를 도와 달라."

백제의 불교유물인 백제금동대향로(국보 제287호)

북위는 고구려가 강력한 세력을 떨치고 있었으므로 백제를 믿고 고구려와 불편한 관계를 맺고 싶지 않았다. 그래서 북위는 백제의 요청을 거절한 후, 도리어 고구려에 사신을 보내 이 사실을 알렸다.

장수왕은 비로소 백제가 고구려를 공격할 뜻이 있음을 알았다. 장수왕은 백제를 응징하기 위한 준비에 착수했다. 장수왕은 먼저 백제의 내정과 군사상황 등에 대한 정보를 수집하기 위하여 첩자를 파견하기로 했다. 극비리에 진행된 이 작전에서 발탁된 인물은 바로 승려 도림道林이었다.

당시 고구려와 백제는 중국으로부터 유입된 불교를 왕실에서 수용하고 장려하면서 지배계층의 절대적인 지지를 받고 있었다. 그러므로 도림이 승려의 신분을 가지고 있으므로 불필요한 의심을 피할 수 있을 뿐만 아니라, 승려라는 신분의 특성상 저잣거리를 돌며 민심의 동향을 파악하기도 쉽고 유언비어를 생산하여 퍼뜨리기에도 매우 유리하다는 것이 발탁된 이유였다. 게다가 도림은 당시 백제의 궁중과 귀족 사이에서 크게 유행하고 있던 바둑에서도 상당한 고수라는 점도 주목받았다.

비밀리에 백제 도성으로 잠입한 도림은 저잣거리를 돌면서 정보 수집에 들어갔다. 몇 달을 보내면서 그가 수집한 정보 가운데 가장 주목되는 것은 백제 국왕에 대한 몇 가지 정보였다. 그 가운데는 개로왕이 음탕한 행실 때문에 백성들로부터 지탄을 받고 있는 것도 들어 있었다. 이른바 '도미都彌 부인'과 관련된 이야기였다. 저잣거리의 백성들은 이 소문을 옮기면서 왕의 부도덕한 행실을 비난하고 있었다. 저잣거리에 떠도는 소문은 이러했다.

> '도미(都彌)는 평민으로서 아름다운 아내와 단란하게 살고 있었다. 도미의 부인이 절세미인이라는 소문이 개로왕의 귀에까지 들어갔다. 개로왕은 도미를 불러 부인의 정절을 시험한다는 명분으로 그를 속이고 그의 부인을 간음하려고 했다. 그러나 계획에 착오가 생기자 도미에게 죄를 씌워 두 눈을 뽑아 내쫓고 그의 부인을 속여 강제로 겁탈하려고 했다. 도미부인은 지혜로 위기를 모면하고 달아나 남편을 만난 뒤, 고구려로 가서 가난하지만 행복하게 살다가 일생을 마쳤다.'
>
> —『삼국사기』〈열전〉 도미(都彌)

또 하나의 소문은 개로왕이 잡기雜技를 좋아하는데, 특히 바둑을 광적狂的으로 좋아하고 있다는 것이었다. 도림은 속으로 쾌재를 불렀다. 지금까지 정보를 수집하는 단계에서 그칠 것이 아니라, 이제는 백제왕을 직접 만날 수 있는 기회를 포착하는 것으로 전략을 수정하였다. 그는 즉시 계획을 행동으로 옮겼다. 도림은 저잣거리를 돌며 바둑 고수를 찾아다니면서 친분을 쌓아나갔다.

몇 달이 지나자 도성의 저잣거리에는 새로운 소문이 돌았다. 승려 한 사람의 바둑 실력이 나라 사람 가운데 당할 자가 거의 없을 정도라는 것이었다. 이 소문은 곧 개로왕의 귀에까지 들어갔다. 소문을 들은 개로왕은 승부욕이 발동했다. 즉시 바둑 고수라는 승려를 불러들이라고 지시했다.

궁궐로 들어온 도림은 개로왕에게 자신이 고구려에서 죄를 짓고 도망 온 사람이라고 밝혔다. 죄를 지은 내용에 대한 질문에는 포교하는 과정에서 불교를 비난하는 사람과 언쟁을 하다가 실수로 사람을 죽게 했다고 둘러댔다. 당시 고구려와 백제 모두 왕실과 귀족사회에서 불교를 크게 지지하고 있었으므로 도림이 포교 과정에서 지었다는 죄는 생각하기에 따라서는 크게 문제가 될 수 없었다. 개로왕도 더 이상 도림을 의심하지 않았다.

도림은 뛰어난 바둑 실력을 보였다. 좋은 바둑 상대를 만났다고 생각한 개로왕은 수시로 도림을 불러 바둑을 두었다. 급기야 도림에게 궁궐에서 기거할 수 있는 숙소까지 마련해 주었다. 도림은 많은 시간을 궁궐에서 머물게 되었다.

개로왕은 도림과 바둑을 두면서 그의 인격과 지식, 경험에 감탄했다. 비록 고구려에서 죄를 짓고 도망해 백제로 온 사람이지만, 그 사소한 죄에 비하면 그가 가진 안목과 역량은 대단한 것으로 보였다. 간간이 도림이 전해주는 고구려 내부 사정에 대한 이야기는 개로왕의 관심을 끌어내기에 충분했다. 물론 대부분 도림이 지어낸 이야기였다.

날이 갈수록 개로왕의 신임이 두터워지고 있음을 확신한 도림은 본색을 드러냈다. 어느 날 치열한 접전 끝에 개로왕이 아슬아슬하게 바둑을 이겼다. 도림이 일부러 져 준 것이었다. 왕의 기분이 아주 좋아지기를 기다린 도림은 술잔을 기울이며 조용히 말을 꺼냈다.

"대왕이시여, 제가 다른 나라 출신임에도 대왕께서는 큰 은총을 베풀어 주셨습니다. 그럼에도 저는 오직 한 가지 바둑 기술로만 보답할 뿐, 아무런 도움을 드린 일이 없습니다. 그래서 지금 한 가지 말씀을 드리려고 하는데, 대왕의 뜻이 어떠신지 모르겠습니다."

"그대를 만난 지도 꽤 오래되었구려. 나는 그대의 인품과 실력을 믿고 있소. 나라에 도움이 되는 제안을 해준다면 나 또한 기쁘게 받아 줄 것이오."

도림은 개로왕이 자신을 의심하지 않음을 확인하고, 본격적으로 말을 이어나갔다.

"대왕이 다스리시는 백제는 사방이 산과 바다와 강으로 둘러싸여 있어 주변의 나라들이 쉽게 넘볼 수 없습니다. 더욱이 대왕께서 나라를 잘 다스려 태평성대를 구가하고 계시니 주변 나라들은 모두 백제를 받들어 섬기기를 원하고 있습니다. 대왕께서는 마땅히 존귀한 위엄을 보여드릴 필요가 있습니다."

"허허허… 그대의 평가가 참으로 훌륭하구려."

개로왕은 기분이 좋아 너털웃음을 지으며 술잔을 입에 가져갔다. 한 잔을 들이켠 개로왕이 술잔을 내려놓고 미소를 지었다. 도림은 술병을 들어 왕의 술잔에 술을 따르며 목소리에 힘을 실었다.

"그런데 대왕이시여. 지금 백제의 성곽과 궁실은 수리되지 아니하고, 선왕들의 시신은 볼품없는 무덤에 묻혀 있습니다. 또 백성들의 집들은 강물이 범람할 때 자주 침수되고 있으니 이는 강한 국가의 모습이 아닙니다. 조금만 신경을 쓰신다면 백제의 위대함이 드러나서 사방에서 백제를 부러워하고 받들고자 할 것입니다. 저잣거리의 백성들이 한결같이 바라고 있는 바입니다."

개로왕은 곰곰이 생각해 보았다. 백제의 힘이 날이 갈수록 커지고 있음은 주변의 나라들도 다 아는 일이었다. 그런데 궁궐이 낡아서 백제가 크고 강한 나라라는 생각이 들지 않는다는 도림의 말은 개로왕의 자존심을 건드렸다. 게다가 부왕父王인 비유왕毗有王의 시신조차도 귀족들의 반발 때문에 가매장 상태에 놓여 있지 않은가.

"좋은 지적이오. 내가 멋진 궁궐을 짓고 부왕의 장례를 다시 치러 백제국의 위엄을 보여주겠소."

개로왕과 한참 동안 여러 가지 이야기를 나누고 궁궐을 나서면서 도림은 쾌재를 불렀다. 개로왕이 대신들을 긴급 소집하는 모습을 보고 나온 터라 모든 것이 계획되고 진행되고 있음이 확인된 것이다.

며칠 후부터 백제의 도성에는 대규모 공사가 벌어졌다. 멋지고 웅장한 궁궐을 짓는 데에 많은 백성들이 동원되었다. 궁성은 흙을 다져서 바닥을 단단히 한 후 성벽을 쌓았고, 안에는 궁실과 누각을 비롯한 많은 화려한 건물들을 만들었다. 또 큰 돌을 캐내어 아버지 비유왕의 무덤을 다시 크게 만들었다. 또 한강변에는 둑을 크게 쌓아 홍수를 막도록 했다.

대규모 공사가 진행되면서 민심은 날로 흉흉해져 갔다. 이대로 가다가는 나라가 위태로워진다는 위기의식이 저잣거리에 팽배했다. 조정 대신 고이만년은 재증걸루를 찾아가 대책을 의논했다.

"지금 이런 무모한 대규모 토목공사를 벌일 때가 아닐세. 고구려의 움직임도 심상치 않은데 민심은 이반 되고 국고도 비어가고 있네. 이러다가는 정말 큰일이 일어날 걸세."

재증걸루도 그의 의견에 적극 찬동했다. 두 사람은 개로왕을 찾아 저잣거리의 사정을 설명하고 토목공사의 중단을 건의했다. 개로왕은 대노하여 두 사람의 건의를 무시하고 내쫓았다. 이렇게 서너 차례 반복하자, 마침내 개로왕은 두 사람을 잡아들이라는 명을 내렸다. 궁궐 친위대에 두 사람에 대한 체포령이 내려졌다는 소식이 전해지자, 고이만년과 재증걸루는 가족들을 급히 피신시키고 자신들은 심복들을 데리고 도성을 탈출하여 고구려로 망명했다. 그러나 남은 두 사람의 가족들은 미처 피신을 하지 못하고 대부분 잡혀 죽임을 당하고 말았다.

연일 대규모 토목공사가 계속되면서 도성 안의 창고는 점점 비어 갔다. 공사는 해를 거듭해가며 계속되었다. 백성들은 공사장에 동원되느라 농사를 제대로 짓지 못했다. 백성들은 굶주림에 허덕였고 고구려를 공격하기 위해 준비했던 양식과 물자까지도 대규모 공사로 인해 바닥나 무기와 군량 보급이 제대로 이루어지지 않았다.

저잣거리에는 개로왕의 실정을 두고 백성들의 원성이 점점 늘어갔다. 금방이라도 반란이 일어날 것 같은 상황이 계속되자, 백제 조정에서는 비로소 사태의 심각성을 느끼게 되었다. 그러나 신하들의 간언에도 불구하고 개로왕은 상황을 제대로 파악하지 못하고 있었다.

도림은 무리한 토목공사 때문에 백제의 상황이 심각한 지경에 이르자, 자신의 임무가 성공했다고 판단했다. 시간이 흐를수록 자신을 비방하며 고구려의 첩자라고 지목하는 대신들이 늘어나자 몰래 도성을 탈출하여 고구려로 다시 돌아왔다.

도림은 장수왕을 알현하고 그간의 상황에 대해 자세하게 보고했다. 도림의 보고를 받은 장수왕은 매우 기뻐하여 도림을 크게 치하했다. 그리고 즉시 용맹한 군사 3만을 내어 백제를 공격하도록 했다.

475년 가을 9월, 고구려 장수왕이 이끄는 3만의 정예병은 백제에 대한 대대적인 공격을 감행하였다. 당시 장수왕은 왕위에 오른 지 63년째가 되었고, 나이 81세였다. 여든의 나이에 군대를 이끌고 최대의 격전이 치러질 적의 수도 공격에 나섰다는 것은 장수왕이 한성漢城 공략에 얼마나 심혈을 기울였나 짐작게 한다. 그만큼 이 전쟁이 갖고 있는 의미도 크다고 판단한 것이다. 고구려 군은 장수왕이 직접 통솔했고 주요 장수로는 대로對盧인 제우齊于와 고이만년 그리고 재증걸루였다. 백제의 사정을 너무나도 잘 아는 만년과 걸루 두 사람은 길잡이 역할을 담당했다.

고구려 군의 총공격 소식에 개로왕은 깜짝 놀랐다. 사람을 시켜 얼마 전부터 갑자기 보이지 않는 도림을 찾았으나 역시 그의 행방은 오리무중이었다. 개로왕은 비로소 도림이 고구려의 첩자라는 보고가 사실임을 깨달았다. 후회가 막심했지만 이미 때는 늦은 것을 어찌하랴.

고구려 군의 총공세에 북한산성을 지키던 백제군의 주력부대가 불과 일주일 만에 무너지면서 백제군은 일방적인 수세에 몰렸다. 패잔병은 한강을 건너 왕성인 풍납토성으로 후퇴하여 마지막 저항을 시작했으나 이미 전세는 돌이킬 수 없는 지경에 이르렀다. 후방의 지원군도 곳곳에서 요충지를 장악한 고구려 군에 의해 궤멸되면서 백제는 순식간에 사면초가에 몰렸다.

상황이 돌이킬 수 없게 되자, 개로왕은 태자 문주文周를 불렀다.

"내가 어리석어서 간사한 자의 말을 믿어 나라를 망쳐놓았다. 백성들의 민심이 갈라지고 군사들도 약하기 그지없다. 게다가 물자도 바닥이니 막강한 고구려 군대를 막기가 어렵게 되었구나. 나는 마땅히 적과 마지막까지 싸우다가 죽겠지만, 너는 목숨을 보전하여 나라의 사직을 이어야 하지 않겠느냐."

개로왕과 눈물로 이별을 한 태자 문주는 몇몇 신하들과 소수의 호위 병력을 대동하고 고구려 군의 포위망을 뚫고 남쪽으로 말을 달렸다. 백제의 수도 한성은 고구려 군대의 공격 앞에 함락되었다. 개로왕은 도망가다가 매복하고 있던 고구려 군에게 잡혔고, 곧바로 아차성 아래 고구려 군영으로 끌려가 죽임을 당하고 말았다.

전쟁에서 적국의 왕을 사로잡으면 처형하지 않고 인질로 삼아 영토나 몸값을 요구하는 등 실리를 취하는 게 일반적이다. 특히 왕을 살해하는 것은 상대국으로부터 깊은 원한을 초래하기 때문에 쉽게 선택하지 않는다. 그럼에도 불구하고 개로왕이 처형당한 것은 망명한 백제 장수들의 개인적인 원한이 그만큼 깊었다고도 볼 수 있다. 또 한편으로는 장수왕이 한성지역에서 백제 왕실을 싹을 잘라 백제 부흥의 의욕을 꺾어버리려는 의도로 개로왕의 처형을 방임했는지도 모르겠다.

『삼국사기』에는 이날의 사건을 다음과 같이 기록하고 있다.

> "이때 고구려의 대로(對盧) 제우(齊于), 재증걸루(再曾桀婁), 고이만년(古尒萬年) 등이 병사를 거느리고 와서 북성(北城)을 공격하여 7일 만에 함락시키고, 병사를 옮겨 남성(南城)을 공격하니 성 안이 위기와 공포에 빠졌다. 왕은 탈출해 달아났다. 고구려 장수 걸루 등이 왕을 발견하고 말에서 내려 절을 하더니, 왕의 얼굴을 향하여 세 번 침을 뱉고 죄를 헤아린 다음 묶어서 아차성(阿且城) 아래로 보내 죽였다. 걸루와 만년은 원래 백제 사람으로서 죄를 짓고 고구려로 도망한 자들이다."
>
> —「백제본기」 개로왕 21년조

어쨌거나 개로왕은 비참한 죽음을 당하였고, 나라까지 멸망 지경에 이르렀다. 그나마 태자 문주文周와 다수 귀족세력들이 도성을 탈출하여 웅진雄津으로 도읍을 옮겨 다시 백제 왕실을 이어갈 수 있어서 다행이었다.

장수왕은 백제 왕실과 귀족을 포함하여 8천 명을 사로잡아 평양으로 개선했다. 500년 백제 도읍지였던 한성은 고구려의 수중으로 들어갔고, 백제

장수왕의 침입을 받은 백제가 한성을 버리고 지금의 공주인 웅진으로 도읍을 옮기면서 세운 공산성

는 더 이상 한강유역에서 나라를 유지할 수 없었다. 단 한 번의 공세로 장수왕은 백제를 궤멸시키고, 한반도 중부권역에서 주도권을 장악했다. 개로왕과 백제군이 무기력한 면도 있었지만, 그만큼 장수왕과 고구려 군의 공세가 치밀하고 강렬했음을 보여준다. 장수왕은 광개토대왕이 백제를 공격하여 아신왕의 항복을 받았을 때보다 더 큰 성과를 거두었다. 백제는 한강유역을 완전히 상실했고, 고구려는 남양반도 일대까지 장악했다.

강력한 왕권의 확립은 고대 국가에서 국력을 결집시키는 역할을 하므로, 대체로 정치적 발전이라고 받아들여진다. 개로왕은 즉위 후 20년 가까이 아버지 비유왕의 무덤을 가매장된 상태로 방치해두고 있다가 뒤늦게 거대한 무덤을 조성했다. 귀족들의 반발이 상당했음을 보여주는 사례로서 당시 왕권 확립이 단번에 이루어진 것이 아니라는 것을 알 수 있다. 강력한 왕권의 뒷면에는 귀족들의 반발과 왕권의 독재라는 어두운 그림자가 들어있기 마련이다.

권력 다툼에서 패한 일부 귀족들은 고구려로 망명했다. 475년 고구려 군의 길잡이 역할을 하고 개로왕을 붙잡아 살해한 재증걸루와 고이만년은 백제에서 억울한 누명을 쓰고 체포 직전에 겨우 탈출한 이들이다. 이들은 개로왕을 붙잡았을 때, 왕의 얼굴에 세 번이나 침을 뱉을 만큼 왕에 대한 원한이 골수에 사무쳐 있었다.

고구려 군이 백제군의 주력부대가 지키고 있던 북한산성을 일주일 만에 함락시키고, 그 여세를 몰아 한강을 건너 궁궐이 있는 풍납토성을 포위했을 때, 개로왕은 주위를 돌아보며 이렇게 탄식했다.

"누가 나를 위하여 힘써 싸우기를 즐겨 하겠는가?"

나라가 위기에 처하자 군사들마저 저마다 살기 위해 도망가기 바쁜 상황을 지켜본 개로왕은 비로소 민심이 자신에게서 떠난 것을 정확하게 알게 되었다. 여러 해에 걸쳐 대규모 토목공사를 진행하는 동안, 귀족들이 반발하고 민심도 왕을 떠나 왕권이 땅에 떨어진 상태였음을 너무나 늦게 알게 된 것이다.

개로왕이 죽은 후 공주로 피신한 태자 문주가 왕위를 이었다. 그리고 웅진으로 도읍을 옮기면서 백제의 한성시대는 막을 내렸다. 웅진에서 새로운 정부가 구성되었지만 왕의 권위 또한 크게 떨어졌다. 권력이란 가장 호화롭게 포장되고 과시될 때, 그 순간부터 아래로부터 서서히 무너지고 있음을 새삼 깨닫게 해준다. 권력의 속성이 원래 그러할진대, 동서고금을 통해 권력을 가진 자들이라면 마땅히 새겨야 할 대목이다.

조선의 치욕, 비변사(備邊司) 창고에서 시작되었다

— 우물안 개구리였던 조선

1555년 5월 초 어느 날 오후, 동래 부산포의 왜관에 한 일본인이 들어섰다. 행색으로 보아 조선 상인들과 무역을 위해 찾아오는 다른 왜인들과 다를 바가 없이 평범해 보였다. 대합실로 들어선 그는 한 쪽 구석에 배낭을 내려놓고 주위를 조심스럽게 살폈다. 업무가 끝나가는 시간이어서 대합실에는 서너 명이 남아 있었다. 마지막 남은 사람이 볼 일을 마치고 나가면서 대합실이 조용해졌다. 그는 일어나 화장실로 가는 척하며 주위를 한 번 둘러보고는 기다렸다는 듯이 사무실 안으로 뛰어들었다.

"뭐… 뭐야? 당신은…?"

소스라치게 놀란 조선인 관원이 자리에서 벌떡 일어나 고함을 질렀다. 가끔 왜관에서 행패를 부리는 왜인들 때문에 소란이 일어나 문책을 받은 일이 있기 때문에, 관원들은 늘 긴장하고 있었다. 벽 쪽에 앉아 있던 나이 든 관리가 앞으로 나서며 낯선 왜인을 제지하고 나섰다.

"아아… 아니오. 아니오… 나는 다만 조선에 귀… 귀화하려고 왔소. 사…

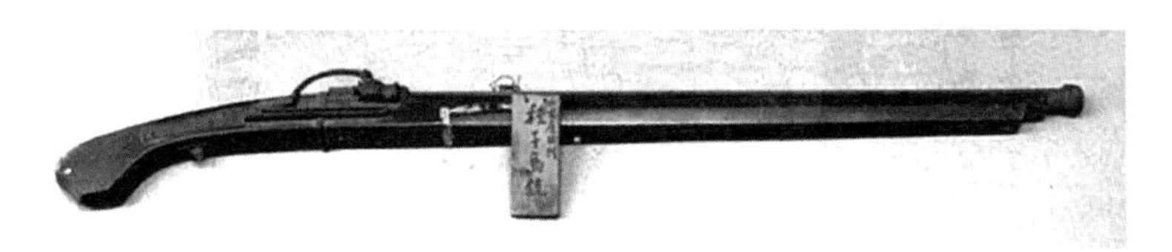
최초로 일본에 전래된 조총

상부에 보… 보고해 주시오."

발음이 조금 어눌했지만 그는 두 손을 앞으로 내밀어 흔들면서 분명한 조선말로 자신의 의사를 밝혔다. 젊은이는 들고 있던 보자기를 관원에게 내밀었다. 그리고 배낭을 풀어 까만 봉지 뭉치를 꺼내 책상 위에 올렸다. 관원이 겹겹이 싸인 갈색 보자기를 풀자 조총 한 자루가 모습을 드러냈다. 까만 봉지 속에는 화약이 들어있었다. 귀화 의사를 분명히 하기 위해 그가 가지고 온 것은 조총과 화약이었다. 일본에 서양의 조총이 전해진 지 10여 년 만의 일이었다.

젊은이는 자신의 이름이 평장친平長親이며 대마도주對馬島主 가문의 일원이라고 소개했다. 평장친의 소식은 즉시 상부에 보고되었다. 조정에서는 신속하게 반응하여 평장친을 한양으로 불러올렸다. 보고를 받은 왕 명종은 비변사에게 평장친이 들고 온 조총이라는 신무기를 확인하도록 지시하였다. 비변사에서는 그가 들고 온 조총을 가지고 며칠을 두고 분해와 결합을 번갈아 하면서 집중적으로 성능을 확인하였다. 평장친은 숙달된 솜씨로 비변사에서 시범을 보이면서 조총의 위력을 유감없이 발휘하였다.

성능을 확인한 비변사 관리들은 깜짝 놀랐다. 평장친이 가지고 온 조총과 화약은 당시 조선에서는 한 번도 경험해 보지 못한 굉장히 뛰어난 성능을 보여준 신무기였던 것이다. 중요한 첨단 기술이라고 평가한 비변사에서는 즉각 상세한 내용을 적어 조정에 보고했다. 그리고 평장친이 원하는 대로 그의 귀화를 받아들이고 관직을 수여해 줄 것을 건의했다. 평장친에게는 정3품의 당상관 직이 제수되었다.

명종실록에는 이날의 일을 다음과 같이 기록하고 있다.

> 왜인 평장친이 가지고 온 총통 화약이 뛰어나니 관직 제수를 비변사가 아뢰다.
>
> "일본(日本) 왜인(倭人) 평장친(平長親)이 가지고 온 총통(銃筒)이 지극히 정교하고 제조한 화약도 또한 맹렬합니다. 상을 내리지 않을 수 없으니, 바라건대 그가 원하는 대로 당상의 직을 제수함이 어떻겠습니까?" 하니, 왕이 아뢴 대로 하라고 답하였다".
>
> —『명종실록』 제18권

국사편찬위원회에는 조선의 왕 명종이 비변사의 건의를 받아들여 왜인 평장친에게 내린 당상관 관직 임명서가 보관되어 있다.

조총의 성능이 확인되고 제조 기술이 확보되자 조정에서는 긴급회의가 소집되었다. 주요 기관의 대신들이 어전회의에서 다투어 조총의 우수성을 인정하고 이를 대량으로 만들 것을 건의했다. 일부 대신들은 사찰의 종鐘을 녹여서라도 조총을 만들어야 한다고 주장했다. 사찰의 종에는 주석 성분이 들어가 있었으므로 성능이 뛰어난 조총을 만드는데 제격이라는 주장이었다. 어전회의는 갑론을박으로 열흘이나 계속되었다.

그러나 명종은 대신들의 주장을 한사코 받아들이지 않았다. "오래된 물건은 신령스러우니 손대지 말라"는 어머니 문정왕후의 강력한 숭불崇佛 의

지 때문이었다. 어린 명종이 즉위하자 수렴청정하면서 강력한 독재 권력을 휘두르고 있던 그녀에게, 조총은 단지 호기심을 자극하는 물건에 지나지 않았다.

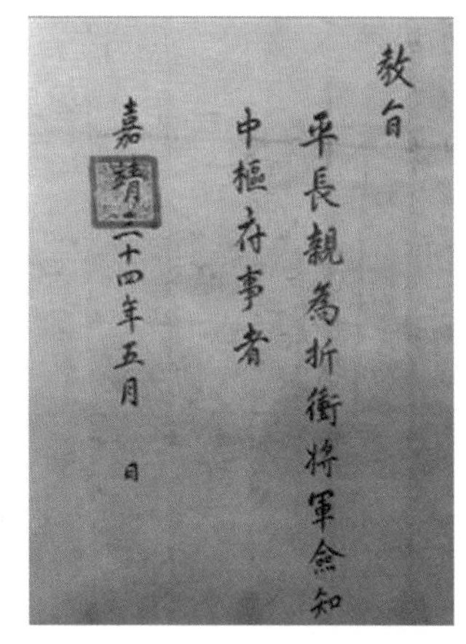
教旨
平長親為折衝將軍僉知
中樞府事者
嘉靖二十四年五月 日

명종이 평장친에게 내린 교지(敎旨)

1389년 고려 공양왕 원년에 최무선崔茂宣이 화약수련법과 화약법을 저술하여 조정에 바친다. 그는 우리나라 역사상 최초로 화약을 발명하고, 이를 이용한 무기를 만들어 왜구를 물리친 위대한 과학자이자 무인이었다. 그때까지 중국으로부터 화약을 수입하여 고작해야 왕실의 불꽃놀이 행사에만 이용하곤 했던 시기에, 그는 선구자적인 안목과 노력으로 화약을 개발하여 국산화에 성공한 것이다. 고려는 그가 발명한 화약과 새로운 무기를 가지고, 해마다 쳐들어와 노략질을 일삼는 왜구를 격퇴할 수 있었다. 당시 신흥세력으로 부상한 이성계도 화약무기의 중요성을 간파하고 군대의 가장 중요한 무기로 활용하였다.

그로부터 160여 년이 지난 당시 조선은 성리학적 가치질서의 구현을 추구하면서, 기술인과 상공인을 천시하는 사회 풍조가 만연해 있었다. 그 결과 정신문명에서는 성리학의 종주국인 명나라에 버금가는 명성과 성과를 이루어냈지만, 외부로부터 전래되는 우수한 기술에 대해서는 큰 관심을 보이지 않게 되었다. 최무선과 같은 위대한 과학자가 더 이상 나올 수 없는 사회 분위기였던 것이다.

조선의 문화를 동경해오던 한 일본인에 의해 전달된 조총의 제조기술은 그렇게 비변사의 창고 속으로 처박히고 말았다. 그로부터 30여 년이 지난

조총을 쏘는 왜군

1589년선조 22년에 대마도주 평의지平義智가 사신으로 와서 선물로 또다시 조총을 바쳤다. 평장친이 가지고 왔던 조총보다 성능이 훨씬 개선된 총이었다. 그러나 신무기의 중요성을 인식하지 못하고 있던 조정에서는 평의지가 바친 조총을 또다시 비변사 창고인 군기시軍器寺에 넣어두었다. 이때에는 조총을 양산하여 전력을 강화하자는 주장도 있었지만 처음부터 무시되고 말았다.

그리고 3년 후, 1592년선조 25년 4월 13일양력 5월 23일, 선봉장 고니시 유키나가小西行長가 이끄는 함선 700척, 18,700명의 왜군이 조선의 부산포 앞바다에 나타났다. 이른바 임진왜란이 일어난 것이다. 첨단 무기 조총과 칼, 창, 화살로 능수능란하게 전법을 구사하는 왜군에게 초반에 연전연패하면서 조선의 지배계층은 비로소 그 신무기 조총의 위력을 실감할 수 있었다.

조선은 임진왜란 다음 해인 1593년에 이르러 비로소 조총의 중요성을 인식하고 황급히 자체적으로 개발을 서둘렀다. 그러나 이미 조선의 강토는 처참하게 유린되고 있었고 백성들은 막대한 피해를 입은 다음이었다. 소 잃고 외양간 고치는 격이었다.

나는 새를 쏘아 떨어뜨릴 수 있다는 데서 그 명칭이 유래된 조총은 15세기 말 유럽에서 처음 발명되어 상인들을 통해 세계로 퍼져나갔다. 이 조총이 일본에 전래된 것도 우연한 일이었고 일본은 그 기회를 놓치지 않았다.

1543년 8월 25일, 명나라 광조우廣州를 출항한 무역선 한 척이 태풍으로 표류하다가 일본의 다네가시마種子島 가도쿠라곶門倉串 앞바다에 표착했다. 길이 45m에 달하는 대형 선박이었다. 이 배는 명나라 광조우를 근거지로 하여 당시 남중국해에서 악명을 떨치고 있던 해적선 가운데 하나였다. 그러나 해적선이었지만 동남아 해역을 돌며 온갖 귀한 물건을 교환하면서 장사를 하는 무역선이기도 했다.

어부들의 보고를 받은 관아에서 급히 출동해서 이들을 구조했다. 배에는 무려 110여 명이나 타고 있었다. 배에서 내린 사람들 가운데는 중국인과 남만인南蠻人은 물론, 포르투갈과 스페인 등 서양인 몇 사람도 포함되어 있었다.

당시 이 '다네가섬'은 16살의 젊은 영주 다네가시마 도키다카種子島時堯라는 인물이 다스리고 있었다. 출동한 관원들로부터 보고를 받은 도키다카는 가신들과 협의한 후, 배를 섬의 북쪽 안전한 항구에 예인토록 명하고 선원들은 인근의 유서 깊은 사찰 시온지慈遠寺로 안내하도록 조치했다. 이 절은 오래전부터 일본 본토에서 중국으로 가는 사신이나 학승學僧, 상인들이 잠시 머물 수 있도록 숙방宿房이 마련되어 있었다. 이들이 배를 수리하고 다시 출항하려면 상당한 시일이 걸릴 것으로 판단했기 때문이었다.

도키다카는 해적선의 선장을 불러 해적선의 표착 경위를 물었다. 중국인 선장 왕직王直은 안남安南을 거쳐 류쿠琉球로 가던 중, 태풍을 만나 표류하게 된 사연을 말했다. 이때 선장과 함께 온 포르투갈 인이 감사의 예물이라면

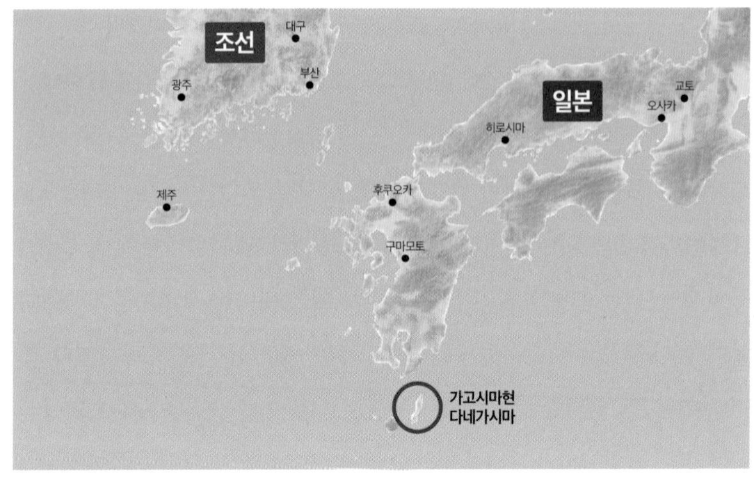

다네가시마(種子島)

서 흰 보자기로 감싼 물건을 영주에게 바쳤다. 포르투갈인 페르낭 핀투 Fernão Mendes Pinto라는 자였다. 그는 원래 동방을 오가며 장사를 하던 무역상이었으나 여러 해 전에 태풍으로 모든 것을 잃게 되자 명나라 해적선의 일원이 되어 남중국해에서 활동하고 있었다. 그는 훗날 포르투갈로 돌아가 『편력기遍歷記』라는 여행기를 남겼다.

영주에게 바친 흰 보자기를 풀자 긴 쇠막대기가 나왔다. 젊은 영주는 포르투갈인 핀투가 바치는 쇠뭉치에 큰 관심을 보였다. 그가 쇠뭉치의 용도를 묻자, 핀투는 직접 시범을 보이겠다고 청했다. 잠시 후 시온지慈遠寺 뒷편 언덕 아래에 표적지가 만들어졌다. 핀투는 50여 보 앞에 말뚝을 세우고 그 위에 큼직한 조개껍질 하나를 올려놓았다. 제자리로 돌아온 핀투가 쇠뭉치를 곧추세워 구멍에 검은 화약 가루와 둥근 구슬을 넣었다. 그리고 끼워 넣은 끈에 불을 붙였다. 핀투가 천천히 쇠막대기를 들어 눈을 갖다 대고 표적지를 겨누었다. 영주 도키다카는 표적지가 너무 멀다고 느꼈다.

핀투가 방아쇠를 당기자 '꽝' 하는 소리가 났다. 뜻밖의 굉음에 도주를 비롯한 주위 사람들이 모두 놀라 자빠지면서 엉덩방아를 찧었다. 도키다카가 일어나면서 표적지를 보고 눈이 휘둥그레졌다. 표적지 위에 놓여있던 대형 조개껍데기가 산산조각이 나면서 흔적도 없이 사라진 것이 아닌가. 핀투가 들고 있는 쇠막대기 끝 구멍에는 화약 연기가 모락모락 피어오르고 있었다. 핀투가 만족스러운 듯 웃었다.

직감적으로 대단한 무기임을 간파한 도키다카는 직접 실험을 하고 싶어 했다. 핀투의 안내에 따라 자신이 직접 쇠막대기에 검은 화약 가루와 쇠구슬을 넣고 방아쇠를 당겼다. 이번에도 엄청난 굉음을 내면서 표적은 박살이 났다. 대단한 위력이었다. 이런 무기는 듣기도 처음이요, 보기도 처음이었다. 총銃이었다.

젊은 영주에게는 그들이 서양인인지, 중국인인지는 중요한 게 아니었다. 무려 영락전永樂錢 2천 필疋이나 되는 엄청난 값을 치르고 2정을 더 구입했다. 지금 돈으로 환산하면 1억 엔, 우리 돈으로 10억 원에 달하는 거금을 들인 것이다. 드디어 총이란 물건이 일본에 전달되는 순간이었다.

영주는 즉시 대장장이 명인으로 이름을 날리고 있던 야이타 긴베에기요사다八板金兵衛清定를 불러들였다. 그리고 명을 내렸다.

"즉시 이와 똑같은 물건을 만들어 내라. 빨리 만들어라. 서둘러라."

철포鐵砲의 복제를 명한 것이다. 당시 다네가시마에서는 해안가 모래에서 사철을 생산하고 있었다. 이 때문에 대장간 수공업이 크게 발달해 있었다. 지금도 이 섬의 대장간에서 만드는 가위는 일본 최고의 명품으로 친다. 표착한 선원들에게는 6개월 동안 섬에 머물도록 하는 조치를 내렸다. 1543년

9월 9일의 일이었다.

4개월 후, 마침내 복제품이 만들어졌다. 그러나 시험 결과 불발과 폭발사고가 잦아 실전에는 사용할 수 없었다. 총열에 사용된 나사를 당시 기술로는 만들 수 없었기 때문이었다. 대장장이 야이타는 기술을 배우기 위해 비상수단을 강구했다. 어린 딸을 핀투와 결혼시켜 함께 포르투갈로 보냈다.

오다 노부나가(織田信長)

어린 딸에게는 나사 제작 기술을 배워오라는 임무가 주어졌다. 이듬해에 딸은 나사 제작 기술자와 함께 돌아왔다. 마침내 그의 도움으로 원본과 성능이 같은 철포를 복제하는 데 성공했다.

1544년 다네가시마에서 철포鐵砲가 처음 만들어진 후, 26년 동안 화승총은 일본 전역에서 생산되기 시작했다. 조총이 일본에서 급속히 퍼진 것은 이들이 총포 기술을 독점하지 않고 공유했기 때문이다.

일본 전국시대 때 작은 나라였던 오와리尾張의 영주 오다 노부나가織田信長는 1560년 오케하사마桶狭間 싸움에서 자기보다 열 배나 많은 이마가와 요시모토今川義元 군대를 기습공격으로 격파했다. 지리地利와 천시天時를 절묘하게 활용한 전통적 전쟁 방식에 따른 전략의 승리였다. 그러나 노부나가는 당시 급속하게 퍼지고 있던 화승총의 위력에 주목했다. 화승총을 생산하여 이를 활용한 전술을 터득하는 데에 주력한 것이다.

마침내 15년 뒤인 1575년에는 일본사에서 큰 전환점이 된 이른바 '나가

나가시노 전투

시노長篠 전투'에서, 당시 최강의 군단으로 명성을 떨치고 있던 다케다 가쓰요리武田勝頼의 기마부대까지 굴복시키고 전국시대의 최강자로 떠오르면서 일본열도 통일의 주도권을 잡았다. 새롭게 등장한 첨단 무기인 철포를 사용해 얻은 결과였다.

당시까지 가장 강력한 기마부대를 보유하고 있던 다케다가 신무기 철포의 중요성을 간과한 것은 치명적인 실수였다. 그러나 그 역시 철포의 위력은 알고 있었다. 다만, 한 가지 흠이라면 납 총알과 화약을 장전하는 시간이 20초에서 25초까지 걸린다는 사실이었다. 한 발을 발사하고 다음 발사까지 아무리 빨라도 25초 이상이 걸린다. 유효 사거리 200미터 이내의 달려오는 말을 쏜 후, 다음 발사를 위해 장전을 끝내기도 전에 이미 적의 기마병은 바로 코앞에 다가와 있다는 이야기가 된다. 이것은 곧바로 '죽음'을 뜻했다. 다케다의 생각은 여기까지였다.

그러나 노부나가는 이 문제도 거뜬히 해결해 냈다. 3단 연속 사격으로 그 약점을 보강한 것이다. 소총대를 전단, 중단, 후단으로 세운 후 번갈아 가면

3단 사격전술

서 연속적으로 사격을 하는 것이다. 제1열의 전단이 먼저 사격을 마치면 즉시 맨 뒤로 빠져나온다. 제2열의 중단이 이어서 사격을 하고 마치고 나면 다시 제일 뒤로 빠진다. 마지막 제3열의 후단이 마찬가지로 사격을 마치고 후미로 빠지면, 처음 사격을 했던 전단이 재장전을 하고 다시 앞으로 나와 사격을 가하는 방식이었다. 이런 방식으로 철포의 사격은 계속된 것이다. 이른바 '3단三段 사격'이라는 전술이었다. 1575년 6월 29일, 나가시노 전투에서 뛰어난 기병을 가지고 있던 다케다 군 15,000기를 전멸시킨 것이 바로 3단 사격이었다. 3열 철포대에 무너진 것이다. 신무기 철포의 가치에 관심을 가진 노부나가의 선견지명 덕분이었다.

신무기 철포의 출현으로 이제까지의 전투 방식이 바뀌었다. 교전 양측의 무사가 하나씩 말을 타고 나서서 일대일로 창과 칼로 맞겨루던 싸움은 이제 구식이 되어 버린 것이다. 서로의 이름을 밝히고 싸우는 일이 없어졌고, 상대가 누군지도 모르고 서로 죽이게 되었다. 이후 전국시대 영주들은 철포의 조달에 혈안이 되었다.

250여 개의 영지로 분열되어 150여 년이나 지속된 일본의 전국시대는 오다 노부나가가 총으로 통일의 기틀을 다졌고 짧은 기간의 도요토미 히데요시豊臣秀吉의 통치 시대를 지나 도쿠가와 이에야스德川家康가 에도막부江戶幕府를 개설하면서 일본열도에 비로소 강력한 중앙집권체제의 통일국가가 등장했다. 총이 일본에 전래된 후 60년 만에 일어난 변화였다.

일본에 총이 생산되어 전국으로 퍼져나가면서 10년 후 대마도주 가문의 평장친에 의해 조선에도 전래되었다. 그러나 조선 정부는 총이 신무기라는 점은 인정했지만 그 단점 역시 명확했기 때문에 당장 현실성이 없다는 이유로 비변사 창고에 보관하고 말았다. 조총이 가진 장점보다는 단점을 더 크게 본 것이다. 실제로 평장친이 가지고 온 총은 쓰는 법이 쉽긴 했지만, 장전과 조준이 활에 비해 몇 배로 느렸고, 사거리나 명중률에서도 활보다 낫다고 할 수 없었다.

선조실록에는 대신들의 갑론을박이 기록되어 있다. 한쪽은 양산이 빠르고 쉽다는 점에 주안점을 두고 일본의 침략에 대비할 것을 주장하고, 다른 한쪽은 같은 조건이면 활을 쏘는 것이 더 유리한데 굳이 그렇게 할 필요가 없다고 반박하였다. 오랜 시간 동안 전쟁을 겪지 않았던 조선은 시시각각 변화하는 국제정세에 둔감해져 있었고, 논쟁은 그렇게 무사안일하게 결론을 내리고 말았다.

그러다가 임진왜란이 일어나 조총으로 무장한 왜군의 전술에 속수무책으로 당하자, 그제야 조총의 위력을 실감하고 혼비백산했다. 선조는 비변사에 처박아 두었던 조총을 찾았다. 선조 앞에 나타난 조총은 녹이 잔뜩 슬어 사용할 수도 없었다. 선조는 조총을 복제하여 대량으로 생산하라고 지시했으나 조총은 금방 만들 수 있는 것이 아니었다. 마침내 1593년 9월에 이르러 이순신이 처음으로 조총을 모방하여 제작하는데 성공한다. 다른 한편에서는 김충선金忠善 등 귀순한 왜장倭將들이 조총 제작 기술을 전수해 주면서 조총은 조선군에 빠르게 전파되었다. 우리에게 익숙하게 알려진 '조총鳥銃'이라는 이름은 하늘을 나는 새도 떨어뜨린다는 뜻으로 명나라에서 붙인 이름이다.

오늘날 규슈 남단에 위치한 다네가시마種子島는 인구 약 3만의 작은 섬이다. 470여 년 전, 우연한 기회에 이 섬에 표착한 해적선으로부터 전수받은 총銃 제작 기술 하나가 일본의 역사를 바꾸고 동아시아 역사에 엄청난 영향을 끼친 사건이 되었다. 비슷한 시기에 조선에도 전래된 이 기술은 비변사 창고에 처박히는 수모를 당했다. 그러는 사이에도 일본은 열도 전역에서 다투어 대량 생산체제를 갖추어 나갔다. 기술자는 존중되었으며 우대를 받았고 귀하게 받들어졌다. 반대로, 사농공상士農工商으로 신분 체계를 강화하고 성리학적 가치를 앞세워 반상班常의 구별을 따지며 당리당략을 내세우던 조선의 선비들은 '천한 왜놈'이라고 무시하던 일본의 기술 앞에 무기력하게 치욕적인 수모를 당하고 말았다.

7년 전쟁의 서막, 조선은 깜깜이었다
— 무뎃뽀의 비극

"장군. 장군. 큰일이오. 잠깐 멈추시오."

산 정상에서 말 몇 필이 흙먼지를 일으키며 달려 내려오고 있었다. 맨 앞의 말을 탄 군사가 큰 소리로 외쳤다. 쏜살같이 내려온 이들은 지휘관으로 보이는 장군 앞에 이르러 급하게 말을 세웠다. 말에서 내린 사람은 산 정상에서 깃발로 신호를 보내면서 훈련 상황을 지시하고 점검하고 있던 부장副將 이정헌李廷憲 이었다. 갑자기 멈춘 터라 말도 놀라 앞발을 들며 긴 울음소리를 냈다. 말들이 일으킨 흙먼지가 불어오는 바닷바람을 타고 어지럽게 흩날렸다.

"무슨 일인가? 왜 그리 허둥대는 게야? 무슨 큰일이라도 일어난 건가?"

마침 골짜기에서 언덕을 오르는 노루를 향해 화살을 조준하고 있던 부산진첨사 정발鄭撥이 다급한 외침에 놀라 활의 시위를 풀면서 고개를 돌렸다. 정발은 군사를 이끌고 부산진 앞 바다 절영도絶影島, 오늘날의 영도에서 훈련을 겸한 사냥을 하고 있었다. 훈련은 매년 봄가을 연례행사로 진행되고 있었는데, 이번 행사는 녹음이 짙어지는 시기를 택하여 봄바람이 살랑살랑 불어오는 화창한 날씨를 잡아 제법 성대하게 치르는 중이었다. 골짜기에는 노루와 토끼를 몰아대는 군사들의 함성으로 시골장터를 방불할 정도로 시끌벅적했다.

이정헌은 정발을 향해 공수 예를 마치고 손가락으로 산 정상을 가리키며 말했다. 뭔가에 몹시 놀란 듯한 그의 표정에서 정발은 심상치 않은 느낌을 받았다.

"장군. 지금 부산진 앞 바다에 왜군의 깃발을 단 배들이 다가오고 있습니다. 빨리 확인하시는 게 좋겠습니다."

정발 장군의 부관이 상황을 눈치채고 얼른 말을 끌고 왔다. 군사들과 함께 노루와 토끼를 몰면서 산 너머 골짜기로 내려와 있었기 때문에 부산진 앞바다를 보려면 정상으로 다시 올라가야 했다.

"왜군의 배라… 그건 가끔 있는 일이 아닌가? 조공을 바치러 오는 배들이겠지. 지금 그럴 때가 되지 않았나?"

정발은 수염을 쓰다듬으며 별일이 아니라는 듯 대꾸했다. 그의 시선은 여전히 노루를 쫓고 있었다. 군사들의 함성에 놀란 노루가 골짜기에서 산 정상을 오르는 능선으로 달아나고 있었다. 봄기운이 완연한 날씨에 몇 그루 남지 않은 소나무 사이로 진달래와 철쭉이 만발한 능선은 눈부시게 아름다웠다.

"아닙니다. 오늘은 좀 이상합니다. 몇 척이 아니라 수백 척은 족히 넘습니다. 바다를 가득 메웠습니다. 아무래도 심상치 않습니다. 빨리 직접 확인하시는 게 좋겠습니다. 장군."

이정헌은 평소 학식이 높은 선비로서 과묵하고 신중하게 업무를 처리하

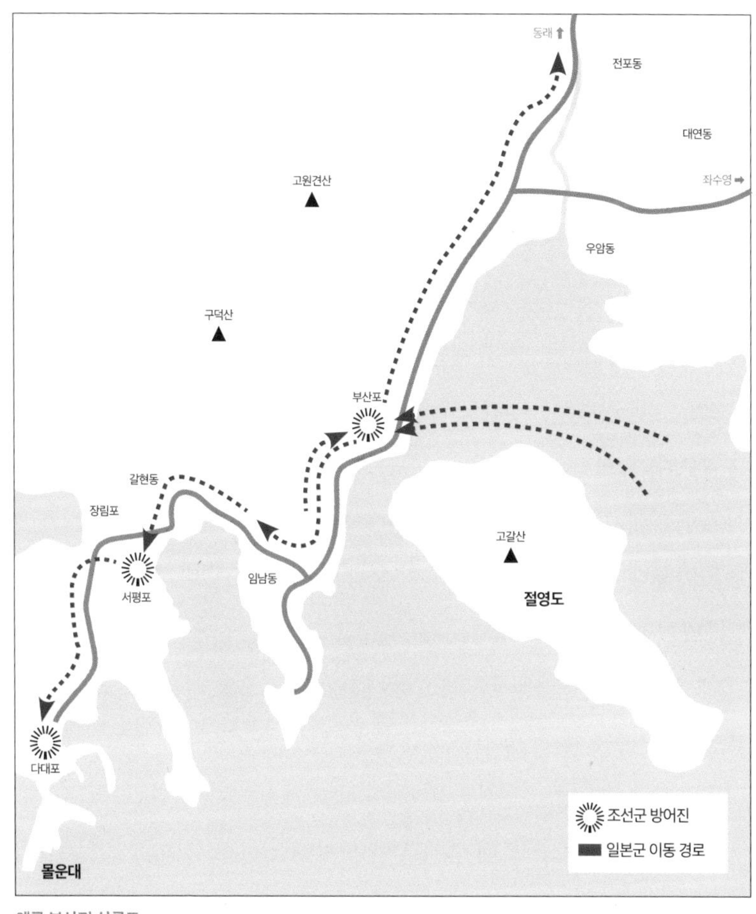

왜군 부산진 상륙도

여 첨사 정발로부터 두터운 신임을 받고 있었다. 그런 그가 정색을 하면서 재촉했기 때문에 정발은 상황이 심각하다는 것을 직감할 수 있었다.

정발은 화살을 부관에게 건네주고 잽싸게 말에 올라 산 정상으로 내달렸다. 부장 이정헌과 참모들이 뒤를 따랐다. 말들이 빠르게 산등성이를 달리자 다시 흙먼지가 어지럽게 흩날렸다. 군사들은 아직도 노루와 토끼를 몰아가고 있었다. 군사들이 지르는 함성이 골짜기에 계속 이어지고 놀란 짐승들이 이리저리 사납게 뛰었다.

산 정상에 오른 정발의 시야에 처음 보는 바다의 광경이 들어왔다. 늘 보던 탁 트인 바다는 사라지고 왜군의 깃발을 단 함선으로 빼곡하게 차 있었다. 이건 평소처럼 조공하러 오는 배의 모습이 아니었다. 조공이나 무역을 위해 오는 왜선은 아무리 많아도 4, 5척을 넘는 경우는 없었다. 정발은 직감으로 전시 상황임을 느꼈다. 왜군이 쳐들어온 것이다. 전쟁이었다.

정발은 왜군의 함선 선단을 막을 대책을 강구하려고 했으나 금방 포기하고 말았다. 당시 부산진성에서 보유하고 있던 병선은 겨우 3척에 불과했기 때문이었다. 그것도 훈련선에 불과한 3척의 배로 수백 척이 훨씬 넘는 함선들을 어떻게 상대한단 말인가. 그의 등에 식은땀이 흘렀다. 그는 떨리는 목소리로 이정헌에게 지시했다.

"이 부장. 즉시 훈련을 중지하고 군사를 몰아 성으로 인솔하시오, 그리고 성 밖의 백성들을 속히 성 안으로 대피시키시오. 빨리 움직이시오."

"예. 장군."

이정헌은 즉시 말을 돌려 임시로 만든 지휘소로 올라갔다. 그는 재빨리 징을 치고 나팔을 불며 깃발을 흔들어 군사들에게 긴급한 상황을 알리고 훈련을 중지시켰다. 정발은 영문을 모르고 우왕좌왕하는 군사를 돌려 서둘러 부산진성으로 돌아갔다. 정발은 즉시 전령들을 사방으로 풀어 왜군의 침략 사실을 알렸다.

성으로 돌아와 상황을 파악한 정발은 왜군의 배가 평시처럼 조공이나 무역을 위해 방문하는 배가 아닌 전투를 위한 함선이라는 것을 확인했다. 혹시나 했던 일이 사실이 된 것이다. 그동안 꾸준히 저잣거리에서는 왜倭의 침

부산진 순절도(육군박물관 소장)

략이 임박했다는 풍문이 돌고 있었다. 유언비어로만 떠돌던 소문이 사실임을 확인하는 순간, 그는 비로소 올 것이 오고야 말았다는 생각에 무력감에 빠지고 말았다.

충장공 정발 장군

그가 부산진성에 부임할 당시, 군대라고 편성은 되어 있었으나 병력은 고작 수백 명에 불과했다. 게다가 변변한 무기도 없고 훈련이 전혀 되어있지 않은 오합지졸을 보고 얼마나 크게 실망했던가? 몇 달 동안 군사들의 군기를 세우고 반복되는 훈련을 통해 군사들은 조금씩 달라져가고 있었다. 그런 모습을 보면서 뿌듯한 생각이 들고 있던 즈음에, 혹시나 했던 왜군의 침략이 눈앞에 벌어지고 있으니 그로서도 당황할 수밖에 없었다.

정발은 즉시 성 밖에 살던 백성들에게 성 안으로 서둘러 몸을 피할 것을 명령했다. 갑작스런 상황에 놀란 백성들이 성 안으로 몰려들었다. 상황을 파악하기 위해 사방으로 풀었던 전령들이 속속 돌아오면서 인근 지역 진鎭과 보堡의 소식도 보고받았다. 왜군이 상륙한 곳은 이곳뿐만이 아니었다. 동래부東萊府 일대를 동시다발로 들이닥친 전면적인 기습이었다.

방어무기라고는 활과 창이 고작인데다가 제대로 훈련을 받은 군사들이 없는 상황에서 군사들은 허둥대기 시작했다. 정발은 성문을 굳게 걸어 잠근 채 전투준비를 시작했다. 우선 백성들을 성 안으로 불러들이고 성 밖에 있는 민가를 모두 불사르라고 지시했다. 그리고 전령을 동래성으로 보내 왜군이 침공했음을 알리고 구원군을 요청하였다.

1592년 5월 22일음력 4월 13일 오후, 고니시 유키나가小西行長가 이끄는 왜군 제1군 1만 8000여 명이 700여 척의 함선에 나누어 타고 부산진 앞바다에 나타났다. 바다를 가득 메우면서 몰려오는 함선을 본 조선군과 백성들은 혼비백산했다.

이튿날 5월 23일음력 4월 14일 아침, 별다른 저항 없이 부산진 일대에 상륙한 왜군은 부대를 셋으로 나누어 해안가를 접하고 있는 진鎭과 보堡를 공격했다. 한 부대는 울산의 서생포西生浦로 향했고, 쓰시마섬對馬島의 초대 번주藩主 소 요시토시宗義智가 이끄는 5천 명의 부대는 정발이 지키고 있던 부산진성 공격에 나섰다. 그리고 제1번대의 총지휘관인 고니시 유키나가가 이끄는 본진은 낙동강 하구의 다대포성 공격에 나섰다.

소 요시토시가 지휘하는 왜군이 정발 장군이 지키는 부산진성을 포위하고 공격이 시작되면서 처절한 싸움이 벌어졌다. 왜군의 신형 병기인 조총 앞에 조선군과 백성들이 가지고 있는 재래식 무기는 아무 쓸모가 없었다. 게다가 조총의 엄청난 발사음에 놀라 심리적으로 위축되어 시간이 흐를수록 무력감에 빠져 제대로 저항할 수도 없었다. 조선군이 쏜 화살은 정통으로 맞아도 즉사하지 않았지만, 왜군이 쏘아대는 조총을 맞은 군사들은 그대로 즉사했다. 처음 보는 조총의 위력 앞에 조선군의 사기는 여지없이 떨어졌다. 몇 배에 달하는 왜군들이 물밀듯이 들이닥치면서 중과부적으로 시간이 흐를수록 전세는 기울어져 갔다. 전투가 벌어진 지 불과 얼마 되지도 않았는데도 곳곳에 쌓인 시체들이 산더미를 이루었다. 화살도 동이 나고, 사망자가 급증하여 살아남은 사람의 수도 눈에 띄게 줄었다.

왜군이 성벽을 기어오르고 성문이 뚫려 성 안으로 들어오기 시작하면서 전세가 완전히 기울었다. 무기가 떨어진 백성들은 기왓장과 돌을 손에 잡히는 대로 던지며 저항했다. 성이 함락되는 것은 이제 시간문제였다.

한 비장이 망루로 올라와 정발의 소매를 잡아끌며 말했다.

"장군님. 성문이 뚫렸습니다. 구원군도 아직 소식이 없습니다. 탈출하여 후일을 도모하는 게 좋겠습니다."

정발이 돌아보니 비장의 얼굴은 피투성이였다. 정발은 잠시 화살을 내려놓고 성 안을 둘러보았다. 왜군은 이미 성 안 곳곳에서 백성들을 도륙하고 있었다. 정발은 자신의 죽음을 직감하고 몸을 돌려 북쪽을 바라보았다. 불과 몇 달 전 임지에 부임할 때 어머니께서 당부하시던 말씀이 생각났다.

사실 정발은 모친의 병세가 위독해지자 임진왜란이 일어나기 얼마 전 관직에서 물러났다. 그는 고향 경기도 연천으로 돌아가 어머니의 병간호를 하면서 글을 읽고 있었다. 그러나 얼마 지나지 않아 조정에서는 정발에게 부산진수군첨절제사釜山鎭水軍僉節制使라는 관직을 내리고 현지에 부임할 것을 명했다. 왜의 동향이 수상하다는 상소가 자꾸 올라오자, 조정에서는 중임을 맡길 인재가 필요했다. 조정은 그동안 정발이 공무를 수행하면서 보여준 능력을 신임하고 있었던 것이다. 그러나 정발은 조정의 명령을 즉시 받아들이지 않고 미루고 있었다.

선조가 내린 교지敎旨를 받아든 정발은 난감했다. 나라를 위한 '충忠'의 가치를 받아들이자니 부모에 대한 '효孝'의 가치를 저버리는 것이요, 반대로 효의 가치를 지키기 위해 조정의 명령을 거부하자니 나라를 위한 충의 가치를 저버리는 것이 아닌가. 그는 결코 저버릴 수 없는 두 가치에 대한 선택의 갈림길에서 고민하기 시작했다.

관아에서 여러 차례 집을 찾아와 아들과 밀담을 나누고 돌아가는 것을 본 그의 모친이 상황을 알아차리고 정발을 불렀다.

"요즘 관아에서 몇 차례 집을 다녀가더구나. 무슨 일이냐?"

정발은 머뭇거리다가 부인에게 일러 교지를 가져오게 했다. 그는 교지를 내밀면서 그동안 관아에서 몇 차례 찾아온 이유는 자신의 부임을 재촉하기 위한 것이었음을 사실대로 고했다. 모친은 미소를 지으며 말했다.

"무얼 그리 망설이는 게냐? 가문의 영광이거늘…. 빨리 관복을 꺼내오너라."

모친은 자상한 얼굴로 며느리에게 일렀다. 정발의 부인이 얼른 일어나 관복을 내왔다. 마치 그럴 줄 알고 있었다는 표정이었다.

"하… 하지만… 어… 어머님…. 어머님의 병세가 이리도 위중하신데… 소자가 떠나면 병간호는 누가 한단…"

"발撥아. 나 좀 일으켜 주렴."

아들이 머뭇머뭇 대답을 하자 모친은 만면에 미소를 머금으며 아들에게 앙상한 손을 내밀었다. 정발은 어머니의 상반신을 일으켜 세웠다. 수척할 대로 수척해진 어머니의 가녀린 몸이 품에 들어오자 정발은 눈시울이 뜨거워졌다. 이마에서 수건을 내린 모친은 근엄한 얼굴로 정색을 했다. 어머니의 얼굴에는 미소가 사라지고 없었다. 모친은 아들을 향해 나지막한 목소리로 말했다.

"발撥아. 예로부터 충忠 속에 효孝가 들어있다고 했다. 그래서 충신은 바로 효자 가문에서 난다忠臣出於孝子之門고 하지 않았느냐? 나라에서 너를 필요로 하니 집안 걱정은 하지 말고 가거라. 집에도 사람들이 많으니 내 걱정 하지 말거라."

모친은 사랑채 행랑아범을 불러 아들의 현지 부임에 차질이 생기지 않도록 하라고 이르고는 자신의 품에 안겨 눈물을 흘리는 아들의 등을 두드리며 다독거렸다.

정발은 어머니가 계시는 북쪽을 향해 무릎을 꿇고 울부짖었다.

"어머님. 불효 자식은 이렇게 먼저 갑니다. 부디… 부디… 저의 불효를 용서하소서."

정발은 땅에 머리를 세 번 찧으며 절을 올렸다.

성 안으로 진입한 왜군 무리들이 정발을 발견하고 그가 있는 망루 쪽으로 올라왔다. 그는 자신의 소매를 잡은 비장의 손을 뿌리치면서 화살을 버리고 장검을 빼어들었다. 그리고 큰 소리로 호통쳤다.

"듣거라. 나는 마땅히 이 성의 귀신이 될 것이다. 감히 다시 성을 버리자고 하는 자가 있으면 목을 벨 것이다."

그리고 좌우를 돌아보며 비장한 목소리로 다시 외쳤다.

"떠나고 싶은 자는 지금 떠나라. 죄를 묻지 않겠다. 나는 부산진성과 함께할 것이다."

그는 이미 전세는 기울었고 성 안에 밀려든 왜군을 당하기에는 중과부적이라는 것을 잘 알고 있었다. 그래도 한 명의 백성이라도 살리고 싶은 마음이 간절했다. 치열한 백병전이 벌어지면서 곳곳에 피투성이가 된 군사들과 백성들이 쓰러져갔다. 아무도 자리를 떠나는 사람이 없었다.

전투는 왜군의 공격이 시작된 지 불과 3시간 만에 끝났다. 부산진성의 항전은 처절했다. 정발 장군과 부장 이정헌 이하 모든 조선군은 물론, 성 안에 남아있던 백성들이 모두 장렬한 최후를 맞았다. 왜군들은 살아 꿈틀거리는 사람들까지도 모두 죽였다. 포로는 아예 없었다. 왜군들이 군신軍神에게 제사를 지낸다면서 개와 고양이까지 다 죽였다. 성 안에 살아 움직이는 생명체는 거의 없었다. 부산진 백성들의 눈에 왜군들은 그야말로 악마의 화신이었다.

다대포 전경(1980년대)

정발 장군의 시신은 끝내 발견되지 않았다. 나중에 간신히 찾아낸 그의 갑옷, 투구 조각을 대신 관에 넣어 안장했다. 장군은 나중에 좌찬성종일품에 추증되고, 충장공忠壯公이라는 시호가 내려졌다. 부산 동래의 안락서원安樂書院에 배향되었다.

부산진 전투에서 일어난 비참했던 학살의 상세한 내용은 한동안 세상에 잘 알려지지 않았다. 이 치열한 전투의 진상을 전한 자들은 아이러니하게도 당시 부산진 전투에 참여한 왜인들이었다. 그들은 이 전투에서 조선군과 부산진 백성들이 보여준 처절했던 항전을 두고 그 용감성에 감탄을 쏟아냈다. 고니시조차도 지휘관들로부터 전투 상황을 보고받고 조선군의 용맹함을 본받으라고 할 정도였다.

부산 지역 일대의 방어를 총괄하고 있던 경상좌수사 박홍朴泓은 부산진성이 함락되었다는 급보를 전해 듣자, 곧바로 좌수영 본진을 빠져나와 울산 언양彦陽으로 달아났다. 사령관인 좌수사가 달아났다는 소식이 전해지자, 인근 지역의 진鎭과 보堡를 지키던 군사들도 모두 도망쳐 흩어졌다.

한편, 전날 엄청난 규모의 왜군 선단이 부산진으로 상륙했다는 보고를 받은 다대포첨사多大浦僉使 윤흥신尹興信은 즉시 군사를 소집하고 아우 윤흥제尹興悌에게 백성들에게 성 안으로 대피시키라는 명령을 내렸다. 그는 즉시 무기를 점검하고 방어태세에 돌입했다.

그는 먼저 왜군의 공격에 대비해 성 밖에 파놓은 수로水路로 물길을 돌렸다. 수로는 깊고 폭이 넓어 왜군이 쉽게 건너올 수 없었다. 이 수로는 평시에는 백성들이 농사를 짓는 데 필요한 수로의 역할을 했지만, 전시에는 해자垓字의 역할을 수행할 수 있도록 만든 것이었다. 또 왜군이 수로를 건너 성벽에 가까이 왔을 때를 대비하여 성 밖에 방어용으로 제작한 큰 못을 뿌리고 성벽 위에 궁수들을 배치했다. 그리고 백성들을 동원하여 성벽 위에 돌과 기왓장을 쌓도록 했다. 성벽을 오르는 왜군을 물리치기 위한 방안이었다. 무기가 부족한 상황에서 할 수 있는 유일한 방안이기도 했다.

다대포성을 겹겹이 포위한 소 요시토시는 고니시 유키나가가 작성한 항복 권고 문서를 화살에 매달아 성 안으로 쏘아 올렸다. 왜군의 항복 권유 문서를 받아 든 윤흥신은 코웃음을 치면서 갈기갈기 찢어버렸다.

조선군이 항복할 의사가 없자 왜군은 총공격을 시작했다. 왜군의 공격은 하루 종일 계속되었다. 그러나 윤흥신은 성 밖의 수로를 활용하면서 성벽으로 접근하는 왜군에게 화살을 쏘면서 끈질기게 저항하였다. 왜군은 신무기인 조총의 엄호를 받으며 수로의 물줄기를 다른 곳으로 돌리고 물을 뺀 뒤에 성벽으로 접근해왔다. 전투는 하루 종일 치열하게 전개되었다. 병력과 무기의 열세에도 불구하고 윤흥신이 지휘하는 다대포진의 군사와 백성들은 혼신의 힘을 다해 왜군의 공격을 막아냈다.

윤흥신 장군 동상

치열한 전투는 야간으로 이어졌다. 밤이 되자 야음을 틈탄 왜군의 공세는 더욱 거세졌다. 막강한 병력과 무기 앞에 다대포진의 방어는 한계를 드러냈다. 밤을 지새우면서 끈질기게 저항하던 다대포진의 방어선은 5월 24일 새벽녘이 되자 마침내 무너지기 시작했다.

윤흥신은 왜군이 성 안으로 진입을 시도하자, 성벽과 성문을 사수하던 병력을 모두 퇴각시켰다. 병사들은 일사불란하게 일시에 현장에서 물러났다. 끈질기게 저항하던 조선군이 갑자기 퇴각하자 왜군은 성 안으로 물밀듯이 한꺼번에 몰려왔다. 왜군이 한꺼번에 좁은 성문을 들어서자 전열이 크게 흐트러졌다. 이때를 놓칠 새라 윤흥신의 수기신호에 따라 퇴각했던 조선군들이 일시에 나타나 역공을 가했다. 궁수들이 쏘는 화살이 비가 오듯이 왜군들의 머리 위로 쏟아져 내렸다. 사전에 계획된 역습 작전이었다.

그러나 그것도 잠시였다. 궁수들이 쏘아대는 화살이 줄어들자 전열을 가다듬은 왜군이 수적으로 우세한 전력을 앞세워 다시 들이닥쳤다. 성 안에서는 격렬한 백병전이 벌어졌다. 쉴 새 없이 들이닥치는 왜군 앞에 조선군과 백성들은 하나 둘 쓰러져갔다. 잠시 후 성 안에는 살아남은 조선 사람은 하나도 없었다. 왜군들은 살아서 꿈틀거리는 사람들까지도 모조리 죽였다. 진두에서 끝까지 지휘하던 성주 윤흥신과 그의 아우 윤흥제도 마지막까지 싸우다가 온몸에 칼을 맞고 피투성이가 된 채 장렬하게 순절했다.

다대포진은 조선 초기에 수군 진영이 처음 설치될 때, 병선 9척과 군사 723명이 배치되었다. 그만큼 부산진 못지않은 군사적 요충지로 간주되었기 때문이었다. 그러므로 임진왜란 당시에도 아마도 이와 비슷한 전력을 유지하고 있었을 것이다. 그러나 왜군이 공격을 시작했을 때 병력과 무기에서 워낙 현저한 차이를 보였기 때문에, 진에 설치된 방어시설과 무기는 사실상 무용지물에 지나지 않았다.

다대포 전투 역시 살아남은 사람이 없었기 때문에 자세한 내용은 알 수 없다. 다대진첨절제사多大鎭僉節制使 윤흥신의 공적은 오랫동안 세상에 알려지지 않았다. 부산 일대에서 왜군과 싸워 전사한 분들을 모신 충렬사에도 처음에는 윤흥신은 배향되지 않았다. 다만 영남 최대의 사찰인 범어사에서 윤흥신 장군을 위한 제사가 있었다고 한다. 장군의 공적은 그 후 동래부사를 지낸 조엄趙曮과 강필리姜必履 등의 노력에 의해 널리 알려지게 되었다. 그리하여 그가 순절한지 170년이 지난 1772년영조 48에야 비로소 충렬사에 배향될 수 있었다.

윤흥신 개인에 대한 기록 역시 거의 없다. 다만, 그가 을사사화 때 화를 입은 윤임尹任의 아들로서 진천 현감을 지냈고 1592년에 다대포첨사로 부임한 기록만 있을 뿐, 언제 어디서 나고 자랐으며 어떤 이력을 가지고 있는지에 대한 자료는 없다. 항일투사로 젊은 나이에 순국한 윤봉길 의사가 그의 12세 손이라는 것도 알려진지 그리 오래되지 않은 사실이다. 역시 충신 가

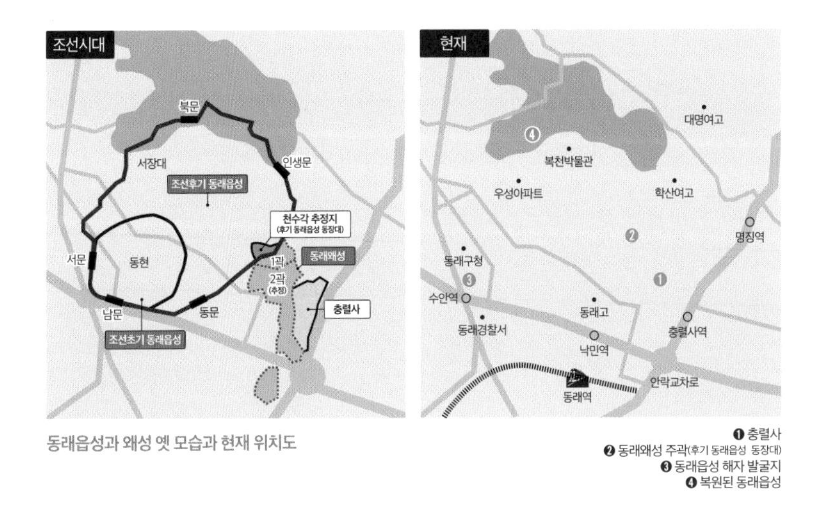

동래읍성과 왜성 옛 모습과 현재 위치도

❶ 충렬사
❷ 동래왜성 주곽(후기 동래읍성 동장대)
❸ 동래읍성 해자 발굴지
❹ 복원된 동래읍성

문에서 충신이 난다고 했지 않은가.

자료가 없는 것은 다대포 전투뿐만이 아니다. 왜군이 다대포를 공격하려면 중간에 서평포西平浦, 부산광역시 사하구 구평동를 반드시 지나야 한다. 서평포에도 다대포와 마찬가지로 조선 수군이 주둔한 서평포진西平浦鎭이 있었는데, 이곳에서도 왜군과 조선군 간에 교전이 있었다. 당시 서평포의 지휘관이 누구인지, 어떻게 싸웠는지에 대한 기록이 없다. 이는 임진왜란이 불시의 기습공격으로 시작된 전쟁이었고, 각각의 전투에서 살아남은 사람이 없었기 때문이었다.

1592년 5월 24일음력 4월 15일 아침, 다대포와 서생포, 부산진을 차례로 함락시킨 왜군은 병력을 집결시켜 동래성東萊城으로 몰려들었다. 왜군이 침략하여 부산진과 다대포진이 몇 시간 만에 함락되었다는 급보를 받은 동래부사 송상현宋象賢은 성문을 굳게 닫고 전투준비에 나섰다.

송상현과 함께 동래성의 남문에 올라 전투준비를 하던 경상 좌병사 이각李珏은 구름같이 몰려드는 왜군을 보고 잔뜩 겁을 먹었다. 그는 조금 전에 자신의 상관인 경상좌수사 박홍朴泓이 본진을 버리고 달아났다는 보고를 받은 터였다.

"부… 부사. 일… 일단 물러나서 험한 지형에 의지해 적을 막는 게 어떻겠소?"

동래부의 군사를 총지휘하고 있는 사령관 답지 않게 이각의 목소리를 떨리고 있었다. 겁을 먹은 부하들도 "일단 물러나서 험한 지형에 의지해 적을 막지"고 건의했으나 그는 일언지하에 묵살했다.

"성주가 성을 지키지 않고 어디로 간단 말이오!"

송상현 부사가 일갈했다.

"그러면 소… 송 부사는 이곳을 지키시오. 나는 군사를 몰아 성 밖에 나가 험한 지형을 이용하여 왜군을 협공하는 것이 더 좋겠소."

이각은 송상현의 대답을 기다리지 않고 즉시 몸을 돌려 성 아래로 내려갔다. 잠시 후, 이각은 자신이 지휘하는 군사를 몰아 성문을 열고 빠져나갔다. 이제 성 안에 남은 군사는 동래성 소속 수백 명에 불과했다. 송상현은 하늘을 보고 탄식했다. 그나마 다행인 것은 양산군수 조영규趙英珪와 울산군수 이언성李彦誠이 소수의 군사를 이끌고 동래읍성에 도착한 것이었다. 조영규가 말했다.

"양산이 워낙 작은 고을이라 무기도 제대로 없고 병사도 몇 안 됩니다. 하여 부사와 함께 동래에서 힘을 모아 왜적을 물리치는 것이 낫겠다 싶어 한걸음에 왔소이다."

송상현은 조영규와 이언성의 손을 꼭 부여잡았다.

"잘 하셨소이다. 이곳에서 막아야 적들이 북으로 올라가지 못할 것이외다. 동래가 적의 수중에 떨어지면 양산, 김해, 밀양 등이 함락되는 것은 불문가지가 아니겠소이까?"

그러나 이들이 이끌고 온 군사들이 워낙 소규모인데다가 전투 경험은커녕 훈련도 제대로 받지 않은 오합지졸에 불과하여 전력에 도움이 되지 못하였다.

송상현은 조영규, 이언성 등과 함께 망루에 올라 적진을 바라보았다. 얼마나 많은 적들이 모였는지 가늠할 수 없을 정도로 왜군의 깃발은 들판을 빼곡하게 메우고 있었다. 왜군은 선발대로 편성한 백여 명의 군졸들을 시켜 성 남문 앞에 목패를 세우고 돌아갔다. 송상현이 군사를 시켜 목패를 가져오게 했다. 목패에는 다음과 같은 글이 적혀있었다.

> "戰則戰矣 不戰則假道(싸우려면 싸우고 싸우지 않으려면 우리에게 길을 비켜 달라.)"

송상현은 붓을 들고 목패에 다음과 같이 적어 성 밖으로 던졌다.

> "戰死易 假道難(싸워서 죽기는 쉬워도 길을 빌려주기는 어렵다.)"

송상현은 자신의 죽음이 임박했음을 직감했다. 북쪽의 한양을 향해 엎드려 큰 절을 올렸다.

"전하. 신은 살아서는 적을 물리치지 못하오나 죽은 뒤에라도 마땅히 이 성을 지키는 귀신이 되어 적들을 참살하겠나이다."

부산 '송상현 광장'에 세워져 있는 '충렬공 송상현 선생상'
선비 복장에 '장군'이 아니라 '선생'이라는 칭호가 부여되어 있다. '선생'은 공자 등의 현인에게만 적용되는 최고의 호칭이다.

그리고는 부채를 꺼내 그 위에 부친께 올리는 편지를 썼다.

孤城月暈 외로운 성은 달무리처럼 포위되었지만

列鎭高枕 이웃 진들은 소식이 없습니다.

君臣義重 임금과 신하의 의리가 더 무거우니

父子恩輕 아버지의 은혜는 가벼이 여기렵니다.

글을 마친 송상현이 부하들에게 부사의 예복인 조복朝服을 가져오게 했다. 갑옷 위에 조복을 입은 그는 주위를 둘러보며 큰 소리로 말했다.

"혹시 오늘 이곳에서 죽지 않고 살아남는 자가 있거든, 이 부채를 고향에 계시는 내 아버지께 전해 다오, 그리고 내 주검을 거두어 묻어주기 바라노라, 내 배꼽 아래에 검은 점이 있으니 목이 없더라도 찾을 수 있을 것이다."

둘러서 있던 장졸들과 백성들이 모두 부사 앞에 엎드려 눈물을 쏟았다.

송상현이 쓴 목패를 받아든 왜장倭將 고니시는 총공격 명령을 내렸다. 조총으로 무장한 왜군은 동래읍성을 에워싼 뒤 동, 서, 남쪽의 3면에서 공격을 시작했다. 초반에는 조선군의 저항이 예상외로 강했다. 왜군은 우세한 병력을 내세워 후퇴와 공격을 반복했다. 사태는 금방 반전되었다. 병력과 장

부산 동래읍성 전투 장면을 묘사한 동래부순절도
1760년(영조 36년) 변박이 그린 그림으로 알려져 있다. 당시 송상현 동래부사가 왜군과 대치하는 모습, 경상좌병사 이각이 달아나는 장면 등이 그려져 있다.(한겨레 자료 사진)

비에서 열세를 보인 조선군은 중과부적으로 궁지에 몰리기 시작했다. 전투가 시작된 지 불과 반나절 만에 왜군은 동북쪽 성벽을 부수고 성 안으로 쏟아져 들어왔다.

동래읍성 백성들은 용감하게 싸웠다. 무기가 없던 백성들은 낫과 도끼 등 농기구를 들거나 맨주먹으로 왜군에 맞섰다. 부녀자들은 지붕으로 올라가 기와를 뜯어 왜군을 향해 던졌다. 왜군은 백성들을 가리지 않고 무차별 학살했다. 성 안은 순식간에 지옥으로 변했다.

왜군 장수 가운데 평조익平調益이란 자가 있었다. 왜倭 사신단의 일원으로 동래부에 자주 드나들었던 그는 오래전부터 송상현의 학식과 인품을 무척 존경해 왔다. 자신도 징집을 당해 할 수 없이 따라나선 전쟁이었다. 성 안으로 들어온 그는 부사 송상현을 찾았다. 계속 두리번거리다가 망루에서 싸움을 독려하고 있는 송상현을 발견했다. 평조익은 자신이 거느린 병력을 이끌고 재빨리 망루로 올라갔다. 그는 어떻게 하든 송상현을 살리고 싶었다. 송상현과 눈이 마주치자 목례를 하면서 눈짓을 보냈다. 송상현은 그가 누구인지 한눈에 알아보았다. 그는 칼을 들어 평조익을 가리키며 호통을 쳤다.

"네 이놈들. 어찌하여 감히 이 땅을 침범하느냐. 이 무도한 오랑캐 놈들아!"

"부사. 빠… 빨리 피하시오. 나를 따… 따라 오… 오시오."

평조익이 송 부사 가까이에 다가가 어눌한 조선말로 말했다. 그의 눈빛이 간절했다. 평조익은 왜군들이 지켜보는 것도 아랑곳하지 않고 송상현의 옷자락을 잡아당겼다. 우선 현장을 벗어나야 했다. 하지만 죽음이 눈앞에 닥쳐왔는데도 송상현은 꼼짝도 하지 않았다. 송상현은 평조익의 팔을 완강하게 뿌리쳤다. 순간, 반대편에서 망루에 오른 왜군의 칼이 그의 머리에 떨어졌다. 순식간에 그의 가슴에 여러 개의 칼이 박히고 목이 잘려나갔다. 다리에는 창날이 찍히고 피투성이가 된 그의 몸은 만신창이가 되었다. 송상현의 옆에서 칼을 곧추세우고 적의 칼날을 막아내던 조영규와 이언성도 함께 순절했다. 부사의 곁을 지키던 첩 금섬金蟾도 사로잡히자 끝까지 저항하다가 살해되었다. 동래부사 송상현의 나이 불과 42세였다.

송상현, 조영규, 이언성, 금섬 외에도 비장 송봉수宋鳳壽와 김희수金希壽, 향리 송백宋伯, 백성 김상金祥 등 무수한 사람들이 끝까지 싸우다 죽었다. 이촌녀二村女, 두 사람의 시골 여인도 김상을 도와 지붕 위 기왓장을 떼어 군사들에게 전해주다가 왜군의 칼에 맞아 죽었다. 겸인 신여로申汝櫓는 노모를 모시고 산다는 이유로 송상현이 성 밖으로 피신하라 했지만, 부사가 순절했다는 소식을 듣고 다시 성으로 돌아와 왜군과 싸우다가 죽었다.

효종 때 동래부사로 재직했던 민정중閔鼎重이 1668년에 쓴 『임진동래유사壬辰東萊遺事』에 보면 당시 상황을 다음과 같이 적고 있다.

> "성은 좁고 사람은 많은데 적병 수만 명이 일시에 성으로 다투어 들어오니 움직일 수 없었다."

동래 교수 노개방盧蓋邦 등은 향교에서 왜군과 싸우다가 순절했다. 1588년 문과 급제를 거쳐 동래 교수로 부임했던 노개방은 왜군이 쳐들어온 날 어머니를 뵈러 밀양에 가 있었다. 그는 전쟁이 일어났다는 소식을 듣고 급히 향교로 돌아왔다. 왜군은 향교에도 들이닥쳤다. 그 역시 칼을 쓸 줄 모르는 문관이었지만 조금도 망설이지 않고 왜군들과 싸우다가 장렬히 전사했다. 스승과 함께 싸우던 문덕겸文德謙과 양조한梁潮漢 등 학생들도 모두 죽었다.

모든 광경을 지켜본 적장들은 모두 놀라고 탄식하면서 대장 고니시 유키

동래읍성 유적
처참했던 1592년 음력 4월15일 동래읍성 전투상황을 그대로 간직한 유적이다. (경남문화재연구원 제공)

나가에게 경과를 보고했다. 고니시는 송상현과 동래성 백성들의 충절에 감동했다. 그는 정중한 예를 갖추어 장례를 치러주었다. 그리고 송상현 부사의 몸에 칼과 창을 날린 군사를 찾아내 모두가 보는 앞에서 참수했다. 또, 성의 동문 밖에 추모비를 세워, 부하들에게 그의 충직함을 본받으라고 훈시했다. 동래부사 송상현은 후에 이조판서, 찬성에 추증되었고, 동래 안락서원安樂書院과 충렬사에 배향되었다.

왜군의 침략을 알리는 파발이 사흘을 쉬지 않고 달려 한양에 도착한 것은 5월 26일음력 4월 17일 오후였다. 조정에서는 임진왜란이 일어났다는 사실을 보고받고도 정보 수집에 어려움을 겪고 있었다. 두 달 여가 지난 1592년 8월 7일 자 『선조실록』에 기가 막힌 기록이 나온다. 이날 선조는 어전회의에서 신하들에게 물었다.

“정발이 죽은 게 사실인가?”

대신들이 대답했다.

“적이 종일 목을 매어 두었다가 저녁에 그만 죽였다고 합니다.”

부산진 전투 상황에 대한 자세한 정보가 없었던 것이다.

6개월이나 지난 1592년 11월 25일 자 『선조실록』의 기록은 더욱 혀를 차게 만든다. 선조가 물었다.

“정발과 송상현은 정말 죽었는가?” 경상감사 김수金睟가 대답했다.

“정발과 송상현이 누군가는 죽지 않았다고 하지만 죽은 게 틀림없습니다. 심지어는 송상현이 변절하여 적장賊將이 되었다고 하나, 절대 그렇지 않습니다. 포위를 당했을 때 홍윤관洪允寬이 성 밖으로 피신하기를 권했으나, 부사가 말하기를 ‘지금 성을 빠져나가더라도 어디로 간단 말이냐?’ 하고는 남문南門 위에 팔짱을 끼고 앉아 있으니 적이 들어와 죽이고, 바로 그의 목을 베어 대마도로 보냈다고 합니다.”

이게 바로 당시 조선의 실상이었다. 동래부사와 부산진과 다대포첨사까지도 죽었는지 살았는지 조선의 왕은 알지 못하고 있었다. 심지어 송상현이 항복하여 왜장으로 활약하고 있다는 잘못된 소문이, 전쟁이 일어난 지 반년이 지나도록 저잣거리에 떠돌고 있었던 것이다. 그만큼 전쟁 초기 동래성을 비롯하여 부산진과 다대포진 군사와 백성들의 죽음은 너무나 억울하고 허망한 것이었다.

1608년 동래부사로 부임한 이안눌李安訥은 『동래맹화유감』에 다음과 같이 적었다.

"매년 음력 4월 15일 밤이 되면, 집집마다 제사를 지내느라 곡(哭) 소리가 났다. 이날은 바로 임진년 때 성이 함락된 날이다. 송상현 부사를 좇아 읍성에 모였던 백성들은 같은 시간에 모두 죽어 피바다로 변했다. 살아남은 자들이 전쟁에서 죽은 가족을 제사하고 통곡한다. 왜군에게 일가족이 몰살당해 곡을 해 줄 가족조차 남기지 못한 집들이 얼마나 많은지 모른다. 눈물이 절로 난다."

2005년 4월, 부산 동래구 수안동 부산도시철도 4호선 수안역 건설 현장에서 작은 소동이 벌어졌다. 동래읍성 주위에 있던 것으로 추정되는 성곽 방어시설인 '해자垓字'가 발견된 것이다. 경남문화재연구원은 곧바로 발굴조사에 들어갔다. 성곽을 따라 땅을 길게 판 해자에서는 철판을 이어 만든 갑옷과 투구, 환도, 창, 화살촉 등 당시의 전투 흔적이 고스란히 남아 있는 유물들이 쏟아져 나왔다.

가장 놀라운 것은 전쟁의 처참한 흔적이 남아 있는 사람 뼈였다. 해자 밑바닥에서는 남자 59명, 여자 21명, 어린이 1명 등 모두 81명의 뼈가 발굴됐다. 이 가운데 8명의 두개골에서는 칼에 베이거나 활이나 총, 둔기 등에 맞은 흔적이 드러났다. 뒤쪽에 구멍이 뚫린 20~40대로 추정되는 남자의 두개골, 두 차례나 칼로 잘려나간 흔적이 남아 있는 20대 여성 두개골 등이 발견됐다. 총이나 활이 관통한 5세 정도 되는 어린아이의 두개골도 나왔다. 학계는 "5살가량 어린이 두개골에서 확인되는 상흔과 경사도, 깨진 정도를 종합해 보면, 왜군의 조총 탄환이나 유탄을 맞아 숨진 것으로 보인다. 20대 여성의 전두골은 칼로 예리하게 잘려 있고, 두정골에도 칼로 베인 흔적이 있다. 각도를 볼 때 고개 숙인 여인을 왜군이 칼로 내리친 것으로 추정된다"고

분석했다.

고고학계는 발굴된 사람 뼈의 평균 키와 생김새를 종합적으로 검토한 결과를 발표했다. 이들은 모두 조선인이며 1592년 5월 24일음력 4월 15일의 임진왜란 당시 동래읍성 전투 상황을 그대로 간직하고 있다고 밝혔다. 임진왜란 전에 사용되었던 조선군의 보급물품과 왜군이 사용하던 창이 발견됐다는 점도 임진왜란의 전투 흔적이라는 사실을 뒷받침한다. 왜군에 맞서 끝까지 싸우다 스러져간 조선 백성들의 주검이 동래읍성 해자에 아무렇게나 던져진 것이다. 잊혔던 동래부 백성들은 이렇게 400여 년 만에 비로소 세상에 나왔다.

부산광역시 동래구 충렬대로345에 위치한 충렬사忠烈祠는 임진왜란 당시 부산에서 순절한 분들을 모신 사당이다. 본전本殿에는 충렬공 동래부사 송상현, 충장공 부산진첨사 정발, 다대포첨사 윤흥신 세 분을 수위首位에 모시고 있다. 그 좌우 바로 뒷줄에는 부산진 전투, 다대포 전투, 동래읍성 전투, 부산포 해전에서 순국한 무명용사들을 기리는 위패도 함께 놓여 있어 참배객들의 가슴을 뭉클하게 한다.

임진왜란의 첫 전투였던 다대포진, 부산진, 동래읍성의 처절한 전투 소식은 그 후 입에서 입으로 퍼져나갔다. 이 처참했던 소식은 조선 백성들의 피를 끓게 했다. 전국에서 의병이 일어나 왜군을 압박하기 시작했다. 이렇게 동래는 '충절의 고장'이 됐다.

임진왜란 7년 전쟁의 서막은 이렇게 비참하게 시작되었다. 조선은 세상과 소통이 되지 않는 동떨어진 세계로 남아있었다. 문자 그대로 조선은 깜깜이었다.

비참하고도 서글픈 전쟁 신미양요(辛未洋擾)

—광성진의 혼이 된 어재연 장군

인천 작약도 앞바다에 정박해 있던 미군 함대를 떠난 함정들이 강화도 손돌목 해역으로 들어섰다. 이양선이 접근해오자 광성진을 지키던 조선군은 즉각 대포를 쐈다. 인근 덕진진 포대에서도 일제히 사격을 개시했다. 갑작스런 포 사격에 놀란 미군 함선은 탄환이 날아오는 곳을 향해 대포로 응사하면서 퇴각했다. 빗발치듯 쏟아지는 미군의 탄환에 덕진진의 포군 1명이 맞아 전사했다.

고종 8년1871년 6월 1일음력 4월 14일, 강화도 앞바다에서 조선이 미국과 벌인 사상 첫 교전이었다. '강화도 손돌목 전투', 우리가 알고 있는 신미양요辛未洋擾는 그렇게 시작됐다.

신미양요의 발단은 그로부터 5년 전으로 거슬러 올라간다. 1866년 8월, 미국의 상선 제너럴셔먼호General Sherman가 서해의 섬들을 거쳐, 대동강 하구로 들어와 강을 거슬러 올라왔다. 상선이라고는 하지만, 셔먼호는 12파운드

강화도 해역에 나타난 이양선(異樣船)

규모의 포 2문을 갖추고 있었으며 선원도 전부 완전 무장하고 있었다. 당시, 프랑스가 침략해 올 것이라는 소문이 나돌고 있었기 때문에 셔먼호가 대동강 깊숙이 들어오는 것을 보자 조선의 관원들은 긴장했다.

평안도관찰사 박규수朴珪壽는 셔먼호에 사람을 보내 그들이 평양에 온 목적을 물었다. 통역관인 영국인 선교사 토머스Thomas, R. J.는 그들의 목적은 오직 조선과 상거래를 하기 위함이라고 하면서 서로 교역할 것을 제의했다. 그러나 당시 조선은 서양과의 통상을 체제에 대한 위협으로 간주하고 있었기 때문에, 그들의 요구를 받아들이는 것은 곧 국법을 어기는 것이었다. 조선 관리들은 교역이 국법으로 금지되어 있음을 이유로 단호하게 거절하고, 그들에게 즉시 출국할 것을 요구했다.

조선 측의 강력한 경고에도 불구하고 미 상선은 떠나지 않았다. 오히려 8월 21일, 셔먼호는 며칠 동안 계속된 비로 강물이 불어나자 만경대萬景臺

까지 거슬러 올라와 계속 교역을 요구하며 압박해왔다. 박규수는 그들의 요구에 따라 두 차례에 걸쳐 쌀, 고기, 계란, 채소, 땔감 등 생필품을 공급해 주었다. 낯선 사람을 잘 대접해서 돌려보내야 한다는 뜻에서 베푼 호의였다. 그러나 교역만큼은 절대로 불가하다는 입장을 전하며 강경한 자세로 일관했다.

양측이 대치하는 상황이 길어지면서 예기치 못한 상황이 벌어졌다. 만경대까지 올라왔던 셔먼호가 장마가 그치면서 줄어든 강물에 선체가 모래톱에 걸려 옴짝달싹하지 못하게 된 것이다. 졸지에 배 안에 갇혀버린 셔먼호 승조원들은 당황하기 시작했다. 생필품이 바닥을 드러내자 일부 승조원들이 식량을 현지 조달하기 위해 육지에 상륙하면서 백성들과 충돌이 벌어졌다. 급기야 난폭해진 승조원들이 그들의 행동을 제지하던 중군中軍 이현익李玄益을 붙잡아 감금하는 사태로 발전하고 말았다.

소식을 들은 평양성의 조선인들은 크게 격분해 일시에 강변으로 몰려들었다. 군중들이 몰려들자 잔뜩 겁을 먹은 셔먼호 승조원들이 이들에게 소총과 대포를 마구 쏘는 바람에 사태는 더욱 악화되었다. 강변의 몰려왔던 조선인들은 활과 총을 쏘면서 맞섰고 무기가 없는 백성들은 돌팔매질로 거칠게 대항했다. 난전이 벌어지는 사이에 중군 소속으로 있던 병사 박춘권朴春權이 셔먼호에 올라 상관인 이현익을 구출해 냈다.

이런 와중에 셔먼호 승조원들이 쏜 총과 대포 파편에 맞아 백성들 사이에서 사상자가 발생하자, 사태는 걷잡을 수 없이 확대되었다. 평안감사 박규수는 결단을 내렸다. 그는 철산부사鐵山府事 백낙연白樂淵 등과 상의해 21일부터 셔먼호에 포격을 가한 뒤, 대동강 물에 기름을 풀고 불을 붙였다. 불길은 삽시간에 셔먼호에 옮겨붙었다. 불에 탄 셔먼호가 강물 속으로 가라앉으

대동강에 나타난 제너럴셔먼호

면서 셔먼호에 갇혀 있던 승조원 대부분이 불에 타 죽었다. 배에서 겨우 빠져나와 탈출을 시도하던 몇 명은 백성들에게 사로잡혀 관아로 끌려가 곧 참수되었다. 참수된 사람 가운데는 선교 목적으로 배에 올랐던 통역관 토마스 선교사도 있었다. 토마스는 참수되기 직전에 사형을 집행하던 박춘권에게 한문으로 된 성경 한 권을 건네주었다. 박춘권은 그를 참수하면서도 뭔가 느낀 바가 있어 그가 준 성경을 받아 주머니에 넣었다. 훗날 그는 다음과 같이 고백하였다.

> "내가 그를 찌르려고 할 때, 그는 두 손을 마주 잡고 하늘을 향해 무슨 말을 한 후, 가슴에서 붉은 베를 입힌 책을 꺼내 나를 보고 웃으면서 받으라고 권하였다. 내가 비록 그를 죽이기는 하였으나 이 책을 받지 않을 수가 없어서 받아 지금까지 간직해 왔노라."

박춘권은 약 30년 후인 1899년 60대 노인이 되었을 때, 당시 평양에서 선교하고 있던 목사 마펫Moffett, S. A. 馬布三悅에게 자신의 죄를 고백하고 세례를 받았다. 그 후 그는 평양의 안주교회 영수領袖가 되어 남은 생애를 기독교 사업에 바쳤다.

두 달 후인 9월에는 프랑스군이 강화도를 침범하여 정족산성의 외규장각을 약탈하는 병인양요가 일어났다. 상황이 이렇게 되자 흥선대원군은 천주교도가 서양 열강 침략의 앞잡이 노릇을 한다고 판단했다. 그는 천주교에 대한 탄압을 더욱 강화하는 한편, 비변사를 혁파하고 삼군부를 다시 설치하여 군비 강화를 꾀했다.

미국은 프랑스에게 공동으로 조선을 침공하자고 제의했다. 하지만 당시 프랑스는 프로이센과의 분쟁이 일촉즉발인 상황이어서 미국이 제안한 원정에 참여할 수 없었다. 프랑스로부터 공동 원정 제안을 거절당한 후, 미국은 청나라에게 사건의 진상조사를 의뢰하는 한편, 독자적으로도 진상조사에 나서기로 했다.

1867년 1월에는 슈펠트Shufeldt, R. W에게 셔먼호 사건 진상조사와 거문도의 해군기지 설립 조사를 지시받고 조선으로 향했다. 슈펠트를 태운 와츄세트호USS Wachusett는 1867년 1월 23일 황해도 장연 앞 바다에 정박했다. 그는 통상을 희망한다는 문서를 조선 조정에 보냈으나, 조선은 비록 화친을 구한다고 하나 그 속 뜻을 알기 어렵다는 이유로 거절했다. 미국은 다시 군함 섀넌도어호USS Shenandoah를 보내 셔먼호의 생존 선원을 돌려보내라고 요구했다. 조선은 생존 선원이 없다는 답변을 하였다. 섀넌도어호가 대포를 쏘며 무력시위를 하자, 조선 역시 섀넌도어호의 종선에 총을 쏘며 완강히 저항했다. 결국 섀넌도어호는 별다른 소득 없이 철수하였다.

1868년 4월에는 페비거Febiger, J. C에게 사건의 진상을 조사하도록 시켰다. 페비거는 서먼호의 생존 선원 석방을 위한 특사를 파견하겠다는 뜻과 함께, 새넌도어호의 종선에 총격을 가한 데 대한 사과와 관련자 처벌을 요구하였다. 그리고 만약 조선 정부가 답신을 보내지 않으면 미국 군함이 다시 올 것이란 협박을 남겼다. 이와 같이 미국은 군함을 파견하여 무력 시위를 하면서 조선에 손해배상을 청구하는 동시에, 통상관계를 수립하기 위해 황해도와 평안도 등지를 배회하며 여러 차례에 걸쳐 지방관과 회담을 시도하다가 성과 없이 돌아갔다.

존 로저스(John Rodgers) 사령관

이 조사를 통해 미국은 서먼호가 조선으로부터 양이洋夷를 동반한 중국 해적선으로 오인 받았으며, 승조원의 도발적 행동 때문에 화를 당했다는 사실을 확인했다. 그럼에도 불구하고 미국은 두 번에 걸친 탐문 보고서 가운데, 온건한 내용의 슈펠트 보고서가 아닌 페비거의 강경한 보고서를 채택해 조선을 응징하기로 결정했다. 결국 제너럴셔먼호 사건이 신미양요의 원인이 된 셈이다.

1871년 미국 정부는 조선을 무력으로 개항하기로 결정하고 청나라 베이징 주재 미국 공사 프레드릭 로우Fredrick Low와 해군 제독 로저스John Rodgers가 이끄는 5척의 군함을 파병기로 결정하였다. 이에 따라 미국 아시아 함대 사령관 존 로저스는 1871년 5월 16일음력 3월 27일 프리깃함인 기함 콜로라도USN

COLORADO를 비롯한 알래스카호, 팔로스호, 모노캐시호, 베니치아호 등 전함 5척을 이끌고 일본의 나가사키를 출발하였다. 병력은 500여 명의 수병과 150여 명의 해병대로 편성되었다.

미군 함대는 아산만 풍도 앞에 정박하고 작은 배에 병력을 나누어 강화도 인근을 정탐하였다. 5월 26일음력 4월 8일 영종도 방어사는 이양선이 나타나 물 깊이를 쟀다고 보고하였다. 남양부사 신철구申轍求가 종선 3척에 탄 미군에 다가가 글로 적어 그들이 온 목적을 물었다. 미군이 영어로 글을 적어 보냈지만 양측 모두 상대방의 글을 해독하지 못해 서로 의사를 확인하지 못하였다. 미군은 신철구에게 자신들의 군함 모선을 가리키며 같이 가자고 제안하였으나, 다만 약간의 물자만 교환하고 요구에는 응하지 않았다.

이튿날 미군 함대는 남양부사에게 편지를 보내 자신들이 온 목적을 분명하게 밝혔다.

> "우리의 흠차대신이 귀국의 높은 대신과 협상할 일이 있어 왔노라. 조약을 체결하려면 아직도 날짜가 더 필요한 것 같다. 우리는 여기에서 정박하면서 조약이 체결될 때까지 기다렸다가 돌아가겠노라."

편지를 받은 남양부사는 즉시 이 사실을 조정에 보고 했다. 그러나 조정은 이미 누차에 걸쳐 미국의 보복 경고를 받아왔기 때문에, 군함이 올 것이라는 것을 알고 있었으므로 별다른 반응을 보이지 않았다. 때문에 답변을 보내지 않고 미군을 물리칠 준비를 하라고 지시하였다.

6월 1일음력 4월 14일 미국 함대가 강화도에서 멀지 않은 곳에 정박하였다는 소식이 전해졌다. 조선 조정은 올 것이 왔다고 판단하고 즉시 강화도에 군사와 군량을 보내기로 결정하고, 행호군行護軍 어재연魚在淵을 진무중군鎭撫中軍에 임명하여 방어토록 하였다.

곧이어 미국 군함이 영종도에 이르자, 조정에서는 3명의 관리를 파견하여 이들의 입국 목적을 다시 물었다. 조선에서 온 관리 가운데 최고위 관리가 3품이었으므로 로우 대사는 격에 맞지 않다는 이유로 접견을 거부하고, 대신 드류Drew 서기관으로 하여금 응대하게 했다. 로우의 목적은 의사 결정권자인 1품 관리와 대면하여 조약을 협상하는 것이었다.

사실 조선의 관리에게는 미군과 어떤 협상도 할 수 있는 권한이 없었다. 그들의 임무는 오로지 미국이 무장 선박을 파견한 목적을 알아내 조정에 보고하는 것이었다. 드류 서기관은 미국은 조선을 침략할 의사가 없으며 염하鹽河를 항해하면서 수심을 파악하고 해안 측량을 하고 싶다는 뜻을 전했다. 염하란 강화도와 김포시 사이의 강화해협江華海峡을 이르는 말이다. 조선의 관리는 아무 대답도 하지 않았다. 드류 서기관은 만약 24시간 내에 답신이 없으면 즉시 행동을 개시할 것이라고 경고했다. 이런 경고에도 조선의 관리는 역시 묵묵부답이었다.

여기에서 양측 사이에 상호 의사 전달에 있어서 심각한 문화적 오류가 발생했다. 미국은 조선 관리의 침묵을 묵시적 동의로 해석했다. 그러나 조선 관리에게 염하는 조선 백성들의 민간 선박조차도 통행증이 없으면 통과할 수 없는 군사보호지역인데, 하물며 외국의 무장 선박이 통과한다는 것은 상상도 할 수 없는 일이었다. 따라서 이러한 미군의 요구 사항을 조정에 보고할 필요조차 없다고 생각했다. 보고해 봐야 조정이 어떤 대답을 할지 이미 알고 있었고, 더구나 내용이 허황되거나 격식에 맞지 않는 외교문서를 접수할 경우, 조정으로부터 처벌을 받을 수도 있었기 때문에 묵묵부답이었던 것이었다.

미군 함대는 정확히 24시간 후, 그들이 이미 경고한 대로 염하로 들어섰다. 함대가 손돌목을 통과할 무렵, 사전 경고도 없이 초지진을 방어하고 있던 조선군의 포격이 시작되었다. 조선의 포대는 위아래 두 줄로 정렬하여 엄청난 포화를 쏟아대었다. 그러나 초지진의 조선군 대포들은 포대에 고정되어 있어 발사 각을 조절할 수 없었다. 그래서 산더미 같은 화약을 소비하면서도 대다수의 포탄은 모노카시와 팔로스의 머리 위를 지나갔다. 조선의 포격으로 미군 측은 2명의 부상자가 나왔다. 포탄 파편에 어깨를 맞은 병사 외, 함포를 사격할 때 나온 엄청난 반동으로 손가락 두 개가 잘린 부상자가 전부였다. 초지진의 전투 상황을 알리는 조선군 파발마는 즉시 부평부를 향해 달렸다.

"좀 작은 이양선(異樣船) 2척이 4척의 종선(從船)을 거느리고 오늘 미시(未時, 오후 1시~3시 사이)에 곧바로 손돌목[孫石項] 쪽으로 향하였으므로 광성진(廣城津)에서 먼저 대포를 쏘았습니다. 이에 따라 부사가 미리 약속한 대로 그에 호응하여 크고 작은 모든 대포를 일제히 쏘니, 미군의 배들도 우리의 대포 소리를 듣고 놀라 대포를 마구 쏘면서 순식간에 손돌목을 지나갔습니다."

좀 작은 이양선 2척이란 모노카시호Monocacy와 팔로스Palos를 말한다. 수심이 비교적 얕은 염하를 지날 수 있는 미군의 함선은 그 2척뿐이었다. 나머지 3척은 작약도에서 대기 중이었다.

로우 대사와 로저스 제독은 조선의 군사 도발에 격분했다. 그들은 조선

전투 준비 중인 미군

군의 도발을 영예로운 미국기에 대한 모욕으로 받아들였다. 로우와 로저스는 이대로 물러설 경우 미국이 패전한 것으로 보일 수 있을 뿐만 아니라, 장차 중국과 조선 측에 잘못된 메시지를 줄 우려가 있다고 판단했다. 따라서 미군의 입장에서는 어떤 형태로든 군사적 보복이 필요했다. 미국은 조선 측에 10일간의 여유를 줄 테니 이 사건을 조정에 보고하고 사죄 사절을 보내라고 요구했다.

당시 조정은 손돌목 해변의 첫 접촉에서 미 함대가 퇴각한 사실에 한껏 고무돼 있었다. 미 함대가 겁을 먹고 도망친 것으로 보고를 받았던 것이다. 미 함대는 부평부사 이기조李基祚와의 접촉에서 손돌목 전투 피격사건에 대한 책임을 물으며, 조선 정부가 협상에 나서지 않으면 보복 공격을 가하겠다고 경고했다.

6월 6일, 조정은 강화부 관리를 콜로라도호에 파견하여 흥선대원군의 친서를 전달하였다. 이 내용은 고종실록에 자세하게 실려 있다.

조선의 상황을 완전히 파악한 미군은 더 이상 기대할 것이 없다는 판단을 하고 곧바로 작전에 돌입했다. 9일 뒤인 6월 10일음력 4월 23일, 블레이크Blake 중령이 지휘하는 650여 명에 달하는 정예 병력이 편성되었다. 미군은 군함과 최정예 해병대를 선봉에 세우고 초지진에 들이닥쳤다.

> "…(중략)… 우리나라가 외국과 서로 교통(交通)하지 않는 것은 바로 500년 동안 조종(祖宗)이 지켜온 확고한 법으로서 천하가 다 아는 바이며, 청나라 황제도 옛 법을 파괴할 수는 없다는 데 대하여 잘 알고 있는 것입니다. 이번에 귀국 사신이 협상하려고 하는 문제로 말하면, 어떤 일이나 어떤 문제이거나를 막론하고 애초에 협상할 것이 없는데 무엇 때문에 높은 관리와 서로 만날 것을 기다리겠습니까? …(중략)… 풍파만리에 여기까지 오느라 고생하였으리라 생각하면서 변변치 못한 물품으로 여행의 음식물로 쓰도록 도와주는 것은 주인의 예절이니 거절하지 말고 받아주기 바랍니다."
>
> —『고종실록』 8권

즉, 조선이 외국과 조선이 교역을 하지 않는 것은 500년 동안 고수해온 규범화된 확고한 원칙이며, 그것은 온 나라 사람들이 다 들어 알고 있는 사실이고, 중국도 또한 너그럽게 이해하는 것이기 때문에 그렇게 알아달라는 내용이었다. 이는 곧, 미국의 조선 침략에 대한 조선 측의 정당방위를 주장하는 것이었다. 그리고 친서와 함께 황소 3마리, 닭 50마리, 계란 1,000개를 미군 측에 보냈다. 여기까지 먼 길을 왔으니 물품을 보내 위로한다는 뜻과 함께, 이는 조선이 군자의 나라로서 당연히 손님에게 대하는 극진한 예법이라는 논리였다.

조선 조정에서 보내온 위문품을 받아든 미군은 그 황당함에 어이가 없어 서로를 번갈아 쳐다보며 고개를 저었다. 이런 말도 안 되는 상황을 어떻게 이해해야 할 것인가? 곧 벌어질 전쟁을 앞두고 대치하고 있는 적군에게 식량을 보내 위로하는 일은 세계 전쟁사에서 그 유례를 찾아볼 수 없는 일이었다. 이런 코미디 같은 상황을 두고 미군은 잠시 난처해 하다가 최대한 예의를 갖추어 정중하게 사양하는 글을 담아 돌려보내고 말았다. 외부인과 소통하는 이와 같은 방식은 당시 조선의 지배계층이 국제정세에 얼마나 무지하였는지를 적나라하게 보여준 사건이었다.

이튿날 오후, 조정에 급보가 날아들었다. 서양 오랑캐가 강화도 초지진에 침입했다는 것이었다. 이날 고종은 초지진이 기습 공격을 받고 있는 것도 모른 채, 어전에서 회의를 열고 며칠 전 전투에 참가한 군사와 각 고을 포병 가족들의 생계를 걱정하며 이들에게 양식을 넉넉히 내어주도록 하고, 군수 물자를 바친 이들의 뜻을 가상히 여겨 포상하라고 지시하고 있었다.

미군은 초지진 상륙작전에 들어갔다. 이들은 사전 지형을 정찰한 대로 초지진 남쪽을 상륙 지점으로 택했다. 강화도의 해안은 바위가 절벽을 이룬 곳이 많아 접안이 쉽지 않다. 그래서 미군은 지형을 정찰한 결과를 토대로 지형이 낮고 상륙이 비교적 쉬운 곳을 선정한 것이다. 게다가 그곳은 초지진의 측면 방향이어서 일단 상륙에 성공하면 후방에서 공격당할 위험이 없기 때문이다. 미군은 항상 해병대가 선두에서 길을 개척하면 후방의 본대인 해군 육전대가 뒤를 받치는 전략을 구사하고 있었다. 이런 전술에 따라 미 해병대 척후병이 상륙 지점 개척에 나섰고, 때를 맞춰 후방에서는 함

포 지원사격이 시작되었다.

미군 모함이 해안가 약 300m까지 접근하자 기다리고 있던 조선군은 반격을 시작했다. 그러나 어림잡아 쏘아대는 포탄이 미군 함정에 떨어질 확률은 거의 없었다. 조선군이 쏜 포탄은 미군 함정 모노카시호USS MONOCASY의 머리 위를 지나 바다에 떨어졌다. 조선군의 포격이 소리만 요란하고 정확성이 떨어지자 미군은 서둘러 상륙정을 해안으로 붙였다.

상륙 지점은 뻘밭이었다. 미군은 군화는 물론이고 바지까지 삼켜버리는 점성이 강한 강화도 뻘을 통과하는데 많은 시간을 허비해야 했다. 야포는

전투가 끝난 후 상황을 살피는 미군
조선군의 시체가 널려 있다.

바퀏살이 다 빠져 약실까지 침수될 지경이었다. 평소 스테이크만 먹어 힘이 넘치는 미군들도 여기에서는 악전고투할 수밖에 없었다. 간신히 상륙에 성공한 미군은 곧바로 초지진 보루 공략에 나섰다.

그러나 초지진에서는 이미 조선군이 퇴각한 상태였다. 여기서 이들은 그 유명한 기념사진 한 장을 남겼다. 바닥엔 총통이 가로놓여져 있고 그 뒤에 수병이 앉아 있다. 수병 뒤에 서있는 장교가 맥키Hugh. W. Mckee, 1844. 4. 23~1871. 6. 11 해군 중위다. 그는 다음날 덕진진 전투에서 어재연 장군 부대와 싸우다가 전사했다.

이들의 주변에는 조선군의 시체가 널려 있다. 한 병사는 군모를 쓰고 있고 오른쪽으로 모로 누워 있다. 그의 왼손은 손가락 다섯 개를 셀 수 있을 만큼 잘 드러나 있고, 발은 군화를 신지 않은 맨발에 무언가로 덮어 놓

면제배갑

았다. 아마도 포격으로 다리가 날아갔기 때문에 끔찍한 장면을 감추려고 미군들이 군화로 덮어 놓은 건지도 모를 일이다. 조선 병사가 착용한 조끼 같은 물체는 면제배갑이다.

면제배갑綿製背甲은 무명을 여러 겹 겹쳐 만든 갑옷을 말한다. 조선 말기에 이르러 나라에서 만든 갑옷으로 세계 최초로 발명된 이른바 방탄조끼이다. 면제갑옷綿製甲冑 또는 면갑綿甲이라고도 부른다.

1866년 병인양요 때, 프랑스와 전투를 치른 조선은 그들이 사용한 총기의 막강한 위력을 실감했다. 흥선대원군은 서양 오랑캐가 쏘아대는 총탄을 막아낼 갑옷을 제조하도록 명령했다. 당시 무기 제조자였던 김기두金箕斗와 안윤安潤 또는 姜潤은 조정의 명에 따라 면 13겹으로 단단히 꿰매 만든 면갑을 만들었다. 병인양요 직후에 만들어진 이 면갑은 곧 조선 병사들에게 배포되었다.

그러나 면제배갑에는 치명적인 약점이 있었다. 일단 착용하면 너무 무겁고 더웠다. 면으로 만든 겉옷을 13벌이나 겹쳐 입은 셈이니 얼마나 불편했겠는가. 한 여름에 병사들은 더위 때문에 흘러내리는 땀과도 싸워야만 했다. 게다가 비를 맞거나 강을 건너면서 물에 젖기라도 하게 되면 육지에 오르기도 힘이 들 정도였다. 또, 소재가 면이어서 삽시간에 물을 흠뻑 빨아들이기 때문에, 너무 무거워 제대로 움직이기 어려울 정도였다. 이 때문에 싸움에서 가장 중요한 요소인 기동력을 제대로 발휘하기가 어려웠다.

무엇보다 결정적인 약점은 불에 극히 취약하다는 것이었다. 실제로 당시 이와 같은 약점을 간파한 미군은 면제배갑을 입은 조선 병사들을 향해 집중적으로 포탄 세례를 퍼붓도록 했다. 포탄의 파편과 그 불꽃들이 갑옷에 튀겨 불이 붙도록 하기 위함이었다고 한다. 실제로 미군의 전술은 상당한 효과를 거두었다. 조선군은 이런 복장으로 당시로서는 첨단 장비를 가진 미군들에 맞서 싸웠다.

오후 늦게 초지진을 점령한 미군은 조선군의 무기를 보고 또 한 번 놀랐다. 무기라고는 몇 문이 되지 않은 포包가 전부인데다가 그것도 한눈에 보아도 성능을 말할 필요조차도 없는 초라한 것들이었던 것이다. 미군은 조선군의 무기를 모조리 강 속에 밀어 넣었다.

조선군의 진지를 초토화시킨 미군은 공격을 위한 재편성에 들어갔다. 본진인 해군은 초지진 근처의 평지에, 상륙을 지휘한 해병대는 북쪽의 도로변에 진지를 구축했다. 밤이 되자 이 처절한 전투의 서막을 아는지 모르는지 이름 모를 풀벌레 소리와 부엉이 울음소리가 적막한 밤공기를 가로질렀다. 조선 땅에서 처음으로 진을 치고 보내는 밤이었다. 구름 한 점 없는 밤하늘에는 은하수가 눈부시게 펼쳐졌다. 가끔씩 별똥별이 밤하늘을 가로지르며 지나갔다. 아름다운 은하수가 걸린 밤하늘에 반달이 떠올랐다.

낯선 조선 땅의 밤하늘도 미군 병사들의 고향 하늘과 다를 바가 없었다. 이름 모를 풀벌레 울음소리 사이로 숲속에서도 소쩍새가 울어댔다. 그들은 잠시 치열했던 낮의 전투 상황을 잊고 고향의 밤하늘을 떠올렸다. 낮에 상륙작전을 하느라 지쳤던 미군들은 보초만 세워놓고 이내 곤한 잠에 빠져들었다. 낯선 땅의 여름밤은 점점 깊어만 갔다.

중천에 뜬 반달이 서산으로 기울어 갈 무렵, 미군들의 야영지 부근 숲속

조선군의 복장
면제배갑 위에 흰옷을 입었다.

에 유령들이 나타났다. 수십여 명의 조선군이었다. 이들의 움직임은 달빛 아래 고스란히 드러났다. 모두 흰옷이었기 때문이었다. 흰옷을 입은 유령들은 조심스럽게 미군 진영 가까이에 접근했다. 미군 야영지는 깊은 잠에 빠진 듯했다. 조심스럽게 전진과 정지를 거듭하는 동안, 논에서 시끄럽게 울어대던 개구리들은 마치 그 보조에 맞추기라도 하듯 울기와 멈추기를 반복했다. 벌판의 논두렁을 지나는 동안에도 미군 진영에서 별다른 움직임이 없자, 이들은 미리 정해진 신호에 따라 일제히 행동을 개시했다. 야습이었다.

그러나 미 해병대는 혹시 일어날지도 모르는 조선군의 야습에 대비하고 있었다. 사실 전쟁에서 일어날 수 있는 만약의 상황에 대비하는 것은 군이 수행하는 경계의 기본이라는 것은 누구나 아는 상식이다. 미군은 혹시라도 있게 될 조선군의 습격에 대비해 경계에 유리한 지점을 선점하고 예상 공격 루트에 포대를 배치하고 있었다.

갑작스런 조선군의 기습에 잠시 당황하던 미군은 곧 반격을 개시했다. 초지진의 밤하늘은 불꽃놀이를 연상시키듯 순식간에 포성과 불빛으로 뒤덮였다. 광성진 일대의 밤 하늘은 은하수를 배경으로 미군들이 쏘아대는 조명탄들이 섞이면서 장관을 이루었다. 그러나 조선 병사들은 밤 하늘을 수놓은 불꽃놀이를 감상할 여유가 없었다. 미군의 야포 사격에 놀란 이들은 혼비백산하여 이렇다 할 성과를 내지도 못하고 후퇴하고 말았다. 조선군의 야습은 실패였다. 다만, 토요일 밤에 미군의 단잠을 깨운 것이 유일한 소득이었다. 이날, 한밤중에 나타난 흰옷을 입은 조선군을 보고 미군은 "White ghost in the night밤중에 나타난 흰옷을 입은 유령들"이라고 적었다.

날이 밝아오자 미군은 초지진으로 다시 몰려가 전날 못다 한 방어진지 파괴 작업을 마무리했다. 총통은 물론 고정시켜 놓은 거포는 말뚝을 박아 못쓰게 만들고, 움직일 수 있는 대포들은 모조리 강으로 밀어 넣었다. 여장女墻, 성벽 위로 둘러싼 담장은 죄다 허물어버렸다. 진지가 완전히 파괴되자, 미군은 기념사진을 찍고 초지진을 'Marine Redout'라는 미국식 이름으로 명명하고는 다음 목표를 향해 이동했다.

미 해병대는 계속해서 선두에서 공격 루트를 개척해 나갔다. 그 뒤를 본대인 해군 육전대가 받쳤다. 공격부대의 신호에 따라 연안에 정박한 모노카시호의 포가 덕진진을 향해 불을 뿜었다. 조선군의 저항이 예상외로 완강하자 선봉에 선 해병대는 들판을 건너 서쪽으로 우회했다. 바다의 반대방향에서 포위 공격을 시도하기 위한 것이다. 미군이 우회하여 배후에서 접근하자 조선군은 당황했다. 화기의 열세는 이미 전날 충분히 체감했기 때문에 두려움을 갖고 있었다. 게다가 병력면에서도 막강한 미 해병대를 감당하기에는 역부족이었다. 상황을 파악한 조선군은 신속하게 덕진진을 포기하고 본진이 방어하고 있는 광성보의 손돌목과 용두돈대로 병력을 이동시켰다. 소규모의 병력으로 방어에 집중하기 위한 전술의 하나였다.

공격 루트를 바꾸어 배후로 우회한 미 해병대는 초반 예상과는 달리 별다른 저항 없이 덕진진에 들어섰다. 덕진진은 텅 비어 있었다. 장전된 화포가 그대로 방치되어 있었고 양식 창고와 무기의 일부도 남아 있었다. 황망하게 달아난 조선군의 상황을 충분히 짐작할 수 있었다. 미군은 덕진진 점령을 기념하여 진지의 이름을 'Fort Monocacy'로 이름 붙이고 최종 목표를 향해 다시 작전에 돌입했다.

그러나 진짜 싸움은 이제부터였다. 초지진, 덕진진에서 후퇴한 조선군과 인근의 병력들은 지시에 따라 일제히 미군의 공격 루트가 있는 해안의 반대편 서쪽에 집결하기 시작했다. 미군은 해안을 따라 손돌목 방향으로 북상했고, 조선군은 그 서쪽 능선을 따라 미군의 측면을 따라잡으며 견제해 나가는 형세가 전개되었다. 조선군은 끈질기게 미군을 따라붙으면서 간간이 조총을 쏘아댔다. 그러나 조선군이 쏘아대는 조총은 워낙 구식이어서 총탄이 미군이 있는 곳까지 미치지 못했다. 미군은 아무런 피해는 입지 않았지만, 집요하게 따라붙는 조선군을 의식하지 않을 수 없었다.

미군의 본대인 육전대의 첨병 소대는 광성보에 이르는 공격 루트의 중간에 여러 구의 조선군 전사자를 발견하고 진격을 멈추었다. 주변 지형을 보면서 상황을 판단한 육전대의 지휘자인 맥키 중위는 재빨리 몇몇 조선군의 시신이 있는 고지의 좌우 능선을 장악하고 야포를 설치했다. 손돌목의 조선군 진지들에게 포격을 가할 수 있는 가장 중요한 지형이라고 판단한 것이다.

손돌목 돈대

미군은 끈질기게 따라붙는 조선군을 피하면서 퇴로를 확보하기 위해서는 이 능선을 장악할 필요가 있었다. 사실 미군의 입장에서는 이 능선을 장악해야 해병대의 상륙을 저지하는 조선군의 방어 진지인 손돌목에 들어갔다 되돌아 나올 때 퇴로를 안전하게 확보할 수 있었다. 이는 미군의 전술 역량이 돋보이는 결정이었다.

조선군은 미군이 예상했던 대로 그들의 상륙을 저지하기 위해 손돌목 진지에 집결해 최후의 일전을 준비하고 있었다. 해상에서는 모노카시호가 손돌목 앞까지 북상하여 상황을 지켜보고 있었다. 마침내 신호가 올라오자 함정을 떠난 십수척의 미군 상륙 보트들이 손돌목 진지로 몰려들었다.

한편, 소식을 듣고 급하게 광성보에 도착한 조선군 증원부대 병사들은 손돌목 진지를 지원하기 위해 신속하게 이동했다. 그러나 얼마 못 가 손돌목으로 들어가는 능선인 대모산 중턱에서 미군에게 저지당했다. 먼저 도착한 미군들이 이미 능선을 장악하여 조선군의 증원을 차단한 것이다.

조신군은 능선 중간지점에서 미군에게 막히자, 맞은편에 보이는 야산을 향해 뛰었다. 능선에 포진된 미군 진지에서 쏟아지는 총탄 세례를 피할 곳이 없었기 때문이었다. 벼가 한창 익어가는 논밭을 가로질러 개활지를 통과하는 동안, 십수 명의 조선군 병사들이 미군의 총탄에 쓰러졌다. 그렇게 총탄 세례를 겨우 피해 맞은편 언덕에 간신히 오른 조선군은 손돌목에서 벌어지는 무자비한 살육전을 멀리서 관망하며 애를 태울 수밖에 없었다.

후방에서 몰려드는 조선군 지원 병사들의 차단에 성공한 미군은 일단의 병사들을 재배치하여 계속 후방에서 몰려드는 조선군의 접근을 막았다. 그리고 주력부대는 손돌목을 장악하기 위해 신속하게 이동시켰다. 350여 명에 달하는 미군의 주력부대는 손돌목 돈대 서쪽 기슭의 약 150m 정도 떨어진 야트막한 언덕을 쉽게 장악했다. 언덕에서 진을 치고 저항하던 조선군 십수 명은 미군들이 일제히 밀려오자 본진 쪽으로 후퇴했다. 더 이상 조선군의 저항이 미미하자 미군은 마침내 손돌목 진지의 포위에 성공했다.

손돌목 포위가 끝나자 미군들은 약속했던 대로 일제히 공격을 감행했다. 후방의 야포와 돈대 앞바다에 닻을 내린 함대의 상포가 십자포화로 돈대를 때렸다. 손돌목 돈대는 순식간에 불바다가 되었다. 이미 초지진과 덕진진에서 미군의 막강한 화력을 체험해 본 일부 조선군 병사들은 두려움 때문에 이내 공황상태에 빠지고 말았다. 그러나 그런 상황 속에서도 조선군은 정신을 차리고 용감하게 싸워 나갔다.

미군 육전대 주력부대가 손돌목 본진에 이르는 언덕에 도달했다. 언덕에는 손돌목 돈대까지 조선군을 상징하는 30여 기의 각종 군기軍旗가 늘어서 있었다. 그리고 손돌목 돈대의 중심부에는 거대한 깃발이 펄럭이고 있었다. 조선군을 지휘하는 대장을 상징하는 '수帥' 자가 쓰인 기旗였다.

당시 광성보를 구성하는 진지인 손돌목 돈대와 용두 돈대에 포진된 조선군의 수는 대략 400-500명에 불과했다. 이들은 후방 지원군과도 연락이 되지 않은 채 완전히 고립된 상황에서 최후의 결전을 준비하고 있었다. 이들은 곧 이곳이 바로 자신들의 무덤이 될 것이라는 잘 알고 있었다.

언덕을 장악한 미군은 먼저 저격병을 배치했다. 저격병들은 재빨리 저격에 유리한 위치를 잡아 조준에 들어갔다. 이들은 조선군이 상황을 파악하기 위해 성벽의 여장 위로 몸을 노출할 때마다 저격했다. 미군 저격병들의 사격 솜씨는 대단했다. 순식간에 40여 명의 조선군이 어디에서 날아오는 총탄에 맞았는지도 모른 채 목숨을 잃었다.

조선군의 저항이 잠시 수그러들자, 해병대의 선두에서 첨병 소대를 이끌고 있던 휴 맥키Hugh McKee 중위는 부하들을 시켜 언덕에 나란히 줄지어 꽂혀 있는 조선군 군기들을 하나씩 뽑아오게 했다. 소대장의 지시에 따라 낮은 포복과 재빠른 걸음으로 진지를 향해 거리를 좁혀오고 있던 미군 몇 명이 언덕에 꽂힌 군기를 하나 둘 뽑아 언덕 아래로 사라졌다. 조선군은 군기 몇 개가 눈앞에서 사라지는 모습을 보고 분노했다. 조선군은 일제히 미군을 향해 사격을 했지만 총을 맞은 미군은 아무도 없었다.

치열한 전투가 계속되었다. 미군은 우세한 화력과 병력으로 조금씩 조금씩 돈대를 향해 포위망을 좁혀들어 갔다. 1시간여 동안 야포와 함포 사격이 이어지는 동안 손돌목 돈대를 지키던 조선군은 거의 공황 상태에 빠지고 말았다. 포 사격이 멈추자 미군 육전대는 지휘관의 지시에 따라 일제히 언덕을 내려와 돈대로 돌진했다.

순간, 조선군의 조총이 일제히 불을 뿜었다. 맨 앞에서 달려들던 미군 1명이 총을 맞고 고목이 쓰러지듯 고꾸라졌다. 돌격을 감행하던 미군들이 깜짝 놀라 돈대 아래 계곡으로 다시 몸을 숨겼다. 미군들은 엄폐물을 찾아 몸을 바짝 붙이고 잠시 호흡을 가다듬었다.

돈대 위에서는 조선군이 두들겨대는 큰 북소리와 나팔소리가 계속 울려 퍼졌다. 곡조는 처량하고 으스스한 느낌이 들었다. 처음으로 듣는 기괴한 군가와 음악소리에 미군들은 전율을 느꼈다. 그동안 세계 곳곳에서 수많은 전투를 경험한 미군이었지만 이렇게 음산하고 비통한 느낌이 드는 북소리와 호곡 소리는 처음이었다. 누가 들어도 전원 옥쇄를 다짐하는 듯한 비장한 리듬의 군가였다. 조선군들은 미군이 계곡 밑에서 최후의 돌격 신호를 기다리고 있음을 알고 있었다. 그리고 곧 최후의 순간이 온다는 것을 느끼고 있었다. 그들은 서로를 마주 보며 아무런 말도 하지 않았다. 짧은 적막이 흘렀다.

"돌격!"

장엄하면서도 음산한 군가 사이로 짧고 단호한 맥키 중위의 외마디 소리가 허공을 갈랐다. 선두에서 용감하게 돌격하는 소대장을 따라 미군들은 일제히 돌진했다. 고지 아래에서 성벽을 향해 돌격하는 미군을 향해 조선군의 조총이 다시 불을 뿜었다. 그러나 연발 사격이 되지 않는 구식 조총으로는 미군의 돌격을 효과적으로 저지할 수 없었다. 미군들이 사용하는 신식 무기인 레밍턴 카빈 소총과는 애초부터 상대가 되지 않았다. 사격을 마친 조선군들이 재장전하느라 조총 사격이 잠시 멈추자 미군은 일제히 성벽을 오르기 시작했다.

첨병 소대장 맥키 중위는 선두에 서서 성문을 돌파했다. 성문을 지키던 조선군은 성문에 집중되는 미군의 총탄 세례를 버티지 못하고 뒤로 물러났다. 그는 한 손에는 검을 빼들고 다른 한 손에는 권총을 들고 성문으로 제일 먼저 들어섰다. 그는 미군을 피해 달아나는 조선군을 향해 권총 두 발을 발사했다. 조선군 병사 하나가 다리에 총을 맞고 포진지 속으로 굴러떨어졌다. 다급해진 조선군들은 연발 사격이 되지 않는 조총을 버리고 여장 위에 올라 손에 잡히는 대로 돌과 흙을 집어던지며 저항했다. 곧이어 진지 곳곳에서 육박전이 벌어졌다.

맥키 중위가 총을 맞은 조선군이 쓰러진 진지 안으로 들어섰다. 순간, 그는 총소리와 함께 사타구니에 극심한 통증이 느꼈다. 진지 아래에 숨어 있던 조선군이 쏜 조총이 그의 사타구니를 명중한 것이다. 그가 아랫배를 부여잡으며 앞으로 고꾸라졌다. 선두에 선 지휘자가 쓰러지자 조선군들이 일제히 그에게 달려들었다. 곧이어 여러 개의 창이 그의 옆구리와 하복부에 박혔다.

"허…억"

맥키 중위는 자신의 몸속에 깊숙이 박히는 고통을 온몸으로 느끼며 외마디 비명을 질렀다. 그는 고개를 돌려 자신을 찌른 상대를 보았다. 거기에는 흰옷을 입은 조선군이 피투성이가 된 채로 눈을 부릅뜨고 긴 창으로 자신을 찌르고 있었다. 간밤에 보았던 흰옷 입은 유령들이었다. 맥키 중위는 있는 힘을 다해 유령이 찌른 창을 움켜잡으며 모로 쓰러졌다. 극심한 통증이 그를 견딜 수 없도록 만들었다. 조선군들은 알아듣지 못하는 소리를 지르며 소대원들과 치열한 육박전을 벌이고 있었다.

맥키 중위를 따라 선두에 서서 진지 안으로 뛰어든 미군 몇 명도 조선군이 휘두르는 칼과 창에 난도질을 당했다. 조선군 병사들은 피투성이가 되어

충장공(忠壯公) 어재연 장군

쓰러진 맥키 중위를 진지 안으로 거칠게 잡아끌었다. 미군들은 소대장을 구출하기 위해 안간힘을 썼다. 그는 소대원들이 자신을 구하기 위해 흰옷 입은 유령들과 육박전을 벌이는 모습을 보며 정신을 잃었다.

돈대 정문 진지에서는 치열한 백병전이 벌어졌다. 그러나 병력면에서 우세한 미군은 금방 조선군을 무력화시켰다. 미군들은 옆구리에 창이 찔린 채 의식을 잃은 맥키 중위를 간신히 구출해냈다. 위생병이 응급처치를 할 사이도 없이 그를 들것에 싣고 해안가로 뛰었다. 해안가에는 연락을 받은 보트가 대기하고 있었다. 맥키 중위를 태운 보트는 곧장 정박 중인 모노카시Monocacy함으로 향했다. 그러나 그는 함상에 오른 지 얼마 되지 않아 과다출혈로 숨을 거두고 말았다.

미군의 공세로 완전히 수세에 몰린 조선군은 진지 중앙의 지휘관을 상징하는 수帥 자 깃발 아래로 모여들었다. 더 이상 후퇴할 곳조차 없이 완전히 포위된 것이다. 포위망을 좁혀들던 미군들은 그곳에서 놀라운 광경은 목격했다. 지휘관으로 보이는 갑옷 위에 흰옷을 걸쳐 입은 한 장수가 칼을 뽑아 들고 돈대 성벽에 올라 중심부에 몰려 완전히 포위되어 있는 조선군을 향해 소리를 지르며 악을 쓰고 있었다. 빗발치는 포화 속에서 그는 마치 영화 속의 주인공처럼 불사조인 양 영웅처럼 버티고 있었다. 그는 바로 어재연 장군이었다.

어재연魚在淵은 1823년 경기도 이천에서 태어나 1841년헌종 7년, 무과에 급제하여 1864년고종 1년에 장단 부사를 거쳐서 공충도公忠道 병마절도사가 되었다. 1866년에 프랑스 함대가 강화도를 침략한 병인양요가 일어나자 병사를 이끌고 광성진廣城鎭을 수비하였다. 이어 이후 회령부사會寧府使로 부임하였다가 1871년, 삼군부三軍府에서 추천되어 순무중군巡撫中軍으로 강화도에 급파되었다.

현지에 부임한 어재연은 기가 막혔다. 자신에게 맡겨진 군사들은 모두 급하게 소집되었기 때문에 대부분 소속 진영이 달랐다. 그리고 기초적인 군사훈련도 거의 되어 있지 않은 상태로서 그야말로 오합지졸이었다. 게다가 강화도에는 한 번도 온 적이 없는 자가 대부분이어서 지형에 어두웠다.

원래 어재연 장군이 평소 이끄는 부대는 그가 회령부사로 재직하면서 호랑이 사냥꾼들을 징집해서 주력으로 편성한 부대였다. 그들은 비록 소수의 용사들이었지만 용감했고 의리로 뭉친 자들이었다. 그리고 어재연 장군 휘하에서 변방을 지키면서 나라를 지키기 위해 모두가 죽을 때까지 싸울 것을 맹세한 자들이었다. 어재연은 이들을 중심으로 오합지졸들을 재편성하여 외적의 침입에 대비하는 전술을 마련하고 거기에 맞게 군사들을 훈련시켜 나갔다.

군사훈련에 매진하던 어느 날, 아우 어재순魚在淳이 그를 찾아왔다. 형이 위험한 험지에 부임했다는 소식을 듣고 그를 돕기 위해 찾아온 것이다. 어재연은 아우에게 부모님께 불효를 저지를 작정이냐고 꾸짖으면서 속히 고향으로 돌아가라고 호통을 쳤다. 어재순이 대답했다.

"형님. 나라를 위하여 충성을 바치고자 원하는 마음은 벼슬하는 신하나 백성이나 한 가지일 뿐 다를 바가 없습니다. 그리고 형님을 생명이 위태로운 전장에 있게 하고, 나 혼자서 살겠다고 생각하는 것은 형제의 의리로 보

미군이 수자기를 탈취하고 성조기를 게양했다.

아서도 옳지 못한 일입니다."

결국 형은 아우의 고집을 꺾지 못했다. 어재순은 진중에 들어와 형을 도와 종군하다가 이 전투에서 형과 함께 순국하였다.

테니스 코트 크기만 한 손돌목 돈대의 최후 보루에 수백 명이 엉켜 붙어 육박전이 벌어졌다. 어재연 장군이 지휘하는 조선군들은 물러서지 않고 정말 호랑이처럼 싸웠다. 조선군은 칼과 창으로 저항하다 힘에 부치자 돌을 던지고 흙을 뿌리며 맨주먹으로 대항했다. 이들은 손돌목을 적에게 빼앗긴다면, 그 죄로 강화도의 모든 백성들이 왕에게 참수 당할 것이라는 풍문이 돌고 있었음을 이미 알고 있었다. 이래 죽으나 저래 죽으나 죽는 것은 매 일반이었다. 어차피 살아서 돌아갈 수 없다는 것을 알고 있었다.

미군이 계속 돈대 안으로 밀려들자 마침내 승부는 기울었다. 찰스 브라운Charles Brown 상병과 휴 퍼비스Hugh Purvis 일병이 돈대 중앙에 높이 걸린 수帥자 기를 잡아 뜯어내고 그 자리에 성조기를 게양했다. 수자기가 뜯겨나가는 것을 본 조선군 몇 명이 기를 되찾으려고 맹렬히 달려들었다. 그러나 이내 피투성이가 되어 수자기 아래에 힘없이 쓰러졌다.

제임스 듀거티James Dougherty 일병이 수자기 아래에서 지휘하고 있던 어재연 장군을 향해 총을 쏘았다. 어재연이 가슴을 움켜지고 쓰러지자, 순식간에 미군들이 달려들어 그를 난도질했다. 마지막 순간까지 수자기 아래에서 싸움을 독려하던 그는 그렇게 장렬하게 전사했다. 기록은 다음과 같이 전하고 있다.

"…(중략)… 어재연은 직접 칼을 뽑아들고 대포도 두려워하지 않으면서 선두에서 군사들을 지휘하여 적들을 무수히 죽였으며, 김현경은 손에 환도를 잡고 이쪽저쪽 휘둘러대며 적을 죽이고 목숨을 바쳤습니다. 별무사 유예준은 어재연 가까이에서 바싹 따라다니다가 총에 맞았고, 어영청의 초관(哨官) 유풍로(柳豐魯) 또한 앞장서서 사기를 돋우었으며, 이현학이 큰소리로 적들을 꾸짖고…(중략)…"

지휘하던 어재연 장군이 쓰러지자 싸움은 순식간에 종막으로 치달았다. 몇몇 조선군은 더 이상 물러설 곳이 없자 주저하지 않고 성벽 아래로 투신했다. 미처 성벽으로 다가갈 수 없이 돈대 중앙에 포위된 몇 명은 들고 있던 칼로 자신의 목을 찔렀다. 목덜미에서 뻗친 선혈들이 마치 고장 난 수도꼭지에서 물이 뿜어져 나오듯 사방으로 튀었다. 총을 겨누며 다가서던 미군들도 그 모습을 보고 경악했다. 조선군들의 결의는 대단했고 적으로부터의 어떤 자비도 기대하지 않아 보였다. 전투는 조선군 마지막 전사가 쓰러질 때가 되어 비로소 끝이 났다. 조선군은 정말 용감했다. 절박한 전황에서도 전사로서 존경받아 마땅할 인내와 용기를 보여주었다.

휘하의 간부로서 전투에 참여한 군관 이현학李玄鶴, 전 어영초관 유풍로柳豐魯, 전 강화천총 김현경金鉉暻, 전 광성별장 박치성朴致誠 등도 같은 시간에 전사하였다. 또한 별장 박치성은 강에 몸을 던져 자결하였고, 유예준劉禮俊

은 어재연 장군을 막아 보호하다가 부상을 당해 미군에 포로가 되었다. 그는 함대에 끌려갔어도 조금도 굴하지 않았다 한다.

어재연의 겸종 임지팽林之彭은 군인이 아님에도 불구하고 싸우다 죽었고, 청지기 김덕원金德源은 적진에서 관인官印을 몰래 감추고 현장을 탈출하였다. 덕포진 포사砲士 강선도姜善道는 포를 쏘아 아시아 함대에 피해를 주었고, 통진포사 차재준 등 3명은 총을 쏘아 2명의 미군을 살해하였다. 전 덕포첨사 박정환朴廷煥은 백발의 노인임에도 대포 사격으로 적선을 부쉈다.

전투가 끝난 손돌목 돈대의 상황은 끔찍했다. 포격으로 사체가 갈갈이 찢겨진 시체도 성벽에 그대로 널 부러져 있었다. 온몸이 불에 그을린 흰옷을 입은 조선군의 처참한 시체도 곳곳에 널려 있었다. 몇몇 시신에는 밖으로 튀어나온 흩어진 솜 갑옷을, 아홉 겹으로 솜을 두른 면제배갑에 불이 붙은 채로 여전히 검은 연기가 피어오르고 있었다. 살이 타는 역겨운 냄새가 코를 찔렀다. 일부 부상자들은 극심한 고통 속에 서서히 불에 타 죽어 갔다. 미군들은 시신들을 모아 배수로에 대충대충 묻었다. 그리고 성과 보루는 다시 사용할 수 없도록 철저하게 파괴했다. 미군은 손돌목 돈대를 'Citadel'로 부르다가 장렬하게 전사한 맥키 중위를 기리기 위해 'Fort McKee'로 개명하고, 본대가 정박 중인 작약도로 돌아갔다.

조선과 미군의 교전은 사흘에 불과했다. 그러나 조선군의 피해는 심각했다. 미 함대가 5월 16일 자진 철수하자, 조정에서는 관리를 급파하여 진상을 조사하여 보고토록 했다. 조사했던 관리는 이 처참했던 전투 현장을 다음과 같이 조정에 보고했다.

"…(중략)… 보루에 달려가 보니, 보루는 텅 비었고 흙 참호는 모두 메워

졌습니다. 즉시 마을 사람들을 동원하여 흙을 파냈더니 중군(中軍) 어재연(魚在淵)과 그의 친동생 어재순(魚在淳), 대솔 군관(帶率軍官) 이현학(李玄鶴), 겸종(傔從) 임지팽(林之彭), 본영(本營)의 천총(千總) 김현경(金鉉暻)이 피를 흘린 채 참호 속에 묻혀 있었습니다. 그 나머지 여러 시체들은 몸과 머리가 썩어서 누가 누군지 분간할 수가 없었습니다. 광성진별장(廣城津別將) 박치성(朴致誠)의 시체는 조수가 빠져나간 다음 해변에서 발견되었는데, 인신(印信)을 차고 있어서 신원을 확인할 수 있었습니다. 이에 인신을 주워서 바칩니다. …(하략)…"

당시 미 해병대 킴벌리 중령의 부관이었던 슐레이W. S. Schley 소령도 다음과 같이 회고하고 있다.

"광성보 함락 작전은 힘겨웠다. 이곳은 강화의 진지 중 가장 요충지였기 때문에 조선 수비군은 결사적으로 싸웠다. 미군은 함성을 지르며 진격해 들어갔고, 탄약을 갈아 넣을 여유도 없었던 조선군은 창과 칼로 방어하였다. 그들 대부분은 무기도 없이 맨주먹으로 싸웠으며, 모래를 뿌려 상대방의 눈에 손상을 주려 하였다. 그들은 끝까지 항전하였고, 수십 명은 총탄을 맞아 강물에 나뒹굴었으며, 어떤 자는 스스로 목을 찔러 자결하거나 물속으로 투신하였다. 조선군은 근대적인 총기를 한 자루도 보유하지 못한 채 노후한 전근대적인 무기를 가지고 근대적인 미군 총포에 대항하여 싸웠다. 조선군은 결사적으로 장렬하게 싸우면서 아무런 두려움 없이 그들의 진지를 사수하다가 전사하였다. 가족과 국가를 위하여 이보다 더 장렬하게 싸운 군인을 다시 찾아볼 수 없을 것이다."

이 전투에서 243명의 한국군이 전사했고 3명의 미군이 전사했다. 10명의 미군이 부상당하고 12명의 조선군이 생포되었다. 현장에서 자결한 조선군은 100여 명이나 되었다. 5개의 한국군 요새가 여러 개의 소형 대포와 함께 점령되었다. 미군은 물러서지 않고 끈질기게 싸운 조선군을 높이 평가하고 어재연 장군을 포함한 장교진들을 정중히 매장했다. 임지로 떠나는 남편들에게 무슨 일이 생길까 걱정이었던 어재연과 어재순 형제의 부인들이 전사할 경우 시신이라도 찾기 위해 두 형제들에게 표식을 해두었는데, 나중에 이 표식을 보고 두 분의 시신을 찾아 고향에 안장할 수 있었다.

미 함대 모노카시호에서 쏘아대는 무차별적인 함포사격에 목숨을 잃은 민간인들도 적지 않았다. 게다가 미군의 방화로 초지진과 덕진진, 광성진 주변의 수많은 민가들이 잿더미로 변했다. 전란을 겪은 백성들의 삶은 참담했다. 전후 피해 상황을 보고받은 고종은, 집이 불타 거리를 헤매는 백성들을 차마 눈 뜨고 볼 수가 없다며, 급기야 내탕고에서 1천 냥을 내어 민심을 수습하라는 명을 내렸다.

광성보 전투 후에도 조선은 척화비를 세우며 항전의 의지를 굽히지 않았다. 어재연이 전사하자 조선은 김선필을 진무중군으로 임명하고 초지진에 주둔한 미군을 야간에 기습하였다. 미군은 사방이 포위된 진지를 버리고 퇴각했다.

전투 이후 조선은 미군과의 접촉 담당을 강화부 진무사에서 부평부사 이기조로 바꾸었다. 부평부사는 격렬한 어조로 미국을 비난하면서 결사 항전의 뜻을 전했다. 미군은 더 이상 협상이 어렵다고 판단하고 포로를 자진 석방한 뒤 철수하였다. 애초의 제한적 공격이 목표를 달성했다는 판단했고,

이름없는 병사들의 무덤인 '신미순의총'(辛未殉義塚)

또 염하를 항해하며 다수의 전함이 암초에 부딪혀 피해를 입어 수리와 병사들의 휴식이 필요했기 때문이었다. 미군은 물치도로 퇴각하여 20일 동안 포로 석방을 빌미로 통상을 요구하였다.

조선 조정은 전사자를 추증하고 공적을 세운 사람들을 포상하였다. 어재연을 병조판서를, 아우 어재순에게는 이조참의를 추증했고 두 형제의 충절을 기려 쌍충비를 세웠다. 오늘날 형제는 병인양요 때 정족산성에서 프랑스군을 물리친 양헌수와 함께 서양의 침입을 받은 나라를 위해 목숨을 바친 영웅으로 추앙받으며, 동생과 같이 노블레스 오블리주를 실천한 무인으로 높이 평가받는다. 광성보 정문 앞에 강화군이 장군을 기려 광성보 전투를 표현한 조각과 함께 그 가운데에 어재연 장군의 동상을 세웠다.

미국 아시아 함대는 1865년 동인도-중국 함대가 개편되어 설립된 것으로

미군의 포로가 된 조선군 병사들

신미양요는 아시아 함대의 첫 전투였다. 미국은 참전한 9명의 수병과 6명의 해병에게 명예훈장을 수여하였다.

당시 미 해군에게 빼앗긴 어재연 장군의 수자기는 깃발 한가운데 장수를 뜻하는 '帥수' 자가 적혀 있어 '수자기'로 부른다. 미군은 이 전투에서 승리한 뒤 게양돼 있던 장군기를 내리고 그 자리에 성조기를 꽂았다. 미군이 전리품으로 가져간 장군기는 미국 해군사관학교 박물관이 소장해 왔다. 장군기의 크기는 가로 415cm, 세로 435cm로 재질은 삼베다. 장군기 오른쪽엔 미군이 승전을 기념해 군기 일부를 잘라낸 흔적이 있다. 2007년에 '10년 대여' 조건으로 국내에 들어왔다.

신미양요는 미군이 승리한 전쟁이었으나 조선의 위정자들은 결사 항전하여 이양선을 몰아낸 사건으로 왜곡시켰다. 대원군은 이를 빌미로 전국에

수자기

척화비를 세우고 쇄국정책을 더욱 강화해 나갔다. 외국의 정세에 어두웠던 조선의 위정자들은 그토록 비참한 패배에도 불구하고 그 심각성을 애써 외면했다. 무능한 위정자들이 국정을 농단하는 동안, 조선 백성들의 삶은 점점 나락으로 떨어져 갔다. 신미양요는 정말 비참하고도 서글픈 전쟁이었다.

마산포(馬山浦)의 한숨 소리

─ 흥선대원군 납치 사건

경기도 시흥을 벗어난 수레 한 대가 빠르게 화성으로 들어섰다. 말 두 마리가 끄는 수레 앞뒤로는 약 100여 명이 훨씬 넘는 군인들이 삼엄하게 경호를 펼치며 따르고 있었다. 군인들의 복장은 한눈에 봐도 조선 사람과는 달랐다. 그들은 지휘자의 지시에 따라 일사불란하게 움직였다. 바로 청나라 군대였다. 한낮에 내리쬐던 뜨거운 태양이 바닷속으로 사라지고 서서히 땅거미가 사방에서 몰려오고 있었다.

사강에서 다시 남양만 쪽으로 방향을 잡은 수레는 마산포馬山浦로 이어지는 야트막한 고갯길로 들어섰다. 8월 한 여름의 뜨거운 열기는 어둠이 몰려와도 좀처럼 식지 않았다. 메마른 고개의 언덕길은 수레를 호위하면서 이동하는 군대의 행렬이 지나가자 온통 흙먼지로 뒤덮였다. 수레를 끄는 말도 숨이 가쁜지 연신 사나운 콧김을 쏟아냈다. 바람도 불지 않는 후덥지근한 날씨였다.

사강에서 마산포로 가려면 야트막한 고개를 넘어야 했다. 비록 야산이지만 길게 이어지는 오르막인데다가 거리도 꽤 되는 길이었다. 사강에서 열리는 5일장을 보러 다니는 사람들에게도 쉬지 않고 한 번에 오르내리기에 그리 쉬운 길이 아니었다.

고개 정상에 오르자 평지와 내리막길이 길게 이어졌다. 산길이기는 했지만 포구로 많은 사람들이 오르내리면서 길은 제법 잘 닦여 있었다. 수레가 포구에 이르는 마지막 능선을 오르자 드디어 바다가 나타났다. 멀리 포구 앞바다에는 큰 함대가 정박해 있고 함대에서 비추는 불이 외롭게 바다에 떠 있었다.

포구는 스무 채가 채 안 되는 작은 마을이었다. 이 포구도 다른 포구와 마찬가지로 수심이 얕고 뻘이 이어지는 끝자락에 있었다. 썰물이 되어 물이 빠져나가면 배들은 모두 뻘 톱에 얹혀 있게 되는데, 밀물 때가 돼야 다시 배를 움직일 수 있었다. 오늘은 만조기라 포구에 바닷물이 들어와 배들이 많았다. 배들이 정박하는 작은 부둣가를 따라 줄지어 선 횟집들이 모두 불을 밝히고 있었다. 특이한 것은 어선은 없고 모조리 군인들을 태운 작은 선박들이라는 것뿐이었다. 부둣가에는 무장한 군인들이 삼엄하게 경비를 서있고 일반 백성들의 모습은 자취를 감추었다.

맨 앞에서 인솔하던 지휘관의 신호로 덜커덩거리며 달리던 수레가 포구로 이어지는 야트막한 능선 정상에 있는 오래된 느티나무 앞에서 멈춰 섰다. 밤이라고 해도 보름달이 대낮처럼 밝게 비추고 있어서 사방을 잘 분간할 수 있었다.

느티나무 뒤편에는 서낭당이 세워져 있었다. 서낭당에는 금줄이 처져 있고 오가는 사람들이 갖다 놓은 음식물이 약간 남아 있었다. 느티나무 앞에는 장승 한 쌍이 사납게 눈을 부릅뜨고 이들의 행렬을 지켜보고 서 있었다.

장승 주변에는 포구를 오르내리던 사람들이 쌓아놓은 돌탑들이 여기저기 가지런히 놓여 있었다. 일행이 쉬지 않고 달려온 터라 말에게 물을 먹이는 동안 군사들도 땀을 닦으면서 잠시 쉬었다. 언덕 아래 동쪽 기슭에 스무 채도 안되는 초가집들이 옹기종기 모여 있는 작은 마을은 한 집을 빼고는 모두 불이 꺼져 있었다.

군사들은 쉬는 동안에도 수레의 곁을 떠나지 않았다. 아무도 말을 하는 사람이 없었다. 지휘관의 지시에 따라 군사 몇 명이 재빠르게 언덕 아랫마을로 사라졌다. 군사 한 사람이 물을 담은 바가지를 들고 수레에 다가갔다. 바가지를 수레 안에 넣었지만 수레 안에서는 아무런 반응이 없었다. 그 사이에 지휘관으로 보이는 한 사람이 작은 돌멩이를 들고 장승 옆에 만들어 놓은 한 무더기 돌탑에 다가가 정성스럽게 올려놓았다. 그리고는 알 수 없는 말로 혼자 중얼거렸다. 물바가지를 들고 돌아온 군졸이 멋쩍은 듯 그 지휘관에게 고개를 저었다. 지휘관은 빙그레 웃었다.

"가자."

수레가 다시 천천히 움직였다. 잠시 소리를 멈추었던 개들이 다시 시끄럽게 짖어대기 시작했다. 좁은 골목길에 이르자 수레가 멈추어 섰다. 청군은 수레의 장막을 걷고 안에 타고 있는 사람을 내리게 했다. 횃불을 든 군사들이 일제히 모여들었다. 잠시 후, 수레에서 한 사람이 고개를 내밀고 좌우를 두리번거리더니 수레에서 내렸다. 말끔한 한복 차림에 하얀 수염이 한눈에 보아도 풍채가 있어 보이는 사람이었다. 바로 홍선대원군이었다.

그는 몹시 피곤하고 기운이 없는 듯 잠시 기우뚱거렸다. 그러나 이내 자세를 곧추세우고 지휘관을 따라 골목으로 천천히 걸음을 옮겼다. 횃불을 든 청군의 안내를 받아 내리막길로 50여 미터 지나 오른편에 있는 초가집으로 들어섰다.

언덕 아래로 사라졌던 군사들이 다시 돌아와 지휘관에게 뭔가 보고했다. 마을에서 오래 기다리고 있었던 듯 새로 나타난 군관으로 보이는 자가 인솔해 온 지휘관에게 깍듯하게 거수경례를 올렸다. 그리고 뭔가 준비됐다는 말을 전했다. 보고를 받은 지휘관은 주변을 한 번 돌아보고는 짧게 소리를 질렀다.

마건충(馬建忠)
이홍장의 지시로 흥선대원군을 납치하여 텐진으로 호송하는 책임을 맡았다.

이 마을은 원래 경주 최씨가 300여 년 동안 터를 닦고 살아오는 가난한 집성촌이었다. 홍선대원군이 들어서는 이 집은 최씨 집안 종손댁이었다. 청군은 그나마 이 집을 잠시 묵을 임시 숙소로 정한 것이다. 말끔하게 한복을 차려입은 집 주인 내외가 이들을 맞이했다. 62세가 되는 대원군에 비해 서너 살 아래로 보이는 부부는 잔뜩 긴장하고 있었다. 대원군은 목례를 하고 아무 말 없이 이들 부부가 안내하는 대로 사랑방으로 들어섰다. 방안은 깨끗하게 정리되어 있었고 작은 소반 위에 간단한 저녁상이 차려져 있었다. 최씨 종손 부부가 대원군을 향해 정중하게 엎드려 절을 하고 나갔다. 대원군은 눈을 감고 아무 대답이 없었다.

이홍장(李鴻章)

흥선대원군 이하응

지휘관이 방안으로 들어와 준비된 지필묵에서 붓을 들어 종이에 글을 적어 대원군에게 내밀었다. 그는 바로 마건충馬建忠이었다. 그는 이홍장의 지시를 받고 오장경吳長慶과 함께 청군 3천 명을 이끌고 며칠 전에 이곳 마산포에 입항했다. 그리고 상부의 지시를 받고 남대문 밖 청군 막사에서 대원군을 납치하여 중국으로 압송하기 위해 이곳까지 인솔해온 것이다.

"태공, 여기까지 오느라 수고하셨소. 내일 아침 이 포구에서 배를 타고 청국으로 돌아가오. 쉬면서 불편한 점이 있으면 부하들을 부르시오."

대원군은 물끄러미 종이를 바라보며 아무 대꾸도 하지 않았다. 마건충은 방문을 닫고 나갔다. 열어놓은 창문 사이로 보름달이 보였다. 동네 개들이 쉴 새 없이 시끄럽게 짖어대고 있었다. 횃불로 대낮처럼 밝은 마당에는 청군들이 삼엄하게 경비를 서고 있었다.

대원군은 물 한 모금을 마시고 누웠다. 배도 많이 고팠지만 식욕이 없었다. 게다가 청군 진영에서 포박 당할 때 입에 밀랍을 강제로 밀어 넣어 재갈을 물리는 바람에 한동안 숨도 쉴 수 없을 정도로 괴로웠다. 다행히 동작나루를 건너올 때 재갈을 풀어줘서 호흡에는 문제가 없었지만 아직도 입 주변이 감각이 없이 얼얼한 느낌이었다.

저녁 내내 덜컹거리는 수레 안에서 이리저리 짐짝처럼 제대로 쉬지도 못했기 때문에 피곤함이 몰려왔지만 눈을 감아도 잠을 잘 수 없었다. 그는 자신이 지금 여기에 이렇게 납치되어 있다는 게 도저히 실감이 나지 않았다. 그는 깊은 숨을 몰아쉬었다. 훗날 동네 사람들은 그날 밤 홍선대원군이 내쉬는 한숨소리가 밤새 담 넘어까지 들렸었다고 증언했다.

소동이 끝나자 작은 포구 마을은 다시 평상의 적막을 되찾았다. 시끄럽게 짖어대던 똥개들도 조용해졌다. 당고개 성황당 느티나무 가지 끝에 걸려 있던 보름달도 서쪽 바다로 많이 기울었다. 그렇게 분주했던 마산포의 밤은 깊어가고 있었다.

1984년 8월 26일 한양에서 일어난 이른바 임오군란의 여파로 일어난, 청나라 군사에 의한 대원군 납치 사건의 시작이었다.

1882년 5월 22일음력 4월 6일, 역사상 처음으로 서양 국가인 미국과 조미수호조약이 체결되었다. 하지만 이 역시도 1876년에 일본과 맺은 강화도조약과 마찬가지로 미국에게도 치외법권을 인정하고 최혜국 조항을 넣은 불평등한 조약이었다. 치외법권이란 다른 나라의 영토에 있으면서도 그 나라의 법에 따르지 않아도 될 권리를 뜻한다. 즉, 미국인이 조선의 영토에서 죄를 지어도 조선의 법으로 다스릴 수 없는 것이다. 또, 조약에는 앞으로 조선이 다른 나라와 수교를 할 때 미국보다 유리한 조건을 허락하면 미국에게도 그 권리를 인정해 준다는 최혜국 조항까지 들어갔다. 이렇게 맺은 불평등 통상조약은 그 후 영국과 독일, 러시아, 프랑스 등 서구 열강들과 차례대로 조약을 맺을 때, 본보기가 되어 불평등한 조항들이 그대로 들어가게 되었다.

미국과의 조약이 이렇게 상식에 어긋나게 작성된 것은 수교를 위한 교섭

과정에 조선의 관리가 참여하지 않았기 때문이었다. 고종은 일본의 횡포를 견제하기 위해 청나라의 제안을 받아들여 미국과의 수교를 결정했다. 그러나 그동안 정부가 나서서 척화비를 세우며 '서양 오랑캐와의 수교는 망국'이라는 논리로 쇄국정책을 고수해 왔기 때문에, 정부가 공개적으로 미국과 수교 협상에 나설 수가 없었다.

고종의 선택은 미국과의 수교 협상을 청나라 대신인 이홍장에게 맡기는 것이었다. 이에 따라 이홍장과 미국의 관리 슈펠트 사이에 수교를 위한 교섭이 진행되었다. 고종을 중심으로 한 조선 위정자들의 사대事大 근성을 적나라하게 보여준다. 고종은 단지 이홍장과 슈펠트가 합의한 교섭 초안에 사인만 했을 뿐이었다.

조약의 합의문을 작성할 때, 둘 사이의 가장 큰 쟁점은 '조선의 독립성 인정 문제'였다. 조선의 위정자들은 '조선은 중국의 속방'이라는 조항이 조미통상조약 1조에 삽입되어야 한다는 이홍장의 주장에 동의했으나, 협상 과정에서 미국이 받아들이지 않았다. 그렇다고 해서 미국이 조선을 독립국으로 인정한 것은 아니었다. 미국은 조선이 중국의 속방이냐 독립국이냐에 큰 관심이 없었다. 오로지 조선의 문호를 개방하는 것이 목적이었다.

어찌 되었든 잇달아 서구 열강들과 통상조약을 체결하면서 연미론聯美論을 축으로 하는 고종의 개화정책은 본격적인 궤도에 올랐다. 연미론이란 당시 청나라 입장에서 러시아의 남진을 막고 일본의 조선침략을견제하기 위해서는 미국과 연대해야 한다는 논리였다. 청나라는 이를 통하여 조선에 대한 종주국의 위치를 지켜내려고 했다. 이 과정에서 그동안 사회의 저변에 만연해 있던 위정척사론은 잠시 수그러들었다. 개화정책은 대외정책뿐만 아니라 정치, 경제, 사회, 문화, 군사 등 모든 방면으로 확대됐다.

별기군
모두 양반 자제로 선발되었으며 구식군대에 비해 상당한 우대를 받았다.

군사 방면에서도 근대화 바람이 불었다. 당시 고종은 군을 근대화시키기 위해 군제 개편을 서둘렀다. 제일 먼저 일본의 건의를 받아들여 신식 군대인 별기군을 편성했다. 1881년 4월 11일, 수도 한양의 내외곽을 경비하면서 방어를 담당하던 5군영五軍營이 무위영과 장어영壯禦營의 두 영으로 편제되었다. 5군영에서 따로 80명을 선발하여 무위영 내에 별기군을 편성하였는데, 이는 우리나라 최초로 창설된 신식 군대 훈련기관이었다. 이들을 훈련시킬 교관은 일본공사관 소속 공병장교 호리모토 레이조堀本禮造 소위가 맡았다. 군사훈련은 제식훈련과 군사 기초이론으로 편성됐으며, 서양식 신무기로 총기를 사용하는 법을 가르쳤다. 복식은 주로 일본식을 모방해 초록색 군복과 군화를 착용했으며, 모자는 서양식을 따랐다.

1882년 3월, 별기군의 사관생도는 140명으로 늘어났다. 모두가 양반 자제들로 구성되었다. 4월부터는 6개월 단기 속성과정을 거친 사관생도들이 장교로 임용되기 시작했다. 이들은 임용이나 승진에서 기존의 구식군대보다 크게 우대를 받았다. 뿐만 아니라, 급료나 피복 지급 등 모든 대우가 구식군대보다 월등하였다. 당시 사람들은 이들을 왜별기倭別技라고 비아냥거렸다.

4월 말로 접어들면서 여러 방면으로 불길한 조짐이 나타나기 시작했다. 산천이 푸르게 바뀌면서 봄철 씨 뿌리기가 한창이어야 할 시기에도 여전히 비기 내리지 않았다. 유난히 심했던 겨울 가뭄이 봄철이 되었는데도 달라질 기미가 보이지 않은 것이다.

몇 년 전부터 계속된 흉년으로 걱정이 많은데, 가뭄에 봄 농사까지 망칠까 걱정한 고종은 계속해서 기우제를 지냈다. 하지만 초여름 6월이 됐는데도 비는 내릴 기미조차 보이지 않았다. 뙤약볕에 그나마 살아남은 농작물도 타들어가고 땅바닥은 거북 등처럼 쩍쩍 갈라졌다. 백성들의 한숨도 갈수록 깊어지고 농민들의 속은 타들어갔다.

당시 한양에는 약 1만 명의 구식 군대가 있었다. 군제가 개편되는 과정에서 절반 정도의 군인들이 정리, 해고를 당했다. 다행히 정리 대상에서 간신히 살아남아 두 영營에 소속되었다 하더라도, 이들은 군제 개편 직후부터 13개월이나 급료를 받지 못했다. 그런데도 별기군에게는 모든 것이 정상적으로 지급되고 있었다. 차별 대우에 대한 불만은 점차 쌓여갔다.

국가 재정이 이렇듯 엉망인데도 설상가상으로 군제 개편 과정에서 왕비 민씨의 척족들이 온갖 부정한 일을 저질러 백성들의 원성이 쌓여만 갔다. 갈수록 민심이 흉흉해지면서, 이대로 가다가는 언제 무슨 일이 터질지도 모르는 아슬아슬한 상황이 계속되고 있었다.

7월 초가 되자, 호남 지방에서 올라온 세곡선 몇 척이 쌀을 싣고 한양에 도착했다. 군인들의 급료 지급을 담당하고 있던 선혜청에서는 7월 19일음력 6월 5일에 무위영 소속 구 훈련도감訓鍊都監 군병들에게 봉급을 지급하겠다고 통지를 했다. 우선 한 달 치 봉급을 지급할 것이니 선혜청 도봉소로 나오라는 것이었다. 봉급이 13개월이나 밀려있었지만 한 달 치 봉급이라도 받을 수 있다는 사실에 구식 군인들은 환호했다.

당시 이 책임을 맡은 최고위 관리는 선혜청당상 겸 병조판서였던 민겸호閔謙鎬였다. 그는 왕비 민씨의 오빠 뻘이 되는 사람으로 민씨 세력의 중심인물이었다. 민겸호는 봉급 지급의 책임을 창고지기에게 맡겼다. 구식 군인들의 불만이 많다는 것을 알고 있으면서도 그들의 어려운 사정은 외면하고, 그 막중한 봉급 지급의 책임도 말단 창고지기에게 맡긴 것이다. 도봉소의 창고지기를 맡은 그도 사실은 민겸호 집의 하인이었다. 당시 부정과 부패를 일삼던 조선 위정자들의 무책임한 태도를 보여주는 한 단면이었다.

7월 19일 아침, 도봉소 앞마당에는 소식을 듣고 나온 군병들이 모여들면서 금방 긴 줄이 만들어졌다. 모두들 싱글벙글 웃음소리가 가득했다. 개중에는 이렇게 많이 밀린 봉급을 놔두고 무슨 한 달 치로 입막음을 하려는 거냐고 불평하는 사람들 있었지만, 대부분은 그나마 아쉬운 대로 한 달 치라도 받는다는 사실에 들떠 있었다. 지급하겠다는 봉급은 화폐 대신 쌀이었다. 일부 군인들은 실망한 나머지 푸념을 늘어놓았지만 계속되는 흉년에 당장 끼니를 걱정할 정도에 이른 사람들에게는 그나마도 반가운 일이었다.

차례를 기다리다가 쌀을 받아 든 사람들이 하나 둘 빠져나가면서 길게 늘어섰던 행렬은 금세 짧아졌다. 그런데 갑자기 뒤쪽에서 웅성거리는 소리가 들리더니 일단의 군인들이 쌀자루를 메고 다시 몰려들었다. 건장한 사내 한 사람이 쌀자루를 번쩍 들어 쌀을 나눠주던 창고지기인 창고지기 앞에 내동댕이치며 소리를 질렀다. 같이 온 사람들도 함께 쌀자루를 패대기쳤다.

"아니… 지금 이걸 봉급이라고 내준 거요? 쌀은 쥐꼬리만큼 들어 있고 온통 모래와 겨를 넣어 무게와 부피만 늘렸잖소. 지금 당신들 우리를 우롱하는 겁니까?"

쌀자루를 내동댕이 친 자는 무위영 소속 구식 군인 포수 김춘영金春永으로 39세로서 그들 중에 연장자였다. 그는 평소 성실하고 정직한 성품으로 동료와 부하들로부터 신임이 두터운 자였다. 김춘영이 쌀자루를 내팽개치자 포대 안에 들었던 내용물이 쏟아져 창고지기 앞에 뿌려졌다.

바닥에 쏟아진 내용물을 보던 사람들이 깜짝 놀랐다. 그들은 자신의 눈을 의심하며 서로 번갈아 보고 말을 잃었다. 바닥에는 모래와 겨가 반 이상이 섞인 사이로 군데군데 하얀 쌀이 보였다. 그것은 도저히 쌀이 든 자루라고 할 수 없을 정도였다. 얼마나 겨가 많이 섞였는지 장정 한 사람이 한 손으로 한 섬을 번쩍 들 수 있을 정도로 가벼웠다.

"한 가마라고 받은 쌀이 반 가마도 안 되잖소. 이걸 우리 보고 먹으라고 주다니… 우리가 소나 돼지만도 못하단 말이오?"

김춘영을 대표로 하는 군인들은 분노하여 급료를 지급하던 창리倉吏인 창고지기에게 따지며 항의했다. 자초지종을 알게 된 구식 군인들이 지급하는 쌀의 수령을 거부하고 항의하는 대열에 합세했다. 목소리가 커지자 사람들의 이목이 한곳으로 쏠리면서 무슨 일인가 싶어 사람들이 금세 우르르 몰려들었다. 길게 늘어섰던 줄은 금방 없어졌다. 도봉소 앞마당은 군인들이 내

팽개친 쌀자루에서 나온 모래와 겨에 섞인 쌀이 어지럽게 뿌려져 있었다.

"뭐야? 이놈들이… 어디라고 감히… 저리 물러서지 못할까?"

갑작스런 상황에 창고지기는 당황하면서 앞에 선 김춘영의 멱살을 잡고 거칠게 밀쳤다. 자신의 상관인 민겸호의 든든한 배경을 믿고 평소 안하무인으로 행세하던 하인인 창고지기는 급기야 옆에 세워둔 몽둥이를 들었다.

김춘영이 멱살을 잡히고 휘두르는 몽둥이에 얻어맞으면서 심한 모욕을 당하자, 정의길鄭義吉, 강명준姜命俊, 유복만柳卜萬 등이 앞으로 나섰다. 그들은 김춘영을 부축하면서 창고지기의 몽둥이를 빼앗았다. 말싸움이 거칠어지면서 몸싸움이 시작됐다. 화가 난 군인들이 한꺼번에 달려들어 창고지기를 붙잡아 집단 구타했다. 양측의 몸싸움이 격렬해지고 소동이 일어나자, 보고를 받은 선혜청 소속 도봉소 경비들이 우르르 몰려나왔다. 이들이 합세하여 구식 군인들에게 창을 겨누면서 위협하자, 분위기는 금세 험악해졌다. 더욱 흥분한 구식 군인들은 한꺼번에 우르르 몰려들어 이들로부터 무기를 빼앗고 사정없이 구타했다. 창고지기는 이들에게 거의 죽을 정도로 흠씬 두들겨 맞기는 했지만 죽지는 않았다. 분노가 폭발한 군인들은 도봉소에 돌을 던지고 기물을 부수면서 난폭해져 갔다. 도봉소 앞마당은 순식간에 아수라장이 되었다.

이 소식은 빠르게 민겸호에게 보고되었다. 민겸호는 격노했다. 민겸호는 본때를 보이겠다며 주동자를 색출하여 잡아오라고 명령했다. 민겸호의 지시를 받은 무위영 군대는 곧 도봉소로 달려갔다. 그리고 난동을 부린 김춘영을 비롯한 주동자 4명을 잡아 포박하여 포도청으로 압송하여 감옥에 가두었다.

그러나 민겸호의 이런 부적절한 대응은 상황을 더욱 악화시키는 빌미가

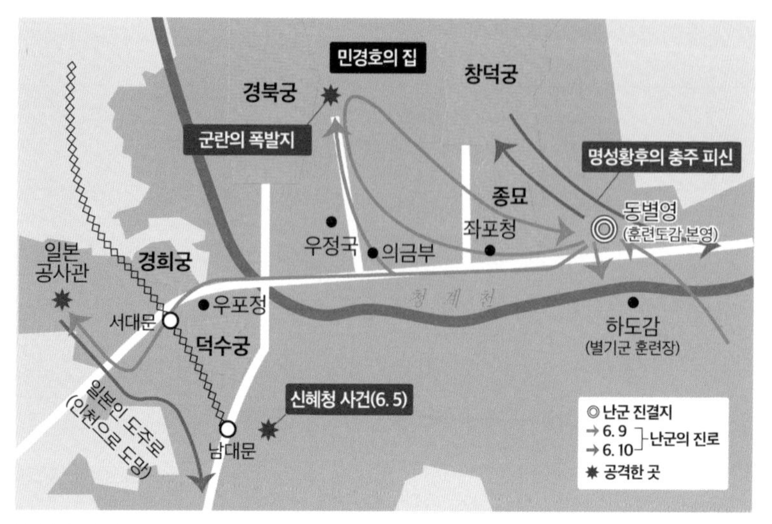

임오군란 상황도

되고 말았다. 당시 민겸호는 탐욕스럽고 무식하다는 평판이 저잣거리에 자자한 사람이었다. 평소부터 군사들에게 지급해야 할 봉급을 빼돌려 착복해왔던 민겸호는, 이번 사건으로 그동안 자신의 비리가 탄로 날까 두려웠다. 그래서 그는 일을 재빨리 수습하기 위해서는 이 사건의 주동자들을 빨리 죽여 입막음을 하는 것이 상책이라는 생각을 하기에 이르렀다.

그는 이들을 모두 죽여서 흐트러진 무위영의 기강을 세우라고 호통쳤다. 민겸호의 지시에 따라 도봉소 사건으로 포도청으로 잡혀간 김춘영 등 4명의 군인들이 심하게 고문을 당했다. 체포한 군인들을 사형시키려 한다는 민겸호의 말이 백성들 사이에 금방 퍼져나갔다. 민심은 들끓기 시작했다. 민겸호의 이런 처사는 구식 군사들을 막다른 골목으로 내몰았다. 현장에 남아있는 군인들이 포도청으로 몰려가 구명 운동을 전개하면서 도봉소 사건은 점점 알 수 없는 상황으로 확대되기 시작했다.

사태가 악화되자, 김춘영의 아버지 김장손金長孫과 유복만의 동생 유춘만劉春萬이 들고일어났다. 이들은 자신들의 힘으로는 잡혀간 이들을 구해낼 방법이 없다고 생각했다. 자신들의 억울한 사정을 호소하기 위해 다음과 같은 통문通文을 작성했다.

> "이대로 굶어 죽으나 법으로 처벌받아 죽으나 죽기는 매한가지다. 차라리 죽일 놈을 죽여 억울한 분(憤)이나 한 번 풀어보자."

통문은 왕십리 행수行首 문창갑文昌甲에게 전달됐다. 행수는 원래 훈련도감 소속으로 군대의 조련을 맡는 직위에 있었으나, 신식 군대인 별기군이 창설되면서 상대적으로 권위가 상실된 상태였다. 그러나 여전히 무위영 내에서는 구식군대 군인들로부터 상당한 권위를 유지하고 있었다. 당시 왕십리는 구식 군인 가족들이 집단으로 모여 사는 군인 마을이었다. 왕십리를 중심으로 저잣거리에 이들의 호소가 적힌 통문이 돌면서 수백 명의 군인가족과 하층민들이 호응했다.

7월 23일음력 6월 9일 아침, 수백 명의 군병이 동별영東別營에 모였다. 구속된 동료 4명의 석방을 요구하기 위해서였다. 그들은 먼저 자신들의 총 대장인 무위대장武衛大將 이경하李景夏에게 억울함을 호소했다. 하지만 이경하는 직접 민겸호에게 말하라며 이들의 요구를 거절했다. 이미 직속상관인 민겸호로부터 한차례 꾸중을 듣고 혼났기 때문이었다.

정오가 되자, 실망한 수백 명의 군인들이 직접 민겸호의 집으로 몰려갔다. 마침 민겸호는 집을 비우고 없었다. 사람들이 갑자기 몰려들자 영문을 알기 위해 하인들이 문을 열고 나왔다. 하인 가운데 우두머리로 보이는 자

별기군 훈련 모습

가 거드름을 피며 나섰다가 소스라치게 놀랐다. 그는 몸이 다소 불편한 듯 목발을 짚고 있었다. 그는 바로 며칠 전 도봉소에서 봉급을 지급하던 그 창고지기였다. 나흘 전에 도봉소에서 거의 죽도록 맞은 상처 때문에 운신이 자유롭지 않은 상태였다.

수백 명의 군인들을 보고 소스라치게 놀란 그는 집 안으로 피신하면서 다른 하인들에게 빨리 문을 걸어 잠그라고 소리쳤다. 일부 군인들이 그를 알아보고 '바로 저놈이다. 저놈 잡아라'고 소리쳤다. 흥분한 군인들은 창고지기를 뒤따라 문을 밀치며 안마당으로 들어섰다. 창고지기는 사랑채 방향으로 뒤뚱거리면서 뛰다가 얼마 못 가 성난 군중들에게 잡혔다. 며칠 전에 죽도록 맞아 거동이 불편했던 터라 저항할 수도 없었다. 그는 바닥에 쓰러져 고통스런 비명을 지르며 이리저리 팔을 휘두르며 저항했다. 그는 공

일본공사관
성난 군중들이 습격하여 초토화시켰다.

포에 질린 눈으로 제발 살려달라고 애원했다. 그러나 곧 성난 군인들의 발길질이 이어지면서 사지를 축 늘어뜨렸다. 그는 현장에서 처참하게 맞아 죽었다.

창고지기를 죽이고 나자 피를 본 군중들은 금방 폭도로 변했다. 군중들은 집안 곳곳을 닥치는 대로 때려 부수고 짓밟았다. 민겸호의 안방에서 꺼내온 비단과 보물은 한 데 모아 놓고 불을 질렀다. 그동안 수많은 재물을 착복하고 뇌물을 받아 온 사실을 증명이라도 하듯 창고에는 쌀과 귀중품이 가득 쌓여 있었다. 흥분한 군중들은 고래고래 소리를 지르며 창고에 불을 질렀다. 시커먼 연기가 순식간에 하늘을 뒤덮었다.

오후가 되자 폭동은 한양 전역으로 번졌다. 정부의 개화정책 일환으로 군제 개편이 단행되면서 처음부터 구조적으로 소외된 구 5군영 소속 군인들의 불만이 마침내 폭발했다. 성난 군중들은 포도청으로 몰려가 구금된 김춘영 등 4명의 군인들을 구출하고, 내친김에 동별영東別營을 습격하여 군기고에서 무기를 탈취하여 일부 군인들이 무장하는데 성공했다.

이들은 이번 사태의 원흉으로 왕비 민씨의 척족들을 꼽는데 이견이 없었다. 이들은 강화부 유수 민태호閔台鎬를 비롯한 부패한 민씨 척족들의 집을 일일이 찾아다니면서 닥치는 대로 죽였다.

그 사이 일부 군인들은 별기군의 훈련장을 습격했다. 상대적으로 차별 대우를 받으면서 얼마나 한恨이 맺혔던가. 아무것도 모르고 연병장에서 일본인 교관 공병장교 호리모도의 지휘 아래 훈련을 하고 있던 별기군은 혼비백산했다. 엄청난 군중들이 몰려들자 별기군은 급히 달아났다. 성난 군중들의 목표는 일본군 장교였다. 호리모토는 현장에서 처참하게 맞아 죽었다. 이들은 내친김에 인근에 있는 서대문 밖의 일본 공사관을 습격했다. 일본 공사관은 이미 급보를 듣고 직원들이 모두 달아나고 없었다. 성난 군중들은 텅 빈 일본 공사관을 모조리 파괴했다.

민겸호의 집과 일본 공사관을 쑥대밭으로 만든 구식 군사들은 다시 동별영에 집결했다. 하지만 통문을 작성해 일을 키웠던 김장손과 유춘만 등은 뒷일을 어떻게 수습해야 할지 난감한 상황에 빠졌다. 사실 그들은 사태가 이렇게 악화될 것으로는 미처 예상하지 못한 것이다. 조정에서는 그들의 행동을 틀림없이 군사 반란으로 몰아 대역죄를 지은 역적으로 몰고 갈 것은 자명한 일이었다. 이들이 모여 서로 갑론을박하면서 대책을 강구했다. 그러는 사이에 오후가 되면서 많은 군중들이 모여들었다.

그때 누군가가 흥선대원군을 찾아가 도움을 청하자고 제안을 했다. 이 말을 듣자 김장손과 유춘만은 무릎을 쳤다. 그렇다. 그들을 구원해 줄 수 있

대원군이 거주하던 운현궁

는 사람은 대원군밖에는 없었다. 이런 사태를 만든 장본인은 왕비 민씨이고 그녀를 상대할만한 사람은 홍선대원군뿐이라는 생각이 든 것이다.

"우리 모두 홍선대원군 대감에게 가서 우리의 억울함을 호소합시다."

문창갑의 외침에 일제히 환호성을 지르며 일사불란하게 홍선대원군의 거처인 운현궁으로 향했다.

구식군대 군인들이 주축이 된 사람들이 홍선대원군이 사저로 이용하고 있는 운현궁으로 몰려들었다. 그들의 손에는 몽둥이를 비롯해 손에 잡힐만한 것은 모두 들려있었다. 운현궁을 지키던 경비병들이 급하게 안으로 뛰어들었다.

"대… 대… 대감마님. 수… 수백 명은 족히 넘는 사람들이…"

"뭐라? 이놈들이 여기가 어디라고 몰려드는 게야?

방문을 열어젖히고 나온 흥선대원군은 대청마루에 서서 합죽선으로 경비병들을 가리키며 호통을 쳤다.

"난적亂賊들이 무슨 염치로 찾아왔느냐? 감히 여기가 어디라고?"

대원군 이하응은 이들을 당장 내쫓으라고 호통쳤다. 그의 호통소리가 얼마나 컸던지 문밖에 서서 초조하게 기다리고 있던 군중들에게 똑똑하게 들릴 정도였다. 그 사이 경비병 수십 명이 무기를 들고 정문으로 몰려들었다.

그러나 대원군의 목소리는 자못 근엄하고 무게가 실렸지만 얼굴에는 알 수 없는 미소를 머금은 듯 보였다. 몸을 돌린 대원군이 사랑채로 가면서 경비대장을 손짓으로 불렀다. 그는 경비대장에세 귓속말로 무언가 지시를 내렸다. 경비대장은 목을 길게 빼고 들으면서 알았다는 듯 연신 고개를 끄떡이더니 대원군을 향해 두손을 앞으로 모아 공수를 하고 돌아섰다. 그는 날렵하게 중간 지휘자인 듯한 사내 몇 명을 불러 모았다. 뭔가 지시를 받은 사내들이 재빠르게 경비병들 사이로 사라졌다. 이 모습을 지켜보던 대원군은 헛기침을 크게 하면서 몸을 돌려 사랑방으로 향했다. 그의 얼굴에는 미소가 번졌다. 사랑방 주변은 금세 경비병들의 수가 늘어나면서 삼엄한 경비가 펼쳐졌다.

운현궁 정문에서는 궁을 지키는 경비병과 군중들이 대치하는 모습이 연출되었다. 예상을 빗나간 상황에 군중들은 실망을 감추지 못하는 모습이었다. 일부 군중은 바닥에 무릎을 꿇고 큰 소리로 '대감. 우리의 억울함을 풀어주소서,'하며 애원했다. 운현궁 주변에는 시위 군중의 읍소하는 소리와 경비병들이 주고받는 고함 때문에 무척 소란스러웠다.

그러나 그 사이에 대원군의 사랑방에서는 문창갑, 김장손, 유춘만 등 주동자 몇 명이 대원군을 마주하며 밀담을 나누고 있었다. 조금 전 대원군으로부터 밀명을 받은 경비대장이 아무도 모르게 시위 군인들의 주동자들을 사랑방으로 데리고 온 것이다. 문 앞에서 소란을 피우던 시위대는 물론 경비병들조차도 모르는 일이었다.

주동자들은 홍선대원군에게 뒷수습을 해달라고 간청했다. 홍선대원군은 이들의 거사를 전폭적으로 지원하겠다는 약속을 했다. 그러나 외부적으로는 일체 이 사건에 대해 자신과 만난 사실이 없음을 수지시키면서 다짐받았다. 대원군으로부터 격려의 치하를 들은 이들은 크게 만족했다. 자신감을 회복한 이들은 대원군의 지시에 따라 내친김에 궁을 장악하기로 했다. 대원군의 목적은 이들을 이용하여 왕비 민씨 세력을 몰아내고 권력을 잡는 것이었다. 그러기 위해서는 권력의 핵심인 왕비 민씨를 제거해야만 했다.

대원군과 밀담을 마친 주모자들이 쪽문으로 나와 재빨리 시위 군중 대열 속으로 사라졌다. 잠시 후 소란을 피우던 군중들은 마치 썰물이 빠지듯이 갑작스럽게 운현궁에서 물러나기 시작했다. 시위 군중들이 물러나자 운현궁은 다시 평상을 되찾았다. 마치 조금 전에 아무 일도 일어나지 않은 것처럼 궁지기들이 태연하게 어지러워진 궁 앞마당을 쓸었다.

조정에서는 이 사건을 밀린 봉급을 지급하는 과정에서 일어난 단순한 우발적 사건으로 보고를 받았다. 그러나 곧 진상이 밝혀지자 사태의 심각성을 알게 되었다. 조정에서는 즉시 민겸호를 파직시키고 성난 민심을 무마하려고 했다. 그러나 이미 상황은 걷잡을 수 없이 확대되고 있었다. 책임자였던 민겸호의 무사안일한 초기 대응이 문제를 야기시킨 것이다.

이튿날 6월 10일, 시위 군중들은 왕비 민씨가 기거하고 있는 창덕궁으로 난입했다. 그들의 목적은 왕비 민씨를 잡아 죽이는 것이었다. 왕비 민씨를 찾기 위해 곳곳을 뒤지던 시위 군중들은 그곳에서 이번 사건의 핵심인 민겸호를 발견했다. 당시 사건이 예상외로 확대되자 신변에 불안을 느낀 민겸호는 자신이 살 수 있는 길은 왕비 민씨의 도움을 받는 것뿐이라고 생각했다. 그래서 왕비 민씨를 찾아 창덕궁에 들어왔던 그는 시위대들이 그곳까지 몰려들자 혼비백산하여 숨을 곳을 찾아 달아나다가 중희당重熙堂 아래에서 군인들에게 붙잡혔다. 그는 시위대 사이로 홍선대원군을 발견하자 대원군의 도포 자락을 붙잡고 살려달라고 애걸했다. 대원군은 쓴웃음을 지으면서 그를 외면했다. 정작 왕비 민씨는 만나지도 못하고 낭패를 당한 것이다.

때마침 공무로 들어왔다가 민겸호를 만나 함께 달아나던 경기도관찰사 김보현金輔鉉도 그를 알아본 군인들에게 붙잡혔다. 김보현은 민겸호의 선혜청 당상의 전임자였는데, 그도 재직 당시 부정부패를 많이 저질러 군인들의 원성을 사고 있던 터였다. 임오군란이 터지자 김보현은 경기 감영에 있다가 변이 생겼다는 소식을 듣고 서둘러 승정원에 들렀다. 조카 김영덕이 승지로 입직하던 중이었는데 위험하다고 가지 못하게 말렸다.

"오늘 사변이 일어났다는데 그래도 들어가시렵니까?"

그러자 김보현은 옷자락을 걷어붙이고 나오면서 호기를 부렸다.

"내가 재상의 위치에 있고 또 직책까지 맡고 있는데, 국가에 변이 생기면 비록 죽는다고 해서 회피하면 되겠느냐?"

사실, 입궐 직전 김보현은 당일 자로 경기도관찰사에서 해임돼 명예직인 지중추 부사로 전임됐다. 그러나 그는 자신이 해임 당한 사실을 모른 채 입궐한 것이다. 그는 입궐하자마자 돌층계에서 민겸호와 함께 성난 군중들에게 붙잡힌 것이다. 두 사람은 중회당 계단 아래에서 성난 군인들에게 몽둥이로 맞아 비참하게 살해되었다.

『고종실록』에는 당시 상황을 '난병亂兵들이 궁궐을 침범했다'라고 간단하게 기록되어 있다. 그러나 황현黃玹의 『매천야록』에는 다음과 같이 상세하게 기록이 남아 있다.

매천야록을 쓴 황현(黃玹)

"난병들이 창덕궁의 돈화문으로 몰려갔는데, 대궐 문이 닫혀 있는 것을 보고 총을 마구 쏘아 총알이 문짝에 맞아 멀리까지 콩 볶는 듯한 소리가 들렸다. 드디어 대궐 문이 열리자 벌떼처럼 몰려 들어갔다. 고종은 변란이 일어난 줄 알고 급하게 홍선대원군을 부르니 홍선대원군이 곧 난병을 따라 들어왔다. 성난 군사들이 대전에 올라갔다가 민겸호와 마주치자 그를 잡아끌었다. 민겸호는 황급히 홍선대원군을 끌어안고 도포 자락에 머리를 처박으며 '대감! 저 제발 좀 살려주시오' 하고 울부짖었다. 홍선대원군은 차갑게 웃으며 '내가 무슨 수로 대감을 살릴 수 있겠소'라고 대꾸했다. 이 말이 채 끝나기도 전에 난병들은 그를 발로 걷어찼다. 민겸호가 계단 아래로 거꾸로 처박히자 군사들이 달려들어 총으로 마구 찧고 칼로 쳐서 고깃덩어리로 만들었다. 곧이어 난병들은 '중궁(왕비)은 어디에 있느냐" 중궁을 찾아라.'라고 크게 외쳤다. 그들의 말은 무도하고 흉측해 차마 듣기 어려웠다. (왕비를 찾기 위해) 사방으로 수색해 휘장과 복도에 창과 몽둥이가 고슴도치처럼 삐죽삐죽했다."

민겸호의 사체는 원한에 찬 난병들에 의해 총칼로 다시금 난도질당했다.

그들은 김보현의 머리를 다시 박살 내고, 시체를 발로 차며 입을 찢어 엽전을 집어넣었다. 그렇게 돈이 좋으면 저승에 가서도 실컷 해쳐먹으라고 악담을 해댔다. 군인들이 총 개머리판으로 엽전을 마구 쑤셔 넣는데, 입으로 쑤셔 넣은 돈이 가슴으로 튀어나왔을 정도였다 한다. 그의 시체도 민겸호의 시체와 함께 한성부 궁궐 개천에 버려졌다. 때마침 며칠 전에 큰 비가 내려서 물에 개천이 가득 찼는데 그날은 날씨까지 흐리고 더웠다.

『매천야록』에는 이 두 사람의 죽음을 다음과 같이 기록하고 있다.

> "이런 시기에 시체가 개천에 수일 동안 버려져 살이 물에 불어 허옇게 흐물거렸는데, 마치 고기를 썰어놓은 것 같기도 하고 씻어놓은 것 같기도 했다'고 한다. 삼정의 문란의 원흉인 이들의 죽음을 놓고 백성들은 탐욕스러운 자들의 말로라며 조롱했고 어린아이들조차 시신들을 쳐다보며 비웃었다."

두 사람이 성난 군사들에게 맞아 죽으면서 사태는 걷잡을 수 없이 확대되고 말았다, 이제 이들에게 왕비 민씨는 더 이상 왕비가 아니었다. 곪을 대로 곪은 상처가 터지자 백성들은 올 것이 마침내 오고야 말았다고 생각했다. 이른바 임오군란의 시작이었다.

성난 구식군대 군사들이 창덕궁으로 쳐들어갔을 때, 홍선대원군은 자신의 부인 민씨와 함께 입궐했다. 그런데 홍선대원군 부인은 구식 군사들이 왕비 민씨를 찾아 죽이려 하자, 자신이 타고 갔던 가마에 왕비 민씨를 숨겨 피신시켰다. 홍선대원군 부인은 차마 며느리가 폭도들에게 맞아 죽는 모습을 보고만 있을 수는 없었다.

왕비 민씨는 가마를 타고 대궐 밖으로 나가려다 얼굴을 아는 궁녀에게 들켰다. 그 궁녀가 몸짓으로 군사들에게 알렸다. 그러자 군사들이 일제히 가마로 달려들었다. 가마의 휘장을 찢기고 왕비 민씨가 머리채를 잡힌 채 땅바닥에 내동댕이쳐졌다. 놀란 왕비 민씨가 어쩔 줄 몰라 했다. 칼과 총을 든 군인들이 그녀를 난자하려는 순간, 군사들 속에 끼여 있던 한 사람이 급하게 외쳤다.

명성왕후

"이 여인은 내 누이요. 얼마 전에 상궁이 된 사람이오. 오해하지 마시오."

홍재희라는 자였다. 실제로 그의 누이 중에는 궁녀가 된 사람이 있었다. 긴가민가하며 군사들이 머뭇거리는 사이 홍재희는 얼른 왕비 민씨를 들쳐 업고 궁궐 밖으로 뛰었다. 실로 천우신조가 아닐 수 없었다.

홍재희는 후에 홍계훈으로 이름을 바꾸었는데, 당시 무예별감이었다. 무예별감이란 구식 군사 중에서 무예와 체력이 뛰어난 병사들을 엄선한 일종의 특수부대 요원이었다. 홍계훈은 처음에 구식군대 군사들과 함께 궁궐을 침범했다가 막상 왕비 민씨까지 죽이려 하자 마음을 바꾼 것이다. 그는 이때의 공으로 훗날 왕비 민씨가 다시 정권을 잡았을 때 중용되었다.

이렇게 극적으로 궁궐에서 빠져나온 왕비 민씨는 한양 관광방觀光坊 화개동에 있는 윤태준尹泰駿의 집으로 피신했다. 그는 일찍이 왕세자를 모시고 호위하는 임무를 맡기 위하여 설치된 세자익위사世子翊衛司의 세마洗馬 벼슬을

가마 타고 피신하는 명성왕후

했던 인연이 있었다. 왕비 민씨는 민응식, 이용익 등을 은신처로 불렀다. 민응식은 충주에 살던 먼 친척이었는데 얼마 전부터 세자익위사의 세마가 돼 한양에 머물고 있었다. 그리고 이용익을 시켜 양근으로 도망간 민영익에게 연락을 취하게 했다.

7월 27일음력 6월 13일에 왕비 민씨는 한양 벽동에 있는 민응식의 집으로 피난처를 옮겼다. 아무래도 한양에 계속 남아 있기는 불안했다. 그녀는 충주에 있는 민응식의 집으로 피신하기로 했다. 다음 날 왕비 민씨는 윤태준의 호위 아래 한양 벽동을 떠나 충주로 향했다. 여주를 거쳐 충주 장호원에 있는 민응식의 집에 도착한 때는 8월 2일이었다. 그곳에서 숨어지내면서 왕비 민씨는 때가 오기를 기다렸다.

홍선대원군은 창덕궁을 모조리 뒤져도 왕비 민씨를 찾아내지 못하자 몹시 아쉬워했다. 정권을 장악하기 위해서는 왕비 민씨를 반드시 죽여야 한다고 생각한 대원군은 묘책을 생각해냈다. 왕비를 죽은 사람으로 만드는 것이었다.

마침내 7월 24일음력 6월 10일, 군인들이 창덕궁을 쳐들어간 날에 왕비 민씨가 난 중에 죽었음을 공식적으로 공포했다. 혹시 살아 있다고 해도 죽은 사람으로 간주하겠다는 의미였다. 대원군의 주도 아래 신속하게 왕비 민씨의 장례가 치러졌다. 이튿날 7월 25일에는 시체도 없이 목욕과 염殮을 행했다. 28일에는 시신 대신에 왕비가 입었던 옷을 관에 넣고 입관 의식을 치른 후 빈소까지 차렸다. 31일에는 무덤 이름을 정릉定陵, 시호를 인성仁成이라고 정했다. 이제 왕비 민씨는 공식적으로 죽은 사람이 되었고 시호는 '인성왕후仁成王后'가 됐다. 고종은 할 수 없이 아버지 대원군에게 대권을 넘겼다.

권좌에서 물러난 지 9년, 홍선대원군은 다시 정치 전면에 나섰고 고종과 왕비 민씨가 추진했던 개화정책을 모두 원점으로 되돌려 놓았다. 우선 무위영, 장어영과 별기군을 없애고 5군영을 복구하였다. 통리기무아문을 없애고 삼군부를 설치하면서 측근들을 대거 기용했다. 아들 이재면李載冕에게 훈련대장과 호조판서, 선혜청 당상까지 겸직시키며 병권과 재정을 장악하였다. 위정척사운동으로 투옥된 이만손을 포함하여 죄수 887명을 즉시 석방하였다. 비로소 세상은 홍선대원군의 천하가 되었다.

7월 23일음력 6월 9일, 군인들이 일본 영사관을 공격할 것이라는 정보를 입수한 일본 공사 하나부사花房義質는 부하 29명과 함께 신속하게 제물포로 도주했다. 이들은 영국 선적의 배를 타고 7월 29일 나가사키항에 도착했다. 하나부사는 즉시 외무성에 조선에서 군란이 일어났음을 보고했다. 그는 보고서에 부산과 원산의 일본 거류민들이 위험하니 속히 군함을 파견해 보호하는 한편, 앞으로 조선과의 교섭을 위해 강력한 무력시위가 필요하다는 의견을 첨부했다.

7월 30일, 일본 외무성에서 긴급 내각회의가 소집됐다. 회의에서는 즉시

하나부사(花房義質) 공사

김윤식
임오군란 당시 그는 중국 톈진에 머물고 있었다.

개전하자는 강경론과 우선 외교적 교섭부터 해보자는 온건론이 팽팽하게 맞섰다. 다음 날까지 연속된 긴급회의에서 갑론을박 끝에 메이지 천황이 온건론을 채택하는 것으로 결정하고 조선 정부에 사죄와 함께 배상을 요구하기로 했다.

협상을 위한 전권위원에는 하나부사가 임명됐다. 그리고 군함 4척과 수송선 3척에 1개 대대 병력 약 1,500명도 파견하기로 했다. 일본 외무성은 이런 사실을 주일 청국 공사 여서창黎庶昌에게 알렸다. 여서창은 본국에 타전한 보고문에서 일본 정부가 군함을 조선에 파견하기로 결정했으니 톈진조약에 따라 청나라도 군함을 파견해 사태를 지켜볼 필요가 있다고 건의했다.

임오군란 직후 청나라가 조선에 군대를 파견해 달라는 요구는 조선 측에서도 나왔다. 청국에서 군대를 파견해 달라고 요청한 사람은 영선사 김윤식이었다.

당시 톈진에 머물던 김윤식이 임오군란 소식을 처음 들은 때는 8월 1일로 천진 해관도 주복周馥을 통해서였다. 주복은 청나라의 주일공사 여서창의 보고를 통해 임오군란의 대략적인 내용과 그에 대한 일본의 대응전략을 알았다.

고국의 변란 소식을 접한 김윤식은 몹시 당황했다. 누가 왜 변란을 일으켰는지 정확한 소식을 알 수 없어 더욱 당혹스러웠다. 8월 2일, 김윤식은 톈진 해관도로 직접 주복을 찾아가서 필담을 나눴다. 김윤식은 이번 변란의 배후에 틀림없이 흥선대원군이 깊이 관여하고 있을 것이라고 주장했다. 김윤식은 흥선대원군이 극단적인 반일 정책을 펼까 우려했다. 그렇게 되면, 일본이 난을 평정한다는 명분으로 조선에 군대를 파견해 무력 점령을 시도할 수도 있다고 판단하고 있었다. 김윤식은 절대 그런 상황이 와서는 안 된다고 생각했다. 그는 주복에게 자신이 판단하고 있는 내용을 설명하고 강력하게 요청했다.

"일본의 손을 빌리느니 차라리 청국에서 주도적으로 상황을 정리하는 것이 좋겠습니다. 그러므로 군함 몇 척에다 육군 1,000명을 싣고 주야로 달려 일본보다 먼저 한양에 도착해야 합니다."

김윤식의 요청을 받은 주복은 그 내용을 즉시 상부에 보고했다. 당시 강화도조약과 서구 열강들의 한반도 진출로 사실상 조선에서의 종주권을 상실한 청으로서는 이를 일시에 만회할 수 있는 절호의 기회라고 판단했다. 이홍장 대신 임시로 직예총독 겸 북양대신직을 수행하던 장수성張樹聲은 일단 상황을 정확하게 파악하고자 했다. 장수성은 북양함대 제독 정여창鄭汝昌과 도원 마건충馬建忠에게 군함 3척을 이끌고 조선으로 가 상황을 파악하게 했다. 마침 톈진에 머물고 있던 어윤중이 그들과 함께 귀국길에 올랐다.

8월 5일, 톈진을 출발한 정여창과 마건창은 10일 오후에 제물포항에 도착했다. 정여창은 군인이었으므로 현지 조사는 마건충의 몫이었다. 마건충은 어윤중을 보내 정확한 상황을 조사하게 했다. 11일 정오에 돌아온 어윤

청 북양함대(진원호)

중은 마건충과 필담을 나눴다. 어윤중은 임오군란의 배후가 흥선대원군이며 그가 정권을 잡고 건재하면 일본과의 전쟁이 불가피하다고 주장했다. 결국 임오군란을 진압하려면 흥선대원군을 제거해야 한다는 뜻이었다. 마건충 역시 같은 판단을 하고 있었다.

그런데 마건충이 인천에 온 이틀 후, 일본 함대 역시 인천항에 도착했다. 마건충에게는 병력이 없었지만 일본 함대에는 1개 대대 1,500명의 병력이 있었다. 일본을 압도하려면 그보다 더 많은 병력이 필요했다. 마건충은 최소한 3,000명의 병력이 필요하다고 판단했다. 마건충의 보고를 받은 제독 정여창은 병력을 동원하기 위해 다시 청국으로 되돌아가고 마건충은 조선에 남았다.

8월 20일, 오장경吳長慶을 총사령관으로 하는 3,000명의 군대가 정여창의 북양해군 함선 5척에 나누어 타고 제물포항에 도착했다. 하지만 제물포항에는 이미 일본 함대가 정박해 있었다. 두 나라의 충돌을 우려한 오장경은 뱃머리를 돌려 남양만으로 옮겨 마산포 앞바다에 정박했다.

김윤식은 청나라 군대의 향도관嚮導官이라는 직책으로 함께 왔다. 그는 텐진에서 승선하기 전에 원세개를 소개받았다. 원세개는 오장경 휘하의 행군사마行軍司馬였다. 김윤식은 당시 원세개가 비록 24세의 젊은 나이였음도 그의 위인 됨이 '여유만만하고 기세등등하다樂易英俊'하다고 평가했다. 원세개는 김윤식에게 상륙하는 즉시 수백 명의 정예병을 이끌고 한양으로 곧장 들어가자고 제안했다. 김윤식 역시 같은 생각이었다.

청군은 8월 21일 남양만 마산포에 상륙하자마자 선발대를 한양으로 급파했다. 그 선발대에는 원세개도 있었다. 선발대에 이어 8월 25일까지 청군 3,000명 모두가 한양에 입성했다. 준비를 끝낸 마건충은 홍선대원군 납치 계획을 세웠다. 8월 26일음력 7월 13일 점심 직후에 마건충은 정여창, 오장경과 함께 홍선대원군의 사저인 운현궁을 예방했다. 오장경은 대원군에게 "군무로 긴히 상의할 일이 있으니 청군의 사령부에 속히 방문해달라"고 요청했다.

마건충 일행이 돌아가자 홍선대원군은 가마를 준비하라고 일렀다. 측근들이 몰려와 대원군의 행차를 말렸다. 심복 정현덕鄭顯德이 나서며 말했다. 동래부사를 지냈던 그는 대원군의 두터운 신임을 받고 있었다. 대원군이 다시 집권하면서 그는 형조참판으로 부임했다.

"청군의 진영으로 가시는 것은 함정에 빠질 수 있습니다. 이번에 가시면 분명 돌아오지 못하십니다. 가지 마소서."

하지만 대원군은 듣지 않았다.

"예방을 받았으면 답방하는 것이 예의가 아닌가? 별일 없을 게야. 걱정하지 말게."

오후 4시쯤 홍선대원군은 수십 명의 인원만 대동하고 남대문 밖에 주둔하고 있는 청군 사령부를 찾았다. 청군은 대원군 일행을 막아섰다. 청군 진영 제1문에 이르자 일행을 수레에서 내리게 했다. 걸어서 제2문에 이르자 청군은 대원군을 수행하여 따라온 자들을 막았다. 그제서야 대원군은 사태가 심상치 않게 돌아가고 있다는 것을 깨달았지만 어쩔 수가 없었다. 그는 청군이 이끄는 대로 혼자 마건충이 기다리고 있는 지휘부 군영으로 들어섰다.

마건충은 홍선대원군과 필담을 나눴다. 필담은 두 시간 이상 지속됐다. 그 사이 홍선대원군을 모시고 왔던 사람들은 밖에서 영문도 모른 채 하나 둘 조용히 격리됐다. 청군은 이미 사전에 모두 짜놓은 각본대로 움직이고 있었다.

차茶를 가지고 들어선 군관으로부터 바깥이 정리되었다는 신호를 받은 마건충이 본색을 드러냈다. 그는 빠르게 필담을 진행했다.

"그대는 조선 국왕을 황제가 책봉했다는 사실을 아는가?"

"알고 있다."

"국왕을 황제가 책봉했으면 모든 정령政令은 국왕으로부터 나와야 되는데, 그대는 6월 9일에 변란을 일으켜 왕권을 빼앗고 사람들을 죽였다. 이는 사사로운 사람들을 끌어들여 황제가 책봉한 왕을 퇴위시켰으니 황제를 속인 것이다. 이 같은 행위는 황제를 우습게 안 것이니 그 죄를 용서할 수 없다."

마건충의 글을 읽은 홍선대원군은 그제서야 자신을 이곳에 오도록 한 것이 청군의 계략이라는 것을 알았다. 표정이 흙빛으로 바뀐 대원군이 공포에 질린 모습으로 장막의 바깥쪽을 자꾸 훑어봤다. 그러나 아무리 사방을 두리번거렸지만 수행해온 측근들은 한 사람도 보이지 않았다. 홍선대원군은 찻

잔을 들고 애써 태연한 척 마른 헛기침만 자꾸 해댈 뿐, 아무런 말도 할 수 없었다. 홍선대원군이 당황하여 허둥대는 모습을 지켜보던 마건충은 빙그레 웃으면서 필담을 건넸다.

"다만, 국왕에게 부자지친의 의리가 있으니 관대하게 처분하겠다. 속히 가마에 올라 마산포馬山浦로 갔다가 군함을 타고 청국으로 가서 황제의 유지諭旨를 받으라."

예상치 못한 상황에 대원군은 할 수 있는 것이 없음을 느꼈다. 비로소 대원군은 자신이 오판했음을 알았다. 그는 적어도 청나라가 호의를 가지고 자신을 지지하여 조선과 일본의 갈등을 중재해 줄 것으로 착각한 것이다. 그러나 이미 때는 늦었다.

마건충의 지시를 받은 청군 군사들이 달려들어 대원군을 포박했다. 대원군이 호통을 치며 저항하자 청군들은 준비한 밀랍으로 대원군의 입을 틀어막고 강제로 수레에 밀어 넣었다. 호흡이 곤란해질 정도로 숨이 막히자 대원군은 저항을 포기하고 무기력하게 청군이 이끄는 대로 몸을 맡길 수밖에 없었다. 대원군을 강제로 태운 수레는 군영의 뒷문을 빠져나와 용산 방면으로 빠르게 사라졌다.

군영 밖에서 대원군이 나올 때까지 기다리고 있던 수행원들은 날이 어두워지도록 소식이 없자 청군에게 영문을 물었다.

안에 들어갔다가 나온 청군 지휘자가 대답했다.

"지금 우리 사령관이 태공대원군과 긴급히 타협할 일이 많다. 오늘은 군영에서 묵고 내일 돌아갈 것이다."

그제서야 대원군을 모시고 갔다가 졸지에 청군에 의해 격리 당한 호위병들은 대원군에게 무슨 변고가 일어났음을 알아차렸다. 그 가운데 몇몇 수행

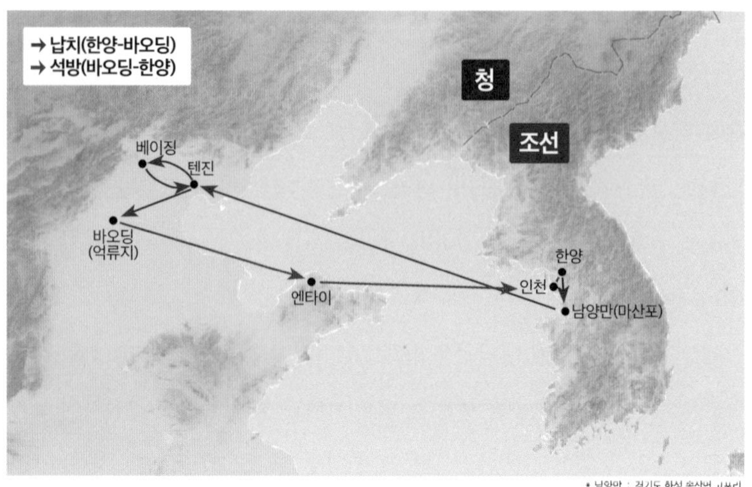

* 남양만 : 경기도 화성 송산면 고포리

대원군의 청나라 피랍에서 귀국까지

원들은 해 질 무렵에 수레 한 대가 군영의 뒷문으로 빠져나와 삼엄한 경비 속에 용산 방면으로 빠르게 사라지는 것을 놓치지 않았다. 이들은 자신들이 격리되어 있는 사이에 홍선대원군이 청군에 의해 납치되어 알 수 없는 곳으로 끌려갔다는 것을 비로소 알았다. 이들은 이 같은 사실을 조정에 알리기 위해 급하게 움직였다.

대원군을 납치하여 청군 진영을 출발한 수레는 삼엄한 경계 속에 빠르게 용산을 빠져나와 동작나루에서 배를 타고 한강을 건넜다. 노량진에서 다시 수레를 갈아타고 시흥을 지나 사강을 거쳐 이곳 마산포로 이동하는 동안, 저잣거리의 백성들은 그 수레 속에 조선의 최고 권력자 홍선대원군이 납치되고 있다는 사실을 알지 못했다. 그렇게 외세 앞에 조선 최고 권력자의 몰락은 초라하고 허무했다. 재집권 33일 만에 일어난 일이었다.

이튿날, 청군 진영에서는 숭례문에 방榜을 붙였다. 그 내용은 대략 이러했다.

"태공대원군이 왕후 시해 사건에 간여했다는 소문이 중국에까지 알려졌다. 사실인지 아닌지를 가리기 힘들어 황제가 물어보고자 하여 어제 급히 청국으로 모셔갔다. 일이 밝혀지면 곧 돌려보내겠다."

방의 내용은 저잣거리에 빠르게 퍼져나갔다. 소문이 삽시간에 저잣거리에 퍼지면서 한양과 지방이 마치 벌집을 쑤셔놓은 듯 크게 술렁거리기 시작했다.

마산포의 포구에도 어김없이 아침이 밝았다. 간밤에 무슨 일이라도 있었느냐는 듯 평소의 일상과 다를 게 없었다. 다만, 포구와 최씨 종가를 주변으로 무장한 청군 병사들이 삼엄하게 경계를 서고 있는 것이 달라진 풍경이었다. 마을의 똥개들은 어제저녁때부터 난데없이 나타난 이방인들을 향해 오늘도 쉴 새 없이 짖어댔다. 화가 난 군사들이 똥개를 걷어차면서 신경질을 부렸지만 그럴수록 똥개들은 더욱 사납게 짖어댔다.

어둠이 걷히고 사위가 밝아지자 최씨 종갓집 주변이 갑자기 분주해졌다. 사랑방이 열리고 초췌한 모습의 홍선대원군이 모습을 나타냈다. 간밤에 이리저리 뒤척이며 잠을 이루지 못한 그의 모습은 그저 평범한 늙은이에 불과했다. 청군들은 대원군을 다시 가마에 태워 약 200여 미터 떨어진 포구로 들어섰다. 평소 사람들이 제법 붐비던 포구는 모두 문을 닫았고 부두에는 작은 어선이 그를 기다리고 있었다. 총을 든 청군의 호위를 받으며 마건충과 대원군이 작은 어선에 오르자 지휘자가 손을 들어 신호를 보냈다. 배는 굉음을 내며 멀리 포구 외곽에 정박해 있는 함대를 향해 움직였다. 그렇게 대원군은 청군에게 납치되어 등영주登瀛洲호를 타고 중국 톈진天津으로 끌려

텐진에서 수감생활을 하던 대원군의 모습

갔다. 1882년 8월 26일의 일이었다.

등영주 호는 9월 1일 밤 텐진에 도착했다. 대원군은 이때의 상황을 자신이 직접 기록한 『대원군 천진왕환일기天津往還日記』에 다음과 같이 썼다.

"뱃멀미로 기운이 빠져 혀가 말리고 몸이 움츠러들고 앉지도 눕지도 못했다. …(중략)… 몰래 흐느끼니 눈물이 흘러내렸다."

열흘 뒤 대원군은 이홍장을 만났다. 이홍장은 군란의 배후자로 대원군을 지목하고 그 죄를 추궁했다. 대원군은 비굴하지 않았다. 당당하게 이홍장의 추궁을 반박했다. 대원군은 이홍장 등과 국제정세에 대하여 격론을 벌였고 납치 주동자 마건충에게는 "되놈!"이라고 호통을 치면서 그 당당함을 잃지 않았다. 대원군의 기백에 눌린 이홍장은 더 이상의 추궁을 하지 못했다. 결국 대원군에게 내린 판결은 '영원히 귀국 불가'였다.

얼마 후, 조선의 정세가 바뀌었다. 상황이 바뀌자 청나라 주둔군 사령관 오장경은 본국으로 돌아갔다. 고종은 반청反淸 자세를 취했고, 그 사이 러시아와의 밀약설이 퍼졌다. 갑신정변1884년이 일어나자. 이홍장은 대원군을 석방, 귀국시켰다. 청나라가 대원군을 석방한 것은 고종과 민씨 정권을 견제하기 위한 조치였다. 마침내 대원군은 청나라에서 풀려나 1885년 10월 5

마산포(오늘날의 모습)

일음력 8월 27일 인천에 도착했다. 납치된 지 3년 2개월 만이었다. 원세개가 그를 호송했다.

오늘날 남양만 마산포는 시화호 간척사업으로 육지로 변했다. 뱃길이 끊긴 포구에는 갈대만 무성하게 자랐다.

경주 최崔씨의 집성촌인 이 마을은 지금도 마을의 약 반 정도를 차지하고 있는데, 이 집은 바로 이 마을 최씨 집안 종손가였다. 그날, 청나라 군대의 삼엄한 경계를 받으며 당고개를 넘어온 흥선대원군 이하응은 톈진天津으로 압송되는 전날 밤을 이 집에서 묵었다. 대원군에게 안방을 내준 종갓집 종손은 청나라 군대의 삼엄한 감시 속에서도 대원군을 정성껏 모시기 위해 나

대원군이 납치되는 날 묵었던 최씨 종손댁
무성한 잡초가 세월의 흔적을 말해준다.

름대로 최선을 다했다고 한다.

초가지붕은 기와로 바뀌었고 바닥을 벽돌로 깔았을 뿐, 아직도 내부 공간은 옛날의 모습을 그대로 간직하고 있다. 종손이 이 집을 팔고 떠난 후에는 빈집처럼 남아 있다가 얼마 전에 사람이 들어와 살고 있다고 한다. 헐린 사랑채 자리에는 벽돌로 만든 집이 들어섰고 바깥쪽으로 연결된 집은 헐린 채 잡초만 무성하다. 그나마 이 집에 대원군의 흔적이 남아있음을 알아볼 수 있는 게 다행이라 해야겠다.

현장에서 만난 최충진崔忠鎭, 72세 씨. 이 마을에서 태어나 한 평생 살고 있다는 그도 이런 역사의 현장을 찾은 나에게 그런 연유로 여기를 찾은 사람을 처음 만났다고 한다. 혹시나 해서 기자나 관공서 또는 문화재 관련 부서에서 찾아온 적은 없느냐는 질문에 고개를 가로저으며 씁쓸하게 웃는다.

경기도 화성시 송산면 고포리 마산포길 221번지. 주소 안내판을 보는 동안 총칼을 든 청나라 군대의 모습이 자꾸 떠오른다. 마음 한구석으로 끝 모를 아쉬움이 밀려와 눈을 들어 하늘을 본다. 눈부시게 맑은 하늘에 구름 몇 조각이 한가롭게 걸려 있다.

탄금대의 비극, 조선은 무대포(無鐵砲)였다

—신립과 무뎃뽀 군대

1592년 5월 26일음력 4월 17일, 동래성을 초토화시킨 왜군의 선봉대가 한양으로 이어지는 영남대로의 첫 관문인 밀양성 공략에 나섰다. 고니시 유키나가小西行長가 이끄는 왜군 제1군 1만 8000여 명이 700여 척의 함선에 나누어 타고 부산진에 상륙한 지 불과 나흘째 되던 날이었다.

부산진에 상륙한 왜군이 부산진성을 초토화시키고 동래성으로 향하고 있다는 소식이 저잣거리에 빠르게 퍼져나갔다. 놀란 백성들은 어떻게 해야 할지 몰라 우왕좌왕했다. 신속히 동래성을 구원하라는 경상감영의 파발이 각 고을로 전해졌다.

파발을 전해 받은 밀양부사 박진朴晉은 긴급하게 병사들을 소집했다. 밀양성의 병사들이라고 해봐야 고작 몇 백 명에 불과한 데다가 훈련도 전혀 되어있지 않은 오합지졸들이었다. 겨우 대오를 갖추고 무장한 박진의 구원군은 동래성을 구원하기 위해 출동했다. 그러나 가는 도중에 동래성이 이미 함락되었다는 소식이 날아들었다. 예상치 못한 상황에 잔뜩 겁을 먹은 박진은 말머리를 돌려 허겁지겁 밀양성으로 되돌아갔다.

고니시 유키나카

동래성이 무너지면 다음은 밀양이었다. 한양으로 향하는 영남대로의 길목에 위치하고 있었기 때문에 왜군의 다음 진격로는 밀양이라는 것쯤은 누구라도 예상할 수 있었다. 박진은 왜군이 곧 밀양으로 들이닥칠 것을 예상하고 성을 지키기 위해 동분서주했다. 당시 박진이 지휘하는 군사는 일반 백성들을 합쳐 겨우 300여 명에 불과했다. 1만 8000여 명에 달하는 왜군을 감당하기 위해서는 지형을 이용하는 전술 외에는 달리 방법이 없었다.

당시, 부산 동래에서 한양까지의 거리는 약 960여 리에 달했다. 한양으로 가는 영남대로를 이용하기 위해서는 밀양으로 통하는 관문인 이곳 삼랑진을 거쳐야 했다.

삼랑진은 세三 방면의 물결浪이 마주치는 나루津라는 뜻으로 붙여진 지명이다. 본류인 낙동강과 지류인 밀양강, 그리고 부산에서 올라오는 남해바다였다. 삼랑진에서 물길과 육로가 모이거나 흩어지면서 지리적으로 요충을 이루게 되었던 것이다. 낙동강을 끼고 부산에서 서울까지 이어지던 옛날 육로 영남대로가 양산을 지나 밀양에 드는 첫머리에 해당되는 곳이었다.

삼랑진에서 밀양으로 넘어가기 위해서는 해발 631m나 되는 천태산天台山을 넘어야 했다. 당시 천태산은 문경의 새재와 함께 지형이 험하기로 잘 알려져 있었다. 천태산에는 험준한 지형을 이용하여 군사시설을 설치해 놓았는데 바로 작원관鵲院關이라고 부르는 요새였다. 이 요새는 문경의 조령관鳥

밀양 천태산 작원관(鵲院關)

嶺關과 함께 옛날부터 영남 지방 선비들이 과거를 보러 다니던 길이자, 조선 통신사가 문물 교류를 위해 일본으로 건너가려고 넘었던 길이었다.

이 천태산에 유명한 잔도棧道가 두 군데 있었다. 황산잔도黃山棧道와 작원잔도鵲院棧道가 그것이다. 이 두 잔도는 당시 문경새재를 넘는 관갑천잔도와 함께 영남대로 천혜의 3대 잔도라고 불리던 곳이었다. 즉, 영남대로의 3대 잔도 가운데 두 개의 잔도가 바로 삼랑진에서 밀양으로 넘어가는 관문인 천태산의 작원관에 위치하고 있었던 것이다. 작원관은 천태산과 낙동강이라는 천혜의 자연적인 요새였다. 이곳을 막으면 누구도 한양으로 가는 영남대로의 통행이 불가능했다.

왜군이 영남대로를 거쳐 한양으로 곧바로 진격하기 위해서는 천태산을 넘어 밀양을 통과하는 것이 우선 과제였다. 밀양부사 박진은 낙동강변의 험

작원잔도(鵲院棧道)
삼랑진에서 밀양으로 넘어가는 관문인 천태산의 작원관에 위치하고 있다.

악한 통로인 황산과 작원잔도에 각각 방어선을 쳤다. 그러나 300여 명에 불과한 병력으로 황산과 작원잔도의 전체 구간을 방어하기에는 무리라고 판단했다. 그는 먼저 부대를 두 진영으로 나누었다. 먼저 궁술에 뛰어난 명사수 50여 명을 선발하여 저격조를 편성하고 황산잔도의 요지에 배치했다. 저격조는 군관 이대수李大樹가 지휘를 맡았다. 이들 저격조가 시간을 버는 동안, 부사 박진과 군관 김효우金孝友가 지휘하는 주력 병력은 가장 험난한 요충인 작원잔도의 끝자락의 요충지에 배치했다. 작원잔도의 마지막 구간은 잔도 가운데에서도 지형이 가장 험악하여 두 사람이 마주 지나치기도 어려울 정도로 길 폭이 좁았다. 게다가 산 위쪽은 가파른 절벽이고 아래쪽은 강으로 떨어지는 비탈진 낭떠러지라 무척 위험했다. 박진은 이곳에도 궁술이 뛰어난 명사수들을 선발하여 저격수로 배치했다.

천태산을 넘기 위해 낙동강변을 따라 황산잔도에 들어선 고니시 유키나가 군은 조선군의 저항에 잠시 주춤거렸다. 조선군은 유리한 지형의 엄폐물에 몸을 숨기고 왜군이 나타나면 화살을 쏘았다. 몸을 숨기고 외길을 올라오는 왜군을 향해 한 발씩 쏘는 화살은 정확하게 명중했다. 선두에서 기어오르던 왜군 몇 명이 고개를 들자마자 화살을 맞고 외마디 비명을 지르며 절벽 아래 강으로 굴러떨어졌다. 조선군은 기세를 올렸다.

그러나 조선군의 환호성도 잠깐이었다. 시간이 흐르면서 상황은 악화되었다. 갑자기 '탕' 소리와 함께 비명도 지르지 못하고 절벽 아래로 떨어지는 동료들이 하나 둘 생기면서 조선군은 비로소 조총의 위력에 절망감을 느끼기 시작했다. 왜군의 신무기 조총의 위력을 처음 당해본 조선군은 공황상태에 빠졌다. 게다가 왜군은 개미 떼처럼 잔도를 오르고 있었다. 그래도 살기 위해서는 막아야 했다. 두려움 속에서도 이대수가 지휘하는 조선군 저격조는 용감했다. 이대수는 포화 속에서도 굴하지 않고 목이 쉬도록 벼랑을 오가며 독려했다. 저격조는 맡은 자리에서 물러서지 않고 버티고 또 버텼다.

왜군이 계속 잔도를 오르자 화살은 점점 바닥이 났다. 화살이 떨어지자 조선군은 쌓아둔 돌을 굴리면서 왜군이 잔도를 통과하는 것을 막아내려고 안간힘을 썼다. 그러나 재래식 저항 방식으로는 새까맣게 밀려드는 왜군을 막아내는 건 애당초 무리였다. 오후가 되면서 황산잔도는 무너지기 시작했다. 엄폐물에 몸을 숨기고 왜군을 저격하던 병사들이 더 이상 버티기 힘들다고 판단한 군관 이대수는 사전에 지시한 대로 신호를 보냈다. 철수 지시를 받은 저격조는 황산잔도를 포기하고 신속하게 주력이 있는 작원잔도로 후퇴했다.

예상했던 것보다 큰 피해 없이 황산잔도를 통과한 왜군 선봉대는 천태산에서도 가장 험난한 지역인 작원잔도에서 박진이 지휘하는 조선군과 치열한 교전을 벌였다. 조선군은 유리한 지형을 최대한 이용하여 왜군의 공격을 효과적으로 막아냈다. 조금 전 황산잔도에서 만난 조선군과는 달리 이곳의 저항이 예상외로 강력하자 왜군은 당황했다.

정면돌파가 어렵다는 선봉대의 상황을 보고받은 고니시는 특공조를 편성하고 천태산을 우회하여 조선군의 퇴로를 차단하기로 했다. 고니시는 본대의 주력 일부를 예비대로 긴급하게 편성하여 천태산으로 이어지는 인근의 금병산 능선으로 우회시켰다. 예비대는 먼 길을 돌아 천태산의 후방에서 잔도에서 밀양으로 이르는 조선군의 후방을 차단했다. 이렇게 되자, 박진의 군대는 오히려 천태산에 완전히 포위된 형국이 되었다. 게다가 후방으로부터 보급되는 물자의 공급선이 막혀 꼼짝없이 고립되고 말았다. 그야말로 최악의 상황에 처한 것이다.

박진의 군대는 잔도에서 왜군에게 포위된 채, 이틀 동안 사력을 다해 싸웠다. 조선군은 잠을 잘 수 없어 시간이 흐르면서 모두 지쳐가고 있었다. 게다가 밀려드는 파도처럼 왜군의 계속되는 공격에 화살도 거의 바닥이 났다. 그런 악조건 속에서도 박진은 동분서주하면서 병사들을 독려했다. 조선군은 험준한 지형과 야음을 무기 삼아 새벽까지 용감하게 버텨내면서 왜군이 작원잔도를 통과하는 것을 허용하지 않았다.

그러나 밤을 틈타 금병산으로 우회한 왜군이 산을 넘어 새벽녘에 작원잔도 반대편의 산꼭대기에서 거꾸로 밀고 내려오자 조선군은 크게 당황하기 시작했다. 마침내 가지고 있던 화살이 동이 나고 이틀째 잠도 자지 못하고 먹지도 못한 병사들은 기진맥진한 상태에 빠졌다. 왜군의 주력이 본격적으로 잔도를 오르기 시작하면서 앞뒤로 적을 마주하게 되자 속절없이 무너지기 시작했다. 민관군을 독려하던 군관 이대수와 김효우는 마지막까지 화살

밀양 천태산

을 쏘며 용감히 싸우다가 왜군이 쏜 조총에 맞아 절벽으로 떨어졌다. 대부분의 조선군 병사들은 왜군의 조총에 맞아 죽거나 좁은 바위 위에서 백병전을 벌이다가 피투성이가 된 채, 잔도에서 떨어져 천태산을 감아흐르는 응천강밀양강으로 떨어져 장렬하게 전사했다.

순식간에 응천강은 핏빛으로 물들었고 흰옷을 입은 조선군의 시체가 강을 가득 덮었다. 밤을 새워가며 이틀 동안 치열하게 전투가 벌어진 현장에서 포로가 된 조선군은 한 사람도 없었다. 포위된 조선군 대부분은 끝까지 저항하다가 힘이 다하면 절벽 아래로 몸을 던졌다. 왜군은 부상당해 움직이지 못하고 꿈틀거리는 조선군까지도 모조리 죽였다. 밀양부사 박진은 피투성이가 된 채 부하 몇 명과 함께 간신히 탈출에 성공하였다.

밀양성으로 돌아온 부사 박진은 성이 거의 텅 비어 있음을 보고 탄식했다. 왜군이 천태산을 넘는다는 소식이 전해지자 성 안의 백성들은 모두 달아나고 없었다. 미처 달아나지 못한 백성들이 부사가 돌아왔다는 소식을 듣고 모여들었다. 그러나 한 가닥 희망을 걸었던 백성들은 피투성이가 된 부사의 몰골을 보고 어찌할 바를 모르고 대부분 뿔뿔이 달아났다.

박진은 남아 있는 사람들을 시켜 관아와 군량 창고, 무기고에 불을 질렀다. 그리고, 관아에서 밀양부의 신주神主를 챙기고 자신의 어머니와 처를 말에 태워 부하들과 함께 밀양성을 빠져나왔다. 그러나 성 밖에는 벌써 왜군이 몰려들고 있었다. 박진은 왜군의 포위망 속으로 돌진하여 막아서는 왜군 몇 명을 베고 마침내 탈출에 성공했다. 박진은 쉬지 않고 거창 방면으로 달아났다. 이렇게 영남의 2차 방어선도 허무하게 무너지고 말았다.

5월 27일음력 4월 18일 밀양을 점령한 왜군은 청도를 거쳐 대구로 북상했다. 그야말로 거침없는 진격 속도였다. 부산진성에 이어 동래성과 밀양성이 차례로 함락되었다는 소식이 전해지자 조정에서는 어찌할 바를 몰라 허둥댔다. 그저 몇십 명만 이끌고 와서 재물이나 조금 약탈하고 자기네 땅으로 되돌아갔던 기존의 왜구들과는 전혀 차원이 다른 전란에 직면했으니 그동안 아무런 준비도 하지 않았던 조정으로서는 당황할 수밖에 없었다.

긴급하게 소집된 회의 끝에 조정에서는 국가 방어 체계인 제승방략制勝方略 체제에 따라 신립申砬과 경상도순변사慶尙道巡邊使 이일李鎰을 파견하기로 했다. 좌의정 류성룡柳成龍이 도체찰사都體察使로 임명되어 군정軍政을 전담하게 되었고, 신립이 총지휘관인 삼도순변사三道巡邊使로 임명되어 이일의 뒤를 이어 충주 방면으로 출발하였다.

원래 조선 전기의 방위 체제는 세조 때 만들어진 진관체제鎭管體制였다. 진관체제는 각 요충지마다 진관을 설치하여 진관을 중심으로 그 읍邑의 수령이 군사지휘권을 겸하여 독자적으로 적을 방어하는 체제였다. 이 체제의 장점은 각 행정구역이 자체적으로 군사 기능을 담당하므로 수령의 강력한 통제 아래 밝은 지리를 이점으로 지형적 특성에 맞는 작전을 구사할 수 있다는 점이다. 또, 한 진관이 패퇴하면 다른 진관이 방위의 공백을 메워서 싸우게 하는 등 연계적인 체제로 형성돼 방어에 유리하다는 점이다. 그러나 소규모 지역향촌방위 개념이어서 대규모 침공에는 불리하였다. 이러한 약점을 보완하기 위해 도입한 시스템이 바로 각 지역의 군사를 한 곳에 집결시켜 한 사람의 지휘하에 두게 하는 제승방략 체제였다.

제승방략 체제란 유사시에 향촌 단위의 군사를 군사거점이나 집결지에 모은 뒤, 중앙에서 장수가 내려와 이들을 지휘하는 체제를 말한다. 진관체제가 전국방위망으로서 그 성립 기반이 지나치게 광범위하여 지방군인 정병과 수군의 유지가 어려워지자, 군사가 아닌 층까지 동원하여 전쟁에 임하는 제승방략이 응급으로 실시되었다. 그러나 후방지역에는 군사가 없기 때문에 1차 방어선이 무너지면 그 뒤는 막을 길이 없었다. 일찍이 류승룡은 이러한 문제점을 지적하고 방어 시스템을 진관체제로 환원할 것을 주청하였으나 받아들여지지 않았다.

조정에서 소집한 긴급회의를 마치고 새벽에 퇴궐한 이일이 출발하기 위해 정병精兵 300명을 선발하려고 했다. 그는 병조에서 골라 놓은 선병안選兵案을 받아들고 보니 어이가 없었다. 명단에는 훈련을 받지 않은 저잣거리 사람들白徒과 말단 서리胥吏, 유생儒生들이 반 이상을 차지했다. 게다가 전장으로 가는 병력을 뽑는다는 소식이 전해지자 이일의 집 앞에 사람들이 몰려들었다. 자원해서 가겠다는 사람들이 아니었다. 모두 명단에 오른 자들의 가족들이었다. 이들은 이런저런 이유를 들어 아무개를 명단에서 빼달라고 하소연하려고 모여든 자들이었다. 이일은 어렵게 군관軍官과 사수射手 60여 명을 선발하여 먼저 출발하면서 별장 유옥兪沃으로 하여금 군사를 모아 뒤따르게 하였다. 그 때문에 출발이 3일이나 지체되었다. 유옥은 내려가는 도중에 각 고을을 지나면서 군사 4천여 명을 모집해 6월 2일음력 4월 24일 상주尙州에 도착했다.

이일이 문경을 거쳐 상주에 도착하니 상주목사 김해金澥는 이일의 군대를 영접하러 간다는 핑계를 대고 이미 도주하고, 판관 권길權吉만이 비어 있는 고을을 지키고 있었다. 이일은 곡식을 풀어 백성을 모으고, 흩어진 군졸과 무기를 수습하여, 상주 외곽 북천北川에 진을 쳤다.

이일은 모집된 군사가 오합지졸인 만큼 마땅히 진陣을 치고 싸우는 전술을 가르쳐야 한다고 생각했다. 그러나 진을 미처 펼치기도 전에 왜군이 상주 인근에 이르렀다는 보고를 접했다. 이일은 미처 예상하지 못한 적의 진격 속도에 너무 놀랐다. 이렇게 빨리 상주까지 올라올 줄은 상상을 하지 못한 터였다. 그는 진을 제대로 갖추지도 못한 채 급히 전투 준비에 돌입했다.

이렇게 한창 이일이 훈련에 열중하고 있을 때, 농부 한 사람이 이일의 진영을 찾아왔다. 농부는 자신이 상주 인근에 사는 개령 출신이라고 소개하고 왜군이 이곳에서 멀지 않은 곳에 와서 이미 진을 치고 있다고 말했다. 척후병조차 운용할 수 없는 상태에서 왜군에 대한 정보가 전혀 수집되어 있지 않았기 때문에 이 농부의 첩보는 아주 중요했다. 그러나 이일은 도무지 이 농부를 믿을 수 없었다.

이미 내려오는 과정에서 들려온 들은 소문에 의하면, 백성 가운데 왜군의 길잡이 노릇을 하는 변절자들이나 토적, 반적들이 꽤 많이 있다는 말이 생각난 것이다. 어쩌면 적군이 조선어를 할 줄 아는 첩자를 풀어 아군에게 역

정보를 흘려 혼란에 빠트리려는 수작일 수도 있다고 생각했다. 설령, 이 정보가 맞다 하더라도 이렇게 대놓고 왜군이 가까이 왔다고 떠들게 되면 급조된 오합지졸인 이일의 부대는 순식간에 동요될 수도 있었다.

이일은 이 농부를 유언비어를 퍼트린 죄로 군율에 따라 참하려 했다. 농부는 어이가 없었다. 농부는 정말로 왜군이 가까이 와 있으니 내일 아침까지 기다렸다가 왜군이 나타나지 않으면 참수해도 좋다고 강변했다. 비록 의심은 들었지만 이일은 농부의 말을 한 번 속는 셈 치고 믿어보기로 했다. 농부는 억울해 하면서 군영에 구금되었다.

6월 3일음력 4월 25일 날이 밝았다. 그러나 왜군이 보인다는 보고는 아직도 없었다. 격노한 이일은 개령의 농부를 끌어내 군영에서 모든 병사들이 보는 앞에서 유언비어 날조와 유포죄를 물어 참수해버렸다. 농부는 마지막 순간까지도 자기 눈으로 왜군을 똑똑히 보았다고 주장하면서 울부짖었다. 병사들이 반신반의하며 수군거리는 가운데 농부의 머리가 군문에 높이 걸렸다. 유언비어를 퍼뜨린 혐의로 농부를 참수한 이일은 다시 북천에서 소집된 군사들에게 대오라도 갖출 수 있도록 다시 훈련을 직접 지휘했다. 농부로서는 얄궂은 운명의 장난을 탓할 수밖에 없었다.

사실 농부가 참수되던 그 시간 고니시 유키나가小西行長가 이끄는 왜군은 이미 선산善山을 거쳐 상주에서 불과 20리 떨어진 장천長川에 주둔하며 꾸준히 척후병을 보내 조선군의 상황을 점검하고 있었다. 고니시는 조선군의 병력의 수도 보잘것없고 진세陣勢도 허술하다는 보고를 받고, 농부가 참수되던 날 오후에 상주성 공격을 명령했다.

오후가 되자, 갑자기 멀리 상주성 안에서 불길이 치솟기 시작했다. 계속

상주읍성

해서 정탐을 나갔던 병사들이 돌아와 왜군이 상주에 이미 진입했다고 보고했다. 농부가 말한 대로였다. 이일은 그제서야 뭔가 일이 잘못 되어가는 것을 느꼈다. 이일은 자신의 경솔함을 후회하면서 급하게 군관 박정호朴挺豪를 불러 사실 여부를 알아오게 했다.

지시를 받은 박정호는 군졸 몇 명을 대동하고 정탐에 나섰다. 아직 왜군에 대한 소식을 듣지 못한 데다가 오전에는 개령의 농부까지 참수한 상황이라 박정호는 별일이 없겠거니 생각했다. 상주성 안에서 화재라도 난 모양이라고 여긴 그는 말에 올랐다. 그는 군졸로 하여금 말고삐를 잡고 안내하도록 시켰다. 그는 말에 올라 마치 고을 원님이라도 되는 것처럼 거들먹거리면서 상주성으로 들어가는 외곽의 다니를 건넜다. 뒤에는 창을 든 군졸 몇 명이 따르는 정도였다. 도무지 전선에서 적의 동향을 살피러 가는 군관의 행세치고는 어이가 없는 행동거지였다. 그만큼 조선군은 군인으로서 갖추어야 할 기본자세는 물론, 현실 상황에 대해서도 둔감했던 것이다.

그때 왜군은 이미 이일의 군영 가까이까지 진출하여 조선군의 동향을 일일이 파악하고 있었다. 박정호가 군졸 몇 명을 대동하고 말을 타고 어슬렁거리며 다리를 건너는 순간, 다리 밑에 매복해 있던 왜병이 박정호를 향해 조총을 쏘았다. 박정호는 외마디 비명을 지르며 가슴을 움켜잡으면서 말에서 굴러떨어졌다. 혼비백산한 조선군 군졸들이 황급히 도망쳤다. 숨어있던 왜병들이 길바닥에 쓰러져 고통스럽게 신음하는 군관 박정호에게 달려들어 그의 목을 베었다. 피투성이가 된 박정호의 머리채를 잡아든 왜병들이 낄낄거리며 다리 밑으로 사라졌다.

황급히 도망쳐 온 군졸사들의 보고를 받은 이일은 당황했다. 그제서야 그 농부의 첩보가 맞았다는 것을 알았지만 후회한들 이미 엎지른 물이었다.

조선군은 사방에서 급조된 군사인데다가 먼 길을 와서 미처 대오도 정비되지 않은 상황에서 왜군의 주력과 마주했다. 이일의 부대는 적에 대한 정보도 없는 사실상 무방비 상태였다. 조선군 전체가 일시에 동요하는 상황에서 전투가 시작되었다.

갑자기 왜군의 진영에서 연달아 굉음이 들렸다. 잠시 후 조선군의 진영으로 철환鐵丸이 비 오듯 쏟아졌다. 왜군이 공격을 시작하기 전에 먼저 포 사격을 시작한 것이다. 포격이 멈추자, 고니시의 부대가 대대적으로 진격해왔다. 왜군은 조총으로 일제 사격을 가하면서 전진해 오자, 이일과 군관들은 병사들을 독려하여 대응 사격을 명령했다. 그러나 이미 겁에 질린 병사들은 제대로 활을 쏘지도 못하고 우왕좌왕할 뿐이었다. 왜군은 손쉽게 좌우에서 이일의 부대를 포위했다. 공황상태에 빠진 조선군 진영은 순식간에 붕괴되었다. 조선군이 달아나기 시작하자 일본군은 기마무사들을 출격시켜 추격하면서 닥치는 대로 도륙했다.

이렇게 제대로 된 전투를 해보지도 못하고 조선군은 상주 전투에서 참패를 당하고 말았다. 왜군이 상륙한 직후부터 위력을 떨친 그들의 신무기 조총은 상주 전투에서도 엄청난 위력을 발휘했다. 무기의 열세는 전쟁의 승패를 가르는 열쇠였다.

이 전투에서 조선군이 얼마나 전사했는지는 정확히 알 수 없다. 종사관從事官 윤섬尹暹, 이경류李慶流, 박호朴箎, 상주판관尙州判官 권길權吉, 사근도찰방沙近道察訪 김종무金宗武, 의병장 김준신金俊臣, 김일金鎰, 상주목호장尙州牧戶長 박걸朴傑 등은 꿋꿋이 싸웠으나 중과부적으로 왜군을 당해내지 못하고 마침내 병사들과 함께 장렬하게 최후를 마쳤다. 특히, 의병장 김준신의 일가친척까지도 왜군의 후발 부대에 의해 고향인 판곡리 사람들과 함께 모두 몰살당했

문경새재의 관갑천잔도

다. 다만 김준신의 어린 아들만이 무사히 목숨을 건졌다고 한다. 그러나 순변사 이일은 혼전 중에 간신히 탈출하여 문경 새재로 퇴각하였다.

상주 전투에서 겨우 현장을 빠져나온 이일은 문경에 도착하여 조정에 상주에서 왜군에게 패했음을 알리는 다음과 같은 장계를 올렸다.

> "오늘 신과 싸운 적군은 신병(神兵)과 같아서 감히 당할 사람이 없습니다. 신은 오직 죽음이 있을 따름으로 여기에서 처벌해 주실 것(待罪)을 기다리나이다."

장계를 올린 이일은 조방장 변기邊璣와 함께 천혜의 요새인 문경 새재를 지키려고 하였으나, 자기 수하에는 지휘할 병력이 거의 남아있지 않았다. 마침 신립申砬이 충주에 내려와 있다는 소식을 듣자 그는 곧바로 충주로 향했다.

고니시小西行長의 주력 부대는 6월 5일음력 4월 27일 새벽, 상주를 떠나 함창을 지나 오후 늦게 문경에 이르렀다. 왜군은 상주를 점령한 여세를 몰아 그대로 문경을 함락시키고 현감 신길원申吉元을 참살했다. 포로로 붙잡힌 신길원은 사지가 절단되는 고문을 받으면서도 끝까지 굴복하지 않았다고 한다. 이로써 문경 새재 이남은 사실상 왜군의 손아귀에 들어가게 되었으며 이제 전장은 충청도로 확전 될 위기에 놓이게 되었다.

문경에서 하루를 보낸 왜군은 6월 6일음력 4월 28일 새벽에 마침내 문경 새재를 오르기 시작했다. 새재에는 영남대로에서 가장 험준한 관갑천잔도串岬遷棧道가 있다는 것쯤은 이미 왜군도 잘 알고 있었다. 왜군 선봉대는 혹시나 모를 조선군의 매복을 경계하면서 조심조심 고개를 넘고 또 넘었다. 그러나 뜻밖에도 어느 곳에서도 조선군의 매복은 없었다. 왜군은 손쉽게 새재를 넘어섰다. 한양으로 진격하기 위한 가장 큰 난관을 넘어선 것이다. 고니시조차도 문경 새재를 하룻밤도 채 안 되는 시간에 통과한 것이 워낙 뜻밖의 일었다. 그는 문경 새재의 몇 구비를 넘을 때마다 도저히 믿기지 않아 몇 번이나 고개를 갸우뚱거렸다.

문경 새재를 아무런 저항 없이 넘어선 왜군은 오후 늦게 마침내 충주 시내가 훤히 보이는 외곽 산봉우리에 이르렀다. 영남대로에서 가장 험준한 곳으로 구름도 쉬어간다는 천혜의 방어시설인 관갑천잔도는 이렇게 무용지물이 되고 말았다. 산봉우리에 올라 충주 시내를 바라보면서 고니시는 미소를 머금은 채 혀를 끌끌 차며 탄식했다.

'허허… 조선에는 진실로 제대로 된 장수도, 쓸만한 책사 한 명도 없단 말인가. 새재의 험준한 요새에 숨어서 방어전략을 폈더라면 우리가 아무리 조

충장공 신립(申砬) 장군

총으로 무장한 대군이라 한들 무슨 재주로 이렇게 피 한 방울 흘리지 않고 넘을 수 있었단 말인가? 이 전쟁의 승패는 이미 끝났다. 오로지 시간만 남았구나.'

충주에서는 당시 조선에서 전설적 명장으로 칭송받고 있던 신립申砬이 선조가 친히 내린 상방검을 들고 의기양양하게 그들을 기다리고 있었다. 곧 일어날 자신들의 운명을 모른 채 그들은 자신만만했다.

저녁이 되자 서녘 하늘에 석양이 붉게 물들었다. 서산에 걸린 해가 넘어가고 땅거미가 몰려들면서 이번에는 은하수가 아름답게 펼쳐진 밤하늘이 병풍처럼 열렸다. 마치 여인네의 눈썹 같은 그믐달 사이로 가끔 별똥별이 가로질러 사라지곤 했다. 눈부시게 아름다운 밤이었다. 백사장이 길게 펼쳐진 탄금대의 밤은 그렇게 깊어가고 있었다.

16세기 말 조선에 혜성처럼 나타난 장군이 있었다. 비록 임진왜란이 터지고 탄금대에서의 패전 때문에 많은 비판을 받게 되지만, 임진왜란이 일어나기 전까지만 해도 그는 백성들 사이에서 전설적인 명장으로 칭송받고 있었다. 그의 명성은 그야말로 폭발적이었다. 바로 신립申砬이었다.

평범했던 무장이었던 신립의 명성은 두만강 유역에서 시작됐다. 세종

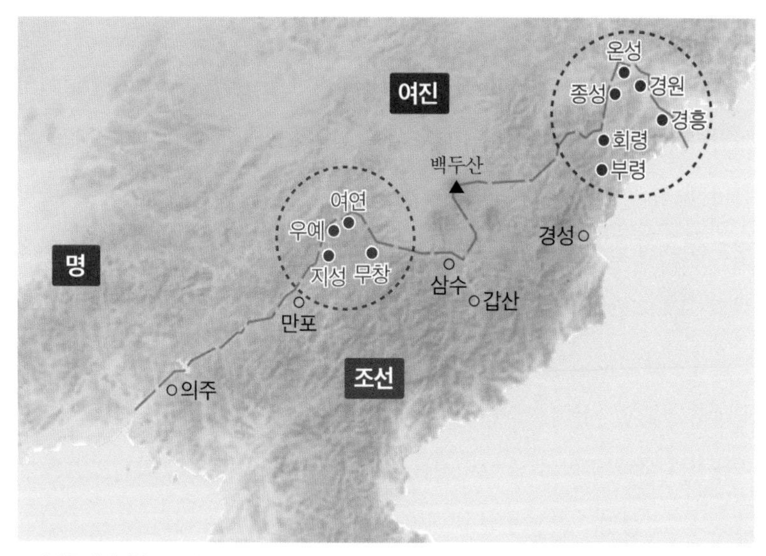

조선 세종 때 개척한 4군6진

때 4군6진을 개척한 후부터 조선과 여진족은 치열하게 싸웠다. 졸지에 대대로 살아오던 삶의 터전을 빼앗긴 여진족의 저항은 대를 이어가며 조직적으로 이어졌다. 그러나 시간이 흐르면서 여진족의 저항은 조선의 선무공작에 점차 동력을 잃어갔다. 마침내 중종 대에 들어서자 국경지역 여진족 부락들은 싸움을 포기하고 거의 대부분 조선에 귀순해서 협력자가 됐다.

선조 대에 이르러 혹독한 흉년이 들어 식량이 부족해지자 여진족들은 국경을 넘나들며 노략질을 하는 횟수가 점차 늘어나기 시작했다. 평소에 가끔씩 일어나던 노략질의 이 시기에 들어 더욱 잦아지고 폭력적으로 바뀐 것이다. 당시 만주 일대 여진족 사이에 세력 다툼이 일어나면서 이합집산이 가속화되고 있었다. 이런 추세에 따라 국경 근처에 거주하던 일부 여진족들도 점차 세력이 커지고 있었다.

그러나 당시, 조선은 오래전부터 이들과의 조공 관계가 단절되어 있어서 여진족에 대한 정세를 원활하게 파악하지 못하고 있었다. 함경북도에 설치한 6진鎭의 관리들은 여진의 분위기가 심상치 않게 돌아가는 정황은 어느 정도 감지하고 있었지만 이들의 공격이 예전처럼 단순한 식량 약탈 수준에 그칠 것으로 판단하고 별다른 대응을 하지 않고 있었다.

마침내 1583년 1월 28일, 회령 지역을 근거지로 하여 가장 강력한 세력을 형성하고 있던 니탕개泥湯介가 이끄는 약 1만 명의 여진족들이 경원진을 공격해왔다. 여진족의 수장 니탕개는 조선에 귀화했다가 다시 여진으로 돌아간 인물로, 함경북도 일대의 지리적 상황과 방어 체계에 대해 잘 알고 있었다. 여진족의 공격은 7월 중순까지 2차에 걸쳐 경원과 종성 일대를 지키는 조선군의 방어력을 무력화시키면서 큰 혼란을 가져왔다. 조선군은 엄청난 인적, 물적 피해를 입었으나 마침내 여진족의 공격을 물리치는데 성공했다.

이 싸움에서 온성부사穩城府使 신립申砬의 용감무쌍한 전공이 조정에 알려지면서 그의 이름이 알려졌다. 그리고 그의 전공은 사람들의 입에서 입으로 전해지면서 전설적인 명장 반열에 오를 정도로 과장되게 포장되어 저잣거리에 오르내렸다.

한 가지 주목되는 것은 이 니탕개의 난을 진압하는 데 공을 세운 사람 가운데 이순신李舜臣이 들어있었다. 이 난을 최초로 주도했던 경원지역 여진족 우두머리 우을지迂乙知를 건원보로 유인하여 포획, 참수한 군관이 바로 이순신이었다. 이순신의 이름이 최초로 조정에 알려지게 된 사건이었다.

왜군의 침입으로 부산포와 다대포, 동래성이 차례로 함락되었다는 소식을 접한 조선 조정은 공황상태에 빠졌다. 왜군이 영남대로를 통해 한양으로 진격하고 있다는 소식이 계속 날아들자 선조는 어쩔 줄 모르고 허둥대다가 급히 신립을 찾았다. 선조는 북방 여진족 토벌에 혁혁한 공을 세운 신립을 절대적으로 신뢰하고 있었다. 선조의 부름을 받은 신립이 입궐하자, 선조는 조정 대신들을 모아놓고 경상, 전라, 충청도 병력을 총괄하는 삼도순변사三道巡邊使로 임명했다. 그리고 직접 군주의 상징인 상방검尙方劍을 하사하고 군무軍務에 관한 전권을 위임하면서 다음과 같이 어명을 내렸다.

도체찰사 류성용

"그 누구든지 명(命)을 듣지 않는 자는 경(卿)이 모두 처단하라. 중외(中外)의 정병을 모두 동원하고 자문감(紫門監)의 군기(軍器)를 있는 대로 사용하라."

아무리 전시상황이라 하여도 그야말로 파격적인 조치였다. 당시 조선의 군제는 제승방략 체제였다. 이 체제에서 상설 지휘관은 도 단위 사령관이 최고위직이었다. 바로 순변사巡邊使였다. 그런데 신립이 삼도를 총괄하는 지휘관으로 임명을 받은 것이다.

당시 군사체제하에서 삼도의 병력을 통합 지휘하기 위해서는 사령관은 수행 군관과 약간의 장수만을 데리고 현지로 내려가 순변사로부터 병력을 인수해야 했다. 원래 이런 제도는 군사정변을 방지하려는 목적도 있고, 최고사령관을 임시직으로 해서 평소에 장군의 월급을 절약하려는 의도도 있다. 문제는 이 방식이 전투력에는 치명적인 약점을 가지고 있다는 사실이다. 신임 사령관은 한 번도 본 적도 만난 적도 없는 군대를 지휘해야 할 뿐만 아니라, 이 군대들은 유사시에 소집된 사람들이어서 평소에 전술훈련이나 기동훈련을 한 번도 해본 적이 없는 상태였다. 도 단위 기동훈련이 그나마 가능한 최대 규모의 훈련이었지만, 물론 제대로 시행되지 않았다. 더구나 여러 도의 병력을 합쳐서 벌이는 기동훈련은 15세기 이후로는 한 번도 시행되어 본 적이 없었다.

선조로부터 상방검을 받은 신립이 출발하기 위해 군사를 모집하려고 했으나 한 사람도 따르는 자가 없었다. 모두 전장에 나가는 것을 두려워하고 있었던 것이다. 보다 못한 도체찰사都體察使 류성용柳成龍이 나서니 소식을 듣고 모여드는 자가 많았다. 류성용은 체면을 구긴 신립을 위로하고 자신이 모집한 80여 명의 군관을 데리고 먼저 떠나도록 하였다. 류성용이 모집한 사람들 중에는 도성의 무사武士, 재관材官, 외사外司의 서류庶流, 한량인閑良人 등이었다. 신립은 활 잘 쏘는 자를 군사로 편입시키고, 조관朝官으로 하여금 각기 전마戰馬 한 필씩 내도록 하고 류성용의 도움을 받아 출발하였다.

전설적인 명장으로 사람들의 입에 오르내리던 신립이 왕으로부터 직접 상방검을 받고 왜군을 소탕하러 간다는 소식이 저잣거리에 전해지자, 도성 사람들이 모두 하던 일을 잠시 멈추고 길거리로 나왔다. 신립의 일행이 지나가는 곳마다 어떤 이는 박수를 치며 좋아하고, 어떤 이는 덩실덩실 춤을 추었다. 사람들은 이제 전쟁이 끝났다고 생각했다. 신립은 말 위에 올라 백성들의 환호에 손을 들어 답하며 당당하게 나아갔다. 왜군이 부산진과 다대포, 동래성을 차례로 함락시키고 한양으로 진격하는 최단거리인 영남대로

험준한 문경 새재(鳥嶺)

를 이용하기 위해 밀양성으로 밀려들던 날이었다.

신립은 가는 도중에 각 고을을 지나면서 군사를 징발하면서 남하했다. 조정의 파발을 받은 경상도 병력은 제승방략 체제에 따라 대구 근방에 집결해서 한양에서 내려오는 삼도순변사로 임명된 신립을 기다렸다. 그런데 신립이 도착하기도 전에 왜군이 먼저 대구에 이르자 모두 다투어 달아나고 말았다. 신립이 충주에 도착했을 때는 왜군이 이미 대구와 상주를 지나 문경 새재에 이르고 있었다. 신립은 경상도 병력 없이 기껏해야 겨우 8천여 명에 불과한 병력으로 북상하는 왜군의 주력과 마주하게 되었다.

6월 2일음력 4월 24일, 충주에 도착한 신립은 부장 몇 명을 대동하고 제일 먼저 새재鳥嶺로 달려가 주변을 오르내리며 자세하게 형세를 살폈다. 이때 종사관 김여물 등이 신립에게 의견을 냈다.

"왜군은 대군이고 우리는 적기 때문에 정면으로 적과 싸우기는 어렵습니다. 그러므로 새재의 험준한 지세를 이용하여 굳게 지켜야 합니다. 새재 험준한 산중에 군사를 매복시켰다가 적이 골짜기에 들어오기를 기다려 양쪽 언덕 높은 곳에서 내려다보고 쏘면 전투에서 이길 수 있습니다."

충주목사 이종장 이하 수행한 여러 사람이 그의 의견에 동의했다. 신립은 한동안 골몰히 생각에 잠겼다. 잠시 후 신립이 산과 골짜기를 가리키며 말했다.

"새재는 좁은 골짜기가 많아서 기마병을 충분히 활용할 수 없소. 적은 보병이고 우리는 기병이니 넓은 들로 끌어들여서 철기로 족치면 이기지 못할 리가 없다고 생각하오."

그가 말을 이었다.

"적군은 바다를 건너오고 또한 오랜 행군으로 북상하는 과정에서 매우 피로하였을 것이요. 따라서, 이들을 넓은 들판으로 유인하여 철기로 대응하면 틀림없이 버티지 못할 것이라 믿소."

"이곳 새재의 험준한 언덕과 바위를 방패 삼아 몸을 숨겨 궁병弓兵으로 하여금 화살로 공격하면 승산이 있습니다."

부장들이 새재의 험준한 지형을 이용하여 적의 접근을 막아야 한다고 거듭 다투어 반대 의견을 냈으나 신립의 태도는 단호했다. 그는 자신감에 차 있었다.

신립은 정찰을 마치고 충주로 돌아와 단월에 진을 쳤다. 이때, 먼저 어명을 받고 경상도로 남하하였던 순변사 이일이 상주 전투에서 패하여 돌아왔다. 이일은 새재에 방어진을 구축하고 신립의 구원군이 올 때를 기다리다가 신립이 충주에 진陣을 쳤다는 말을 듣고, 새재를 버리고 충주로 온 것이다.

이일은 신립 앞에 꿇어앉아 죽기를 청하였다. 신립은 치밀어 오르는 화를 참으면서 물었다.

"좋소. 하지만 적의 형세나 물어봅시다. 어떠하오?"

"우리는 훈련도 받지 못한 백성으로 대항할 수 없는 적을 맞아 싸웠습니다. 감당하기 힘든 적이어서 어떻게 해볼 수 없었습니다. 이번 왜병들은 지난 경오庚午・을묘년乙卯年의 왜변倭變과는 견줄 바가 아닙니다. 또 북쪽 오랑캐같이 쉽게 제압되지도 않습니다. 이제 험준한 새재를 점거하여 적의 길을 끊지 못하였으니 큰일입니다. 만약 넓은 들판에서 교전한다면 당해낼 도리가 없을 것입니다. 차라리 후퇴하여 한양이나 지키는 것이 좋을 듯합니다."

그렇지 않아도 상주 전투에서 패하고 군사도 많이 잃은 이일이 몹시 못마땅하던 차에, 새재를 포기하고 충주 들판에 진을 친 자신의 전술을 비판하자 신립은 발끈했다. 신립의 눈에 이일은 이미 겁을 먹은 장수에 불과했다.

"내가 장군에게 패전의 책임을 물어 참수하려고 하였으나 전날에 세운 공훈을 생각하여 종군하면서 스스로 왜적을 막아 공을 세워 속죄토록 기회를 줄 것이니 몸을 바쳐 충의를 다하기 바라오."

신립은 이일을 크게 꾸짖으면서 호통을 쳤다. 그리고 좌우를 돌아보며 큰소리로 말했다.

"바다를 건너온 왜적은 능히 달리지 못한다. 내 기어이 우리 군의 위력을 보여주리라."

마침내 6월 4일음력 4월 26일, 신립은 겨우 8천에 불과한 군사를 이끌고 충주 서북 4㎞ 지점 달래강의 두 물길 사이 탄금대彈琴臺에 배수진을 쳤다. 신립의 생각은 두 가지였다. 하나는 왜군은 보병이고 아군은 기병이므로 개활지에서의 전투가 유리하다고 판단한 것이고, 또 하나는 아군이 전투 경험이 없는 오합지졸에 불과하기 때문에 배수진을 쳐야 죽음을 각오하고 용감하게 싸울 것이라고 판단하였기 때문이다.

신립은 이일과 조방장 변기邊璣를 선봉으로 삼아 단월을 지키도록 하고 충주성으로 들어와 작전 구상을 하였다. 방어에 유리한 새재를 포기하고 탄금대 앞의 들을 택한 것은 신립의 말과 같이 기마 전법을 이용하려는 뜻도 있었으나, 아마 새재에서 방어진을 편성하기 위한 시간적 여유가 충분하지 못한 것일 수도 있었다.

이 무렵 고니시 유키나가小西行長의 주력 부대는 6월 5일음력 4월 27일 새벽 상주를 떠나 함창을 지나 저녁에 문경에 당도하여 현감 신원길申元吉을 죽이고 문경에서 하룻밤을 보냈다. 그리고 이튿날 새벽 4시경에 새재를 넘기 시작하였으므로, 신립이 단월에 주둔한 병력을 새재까지 이동시켜 전술적으로 방어를 위한 배치를 완료할 수 있는 충분한 시간적인 여유가 없었던 것도 사실이었다. 그만큼 왜군의 북상 속도가 상식을 초월하고 있었다.

신립은 기병騎兵의 우수함에 대한 믿음은 확고했다. 그가 북방 여진족을 소탕할 때 두만강을 오르내리며 기병의 기동력을 활용하여 큰 전술적 효과를 거둔 그로서는 어쩌면 당연한 믿음이었다고 볼 수 있다. 그 후, 비변사에서 외침으로 국가의 위기 상황이 있을 때를 대비하자는 논의가 산발적으로 이루어질 때마다 그는 왜군의 침입에 대해 거의 무시하는 태도로 일관했다. 그는 왜군에 대해 아는 바가 거의 없었지만, 자신의 능력을 과신하고 있었다.

사실, 이보다 먼저 1591년 7월 비변사에서 왜적의 침략에 대비하는 것을 주제로 하여 국방에 관한 논의가 진지하게 벌어졌다. 비변사에서는 "왜적은 수전에는 능하지만 육지에서는 민활하지 못하므로 육지 방비에 주력해야 한다"는 주장을 펼쳤다. 이때 신립은 한술 더 떠 "왜적들은 수전에 강하고 육전에 약하니 아예 수군을 없애야 한다"는 주장을 했다. 그의 주장에 대하여 전라좌도 수군절도사 이순신이 나서서 반대했다. 이순신은 "바다로 침입하는 왜적을 저지하는 데는 수전이 제일이므로, 절대 수군을 폐해서는 안 됩니다"라고 하여 신립의 주장을 무산시켰다.

신립은 왜군의 특성상 기병騎兵을 동원할 수 없다는 것을 염두에 두고 이런 의견을 낸 것으로 보인다. 문제는 당시에는 아무도 몰랐지만, 이번에 조선에 쳐들어온 왜적은 노략질이 목적인 평소의 왜구가 아니었다. 오랜 전국시대를 거치며 전투에 단련된 왜군의 주력부대와 전면전으로 마주하는 상황에서는 전혀 맞지 않는 대책이었다.

문제는 신립 본인의 자만심이 너무 컸다는 점이었다. 류성룡이 쓴 『징비록懲毖錄』에 그가 일본의 침략을 걱정하며 신립과 대화를 나눈 기록이 있다.

> "멀지 않아 변고가 일어나면 공(公)이 마땅히 그 일을 맡아야 할 텐데, 공의 생각에 오늘날 적의 형세로 보아 그 방비가 충분하다고 보시오?"
>
> 신립은 간단하게 대답했다.
>
> "그건 걱정할 필요가 없습니다."
>
> 내가 말했다.
>
> "그렇지 않소. 예전에는 왜적이 창, 칼만 믿고 있었지만, 지금은 조총과 같은 우수한 병기가 있으니 가볍게 생각할 일이 아니오."
>
> 신립은 황급히 말했다.

"왜군에게 비록 조총이 있다고는 하나, 그 조총이라는 게 쏠 때마다 사람을 맞힐 수 있겠습니까?"

내가 다시 말했다.

"태평세월이 너무 길었소. 그래서 병사들은 겁이 많고 나약해졌으니… 매우 걱정스럽소."

이 기록을 보면, 류성룡이 왜군의 조총에 대해 언급하며 걱정하자 신립이 조총이라는 게 어디 쏘는 대로 맞는 거냐고 거들먹거리는 바람에 류성룡이 혀를 차며 패전을 걱정하고 있다. 이 기록뿐만 아니라 평소 신립의 오만함과 거친 성정에 대한 기록은 그 외에도 굉장히 많이 전하고 있다.

이튿날 6월 5일음력 4월 27일, 오후가 되자 새재 방면으로 정찰을 떠났던 김효원金孝元과 안민安敏 등이 급히 달려와서 보고했다.

"적의 선봉이 이미 충주로 들어왔습니다."

소식이 퍼지자 갑자기 군영이 소란해졌다. 적이 이미 새재를 넘어 충주에 들어왔다는 소식을 들은 군사들은 삼삼오오 모여 수군거리기 시작했다. 사태를 진정시키기 위해 부장들이 영채를 오가며 불안해하는 병사들을 다독거리며 안심시키느라 진땀을 흘렸다. 신립은 더 이상 보고 있을 수만은 없었다.

신립은 급히 평복 차림으로 심복 서너 명을 거느리고 충주성을 빠져나와 단월역 마을 일대를 다니면서 상황을 살폈다. 한참을 돌아다녔지만 왜군에 대한 정보는 확인할 수 없었다. 군영으로 돌아온 신립은 군사들을 모두 모이게 하고 급보를 전한 척후장 김효원과 안민을 불러냈다. 신립이 단상에

회전이 벌어진 달래강 평야의 모습

올라 이들을 크게 꾸짖었다.

“네 이놈들. 지금이 어느 때인데 감히 거짓된 정보를 가지고 군심을 어지럽히느냐. 여봐라.”

“예.”

부장들이 일제히 대답했다.

“거짓 정보를 흘려 군심을 흩트린 저 두 놈의 목을 베 군문에 높이 달아 경계로 삼으라.”

“예.”

두 사람은 형장으로 끌려가면서 끝까지 사실이라고 외치며 발버둥을 쳤다. 잠시 후 조선군 영채에는 두 사람의 목이 높이 걸렸다. 그러나 조선군 어느 누구도 두 사람의 정보가 틀리지 않았다는 것쯤은 알고 있었다.

한편, 경상도를 모두 점령하고 문경에 주둔해 있던 왜군 제1 선봉장 고니시 유키나가小西行長는 6월 6일음력 4월 28일 새벽에 문경을 떠나 정오 무렵 충주에 진입한 것으로 당시 왜군의 종군승從軍僧이었던 천행天行이 쓴 서정일기西征日記에 기록되어 있다. 하지만 조선에서는 6월 5일 밤에 최초로 왜군을 발견했다고 기록하고 있어서 하루 정도의 차이가 있다. 아마도 왜군이 출발 전에 먼저 척후병 성격의 선봉대를 먼저 파견하여 진격로를 개척했던 것으로 보인다. 척후장 김효원과 안민이 본 것은 바로 이들 왜군 척후병들이었다.

6월 6일음력 4월 28일 아침, 신립은 8천여 명의 군사를 거느리고 탄금대彈琴臺로 나아가 진을 치고 전투준비를 했다.

탄금대는 남한강과 달래강이 합류하는 사이에 솟아있는 산으로 본래는 섬이었다. 북쪽으로는 남한강이 흐르고, 서쪽으로는 달천이 흐르며, 남쪽으로는 충주천과 접하고 있다. 동쪽으로는 탄금대에서 가장 높은 해발 106m 내외의 봉우리가 동북쪽으로 경사가 급한 단애를 이루고 있으며, 이 단애를 끼고 남한강 물이 좁은 도랑과 같이 흘러 샛강으로 이어지고 있어서 사면이 물로 감싸여 있는 섬이다. 그 좁은 도랑을 건너면 해발 70m 전후의 편평한 작은 들이 동북쪽으로 길게 남한강 변을 이루고 있다. 그 동쪽으로는 기다란 능암늪이 있는데 이것이 바로 샛강이다. 본래는 남한강에서 갈라진 물줄기로 들판과 탄금대를 끼고 남쪽으로 흘러 충주천에 합류하여 서쪽의 달래강으로 흘러 들어간다.

왜군은 이날 새벽 4시경에 문경을 출발하여 안보역安保驛을 아침 8시경에 지나, 정오경에는 이미 새재를 넘어 충주의 남쪽 단월역에 이르렀다. 이 무렵 충주목사 이종장과 이일이 모두 척후로 전방에 나가 있었으나 적이 너무 빠르게 새재를 넘어오는 바람에 배후가 차단되어 정세를 보고할 수 없었다.

이 때문에 신립은 왜군이 새재를 넘어온 동향을 알지 못하고 있었다.

단월역에 이른 왜군은 세 갈래로 나누어 탄금대를 향하여 신속하게 포위해 들어갔다. 고니시가 이끄는 주력부대인 7천 명의 중군은 곧바로 충주읍성으로 들어가고, 소요시토시宗義智가 지휘하는 5천 명의 좌군은 달래강 변을 따라 내려오고, 마츠라 시게노부松浦鎮信가 지휘하는 3천의 우군은 동쪽의 산을 따라 북쪽으로 진출하여 강의 상류를 건넜다. 이외에 예비대 3,700명은 충주성에 대기하였다. 왜군은 모두 18,700명에 달하는 대군이었다.

6일 정오 무렵, 고니시 유키나가의 중앙군이 단월역 앞 마을충주 건국대 캠퍼스로 진입하였다. 왜군이 단월역 앞 마을에서 민가에 불을 지르자, 신립이 즉시 수천 군사를 이끌고 곧바로 출격했다. 신립은 자신의 수적 우세를 믿고 승리를 확신하고 있었다. 그러나 고니시는 이미 조선군의 전술을 알고 철저하게 대비하고 있었다. 신립의 조선군은 왜군의 유인전술에 걸려들고 있었다.

왜군과의 결전에 나선 신립은 조선군을 정예 기병을 주력으로 편성하였다. 신립은 조선의 궁기병弓騎兵이 보병 중심의 왜군보다 전력 상 우위에 있다고 확신하고 있었다. 기마병의 최대 강점은 기동력과 돌파력이다. 적이 보유한 무기의 최대 사거리 언저리에서 빠르게 이동하는 마상馬上 활쏘기로 적의 예봉을 꺾은 후, 단숨에 전선을 돌파하여 적진을 교란시키고 진영을 붕괴시키는 것이 조선 기병의 전법이었다. 신립은 배수진을 치고 기병 돌격으로 승부를 걸었다. 새재의 깊은 골짜기와 좁은 산기슭을 피하고 기병이 위력을 발휘할 수 있는 평지를 전장으로 택한 것은 어찌 보면 합리적 선택일 수도 있었다.

그러나 신립은 왜군의 좌군, 우군, 배후 공격부대, 충주성에 대기하고 있

충주 탄금대

는 예비대의 존재 등 왜군의 전체적인 규모와 전술을 전혀 모르고 있었다. 그저 눈앞에 펼쳐진 왜군의 허약한 중앙군만 보고 승리를 확신했다. 조선군은 학익진鶴翼陣을 펼쳐 중앙군을 포위해 그들이 단월역 앞 마을에서 절대 빠져나가지 못하게 가두어놓고 섬멸하려고 하였다.

왜군은 이미 조선의 기병을 무력화시킬 수 있는 전술을 꿰뚫고 있었다. 고니시는 조선군의 전법을 잘 알고 있었고 그에 대항하기 위한 대안을 준비하고 있었다. 왜군은 좌우에 주력군을 매복시켜 놓고 약체로 위장한 중앙군을 전면에 내세웠다. 고니시 유키나가가 이끄는 중앙군은 모든 깃발을 내리고 전의를 상실한 모습을 보였다. 이를 본 신립은 전군을 몰아 거세게 돌진해 들어갔다. 왜군은 달려드는 조선의 기병군을 깊숙이 들어올 때까지 기다렸다. 신립의 군대가 목표지점에 이르자 호각 신호에 따라 중앙군에서 일제히 깃발이 일어났다. 숨어 있던 본진이 모습을 드러내면서 졸지에 조선군은 3면으로 포위되고 말았다. 그제서야 신립은 적의 유인전술에 걸려들었음을 알아차렸다. 그러나 이미 전세를 되돌리기에는 때가 늦었다. 왜군은 3각 화망火網을 형성하여 좌우와 중앙에서 집중 사격으로 기병군을 무력화시켰다. 퇴로가 막히자 조선군은 기병을 돌격시켜 포위를 돌파하려고 시도했다. 최후 수단으로 왜군의 중앙으로 돌격하여 세 번이나 정면승부를 시도했으나 그것마저 모두 실패했다. 맹렬한 포화와 함께 우레와 같이 쏟아지는 왜군의 조총鳥銃 총탄 앞에 조선군 병사들은 하나 둘 낙엽처럼 쓰러졌다.

단월역 부근에서 치열한 전투가 벌어지는 동안, 충주성이 왜군의 기동부대에 점령을 당했다는 급보가 전해졌다. 신립은 당황해서 정신이 아득해졌다. 왜군의 기만전술에 완벽하게 속았다고 생각한 그는 말머리를 돌려 급히 충주성을 구하겠다고 현장을 이탈했다. 총대장이 자리를 떠버리자 군사들은 우왕좌왕하며 대열을 이루지 못하고 지리멸렬해졌다.

그러나 충주성을 구하기 위해 황급히 돌아온 신립의 군사는 충주성 안으로 들어서자마자, 기다리고 있던 왜군의 표적이 되었다. 매복하고 있던 왜군은 미리 약속해 놓은 대로 호각소리 신호에 따라 조총과 화살을 쏘아댔다. 혼비백산한 신립은 급히 말을 돌려 달래 강변으로 달아났다. 왜군은 달아나는 조선군의 배후를 치며 추격해왔다. 왜군은 좌군, 우군, 중군과 함께 조선군 8천을 완벽하게 포위했다. 삼면이 포위 당한 조선군의 앞에는 달래강이 유유히 흐르고 있었다.

마침내 기세가 꺾이고 퇴로가 완전히 막힌 조선군은 강을 건너기 위해 달래강으로 뛰어들었다. 강을 건너 언덕에 오르면 가파른 능선을 이용해 탈출할 수 있었다. 왜군은 이마저도 이미 예측하고 있었다. 물속으로 들어선 조선 병사들은 지칠 대로 지쳐 몸도 제대로 가누기 힘든 상태였다. 게다가 강을 건너기에는 너무 깊고 멀었다. 왜군은 나란히 서서 조선 병사들을 향해 조총으로 조준사격을 했다. 총을 맞은 병사들이 하나 둘 물 위로 떠오르자 이번에는 미리 대기하고 있던 사무라이들이 나섰다. 그들은 2m나 되는 거대한 일본도를 들고 큰 함성 소리와 함께 강으로 뛰어들었다. 그들은 달아나는 조선 병사는 물론, 총에 맞아 신음하는 병사들까지 무자비하게 달려들어 살육을 감행했다. 달래강에서는 살벌한 인간사냥이 벌어졌다. 왜군은 겁에 질려 달아나는 조선 병사들을 끝까지 추격하여 4면으로 겹겹이 포위하여 육로로 도망칠 길을 차단했다. 마지막까지 버티던 조선군 역시 한 명도 탈출하지 못하고 모두 총을 맞고 칼에 베인 채 익사했다. 달래강은 조선군 병사가 흘린 피로 붉게 물들었다. 물에 빠져 죽은 조선군의 시체가 강을 덮을 정도였다. 탄금대 전투에서 조선군의 생존자는 거의 없었다.

전세가 돌이킬 수 없는 지경에 이르자 신립은 김여물에게 급히 장계를 쓰게 했다. 이 비참한 전투 결과를 조정에 알려야만 했다. 김여물은 갑주를 입고 궁시弓矢를 허리에 차고도, 붓 놀리기를 물 흐르듯 하여 한 자도 그릇됨이 없었다. 급히 쓴 장계를 받아 든 신립은 날쌘 병사 한 사람을 불러 문서를 건넸다. 반드시 살아서 조정에 전달해야 한다고 신신당부했다. 명을 받은 병사는 두 손을 모아 공수례를 마친 다음 말을 몰아 현장을 빠져나와 북쪽으로 달렸다.

그 사이에 왜군의 포위망이 더욱 좁혀졌다. 신립은 수하들을 독려하여 말을 몰아 적진을 돌파하려고 두세 번 시도하였으나 모두 실패했다. 할 수 없이 도로 강가로 돌아오는데 김여물이 그를 따라왔다. 두 사람이 얕은 여

울에 이르자 왜군들이 한꺼번에 우르르 몰려들었다. 신립이 급하게 김여물을 불렀다.

"내가 공을 한 번 살려볼까 하오."

신립은 충성스런 부하 장수인 그를 정말 살리고 싶었다. 김여물이 웃으면서 대답했다.

"내가 어찌 죽음을 두려워할 사람이겠소."

두 사람은 잠시 마주 보고 말없이 미소를 지었다. 이승에서 마지막으로 나누는 작별 인사였다. 눈 인사를 마친 두 사람은 다투어 앞서거니 뒤서거니 다시 말을 달려 탄금대로 돌아가 적진을 향해 돌진했다. 두 사람이 휘두르는 칼에 왜군 수십 명이 나가떨어졌다. 전열을 가다듬은 왜병들이 집요하게 따라붙었다. 더 이상 탈출이 불가능하자 두 사람은 달래강으로 뛰어들었다. 신립을 따르던 충주목사 이종장李宗張, 종사관 박안민朴安民과 군사들도 모두 강물로 뛰어 들어갔다. 잠시 후 치열했던 전투는 끝났고 달래강은 흐르는 시체로 가득 덮였다.

전투가 끝나고 조선군이 전멸했다는 보고를 받은 고니시는 부장들과 함께 탄금대에 올라 조선군의 시체로 뒤덮인 달래강을 보며 탄식을 했다. 조선군이 펼친 전략과 전술 그리고 무기를 확인한 그의 눈에 조선군은 그야말로 이해할 수 없는 '무뎃뽀無鐵砲' 군대였기 때문이었다.

이일李鎰은 전투가 벌어지자 호위 병사 몇 명을 데리고 본진을 빠져나와 동쪽으로 산을 타고 탈출을 시도했다. 그러나 포위망을 뚫고 전장을 빠져나오기 위해서는 강을 건너야 했다. 간신히 강을 건너 반대편 신기슭에 오르자 이번에는 매복 중이던 왜군을 만났다. 이일은 죽을힘을 다해 왜군 몇 명을 죽이고 간신히 탈출에 성공했다. 현장에서 간신히 몸을 뺀 이일은 사람이 없는 민가를 뒤져 지필묵을 찾아 조정에 패전 소식을 전하는 장계를 써서 부하에게 건넸다. 장계를 든 병사는 쉬지 않고 한양으로 말을 달렸다. 이 장계 때문에 조정에서는 비로소 신립이 충주 전투에서 패하고 죽은 것을 알게 되었다.

그 후, 이일은 뒤늦게 조정의 군대에 합류하여 한탄강 쪽 방어선에 머무르다 8월에 평양의 도착하여 선조를 만났다. 그리고 선조가 의주로 몽진을 떠난 사이에 윤두수, 김명원 등과 함께 대동강 방어전에 참가했다. 늦게 참가했고 거느린 병력도 적었지만 나름대로 의욕적으로 지휘해 초반 왜군의 대동강 도하 시도를 저지하기도 했으나 원체 전력 차이가 심해 이렇다 할 전과는 없었다. 이후 7개월 동안 광해군을 호위하며 분조分朝의 전력으로써 임진왜란 초기의 평양성 포위에 큰 역할을 담당하였다.

조선군은 탄금대 전투에서 거의 전멸하면서 완전히 궤멸되었다. 살아남아 탈출한 지휘관급은 고작 이일李鎰을 포함해 겨우 4명이일, 이빈, 고언백, 신흠에 불과했다. 이 가운데 신흠申欽은 나중에 자신의 저서 상촌집象村集에 '제장사난초함패지諸將士難初陷敗志, 여러 장사들이 왜란 초에 무너져 패한 기록'란 글을 남겨 왜군의 도착 시점과 탄금대 전투 과정에 대한 설명을 남겼다.

탄금대 전투의 패전으로 신립은 하루아침에 '국가적 영웅'에서 '무능한 장군'으로 전락해버렸다. 400년이 지난 지금까지도 비난이 그치지 않는다. 여기에서 한 번 생각해 볼 필요가 있다. 우리는 과연 신립을 일방적으로 비난만 할 수 있을까? 만약 신립이 새재에 방어진을 구축했다고 해도 그의 군대가 왜군을 막아낼 가능성은 거의 없었다고 봐야 한다. 요새화돼 있던 부산진성도 단 반나절 만에 함락될 정도로 왜군은 강력했다. 그렇다고 해도, 강한 적을 상대하면서 천혜의 지형을 놔두고 허허벌판에서 정면 대결을 펼쳤

경기도 광주에 있는 신립장군의 묘

다는 것은 확실히 의문스러운 전략이라 하겠다.

신립은 왜 이런 전술을 택했을까? 여기에 두 가지 해석이 있다. 첫째는 신립이 과거의 빛나는 영광에 너무 매몰되어 있었다는 것이다. 여진족과의 전투에서 성공한 전술, 압도적 다수에 소수의 철기병을 돌격시켜 적을 유린하는 전술의 위력을 맹신했다는 것이다. 이것은 당시 조선군이 주로 싸운 상대가 기껏해야 노략질을 하던 왜구들이었던 경험에서 나온 생각이었다. 왜구는 대부분 소규모 비정규군이고 여진족은 반민병대라 철기병이 효과적이었지만, 이때 쳐들어온 왜군은 전술적으로 체계화되고 제대로 정비된 정규군이었다는 점을 간과한 것이다.

둘째는 원래 신립도 새재에 방어진을 구축하려고 했지만 병사들이 겁을 먹고 도망치는 바람에 할 수 없이 벌판에서 대적했다는 주장이다. 신립이 탄금대에 배수진을 친 것이 기병의 위력을 과신해서가 아니라, 병사들의 도망과 동요를 방지하기 위한 최후의 수단이었다는 것이다. 어찌 되었던 신립이 택한 전략과 전술에 대하여 지휘관으로서는 좋은 평가를 내리기에는 부족한 면이 많은 게 사실이다.

6월 6일음력 4월 28일 탄금대 전투가 벌어졌던 그날 저녁, 신립의 패전 소식이 조정에 전해지자 저잣거리의 민심은 극도로 혼란에 빠져들었다. 선조는 이틀 후 급히 한양을 떠나 평안도로 피난길에 올랐다. 충주를 점령한 고니시 군은 곧장 북진하여 6월 11일음력 5월 2일, 한양마저 함락시켰다. 6월 12일 고니시 군은 한양에 입성하였다.

5월 22일음력 4월 13일, 왜군이 부산포에 상륙한 지 불과 20일 만에 수도 한양이 점령되는 비극을 당한 것이다. 왜군이 파죽지세로 북상할 수 있었던 배경에는 강력한 군사력이 있었고 그 군사력을 뒷받침한 것은 철포대鐵砲隊였다. 다네가시마種子島에 조총이 들어온 지 50년. 임진왜란이 일어나기 전부터 이미 일본은 조총鐵砲을 양산하여 신식 무기로 무장하고 있었다.

우리는 흔히 조선 조정이 일본의 침략에 대비하지 않았다고 알고 있다. 아니다. 조선은 꽤 열심히 일본의 침공을 대비하고 있었다. 정보에 아주 어두웠던 것도 아니다. 조총도 알고 있었고 왜군이 왜구 수준이 아니라는 사실도 짐작하고 있었다. 그러나 포인트가 잘못 맞춰져 있었다. 조선군의 훈련체제와 전술 수준은 왜구를 물리치는 정도의 수준에 맞춰져 있었다는 게 문제였다. 조선은 번번이 일본의 동향과 변화를 무시했다. 그들의 군대를 파악하고 전술과 군제에서 변화를 추진하려는 노력이 부족했다. 이것이 바로 조선의 위정자들이 저지른 진정한 실수였다.

1575년 6월 29일, 오다 노부나가織田信長 군軍은 나가시노 시타라가하라 전투長篠 設樂ケ原の戰い에서 철포도 없이 재래무기인 활과 창으로 대적하는 다케다 가쓰요리武田勝賴 군을 가리켜 총도 없는 '무뎃뽀無鐵砲 놈들'이라고 비웃었다. 당시 다케다 군은 새로 생산되는 조총의 위력을 과소평가하여 무시하고 있었다. 그러나 이 전투에서 '뎃뽀鐵砲'로 무장한 노부나가 군은 '무뎃뽀'의 다케다 군을 전멸시켰다. 이때부터 치밀한 계획이나 사전 준비 없이 무모하게 달려드는 사람을 일컬어 '무뎃뽀'라 부르게 되었다.

임진왜란 당시, 왜군의 눈에 비친 조선의 군대는 고니시 유키나카의 탄식대로 그야말로 '무뎃뽀'였다.

이국(異國) 땅에 꽃 피운 충절

ㅡ강항의 간양록

해가 중천에 떠오르자 늦가을 햇살은 더욱 따가워졌다. 육지를 떠나 섬들 사이를 빠져나온 배는 남쪽으로 방향을 잡았다. 40여 명이나 되는 사람들이 배 위 갑판에 삼삼오오 모여 이야기를 나누고 있었다. 약간의 식량과 물이 준비된 배였지만, 이야기를 나누는 사람들의 눈에는 불안한 기색이 완연했다. 바람도 거의 없는 바다는 접시에 담긴 물처럼 고요했다.

"왜선倭船이다. 왜선이 나타났다."

돛대 위에 올라 먼 바다를 바라보며 망을 보던 하인 두 사람이 놀라서 소리쳤다. 갑판에 드러눕거나 옹기종기 모여서 뭔가 이야기를 나누던 사람들이 화들짝 놀라 일어났다. 사람들은 돛대 위의 하인이 가리키는 방향으로 일제히 눈을 돌렸다. 커다란 함선 몇 척이 빠르게 다가오고 있었다. 배 위에는 조총을 겨눈 왜군의 모습이 시야에 들어왔다. 돛대에는 왜군을 표시하는 깃발이 펄럭이고 있었다.

배 안은 갑자기 소란스러워졌다. 술렁이던 사람들이 갈피를 잡지 못하고

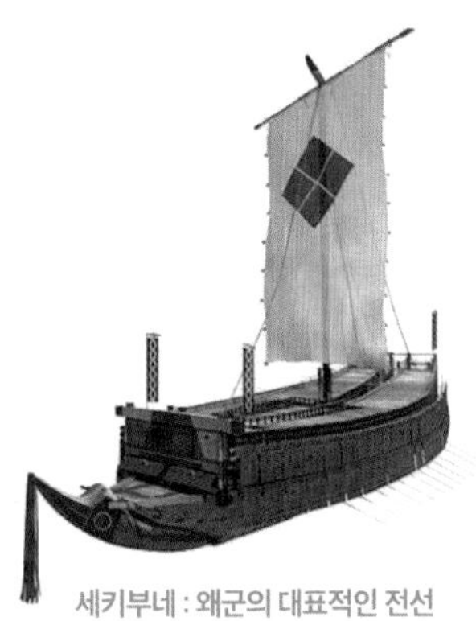

세키부네 : 왜군의 대표적인 전선

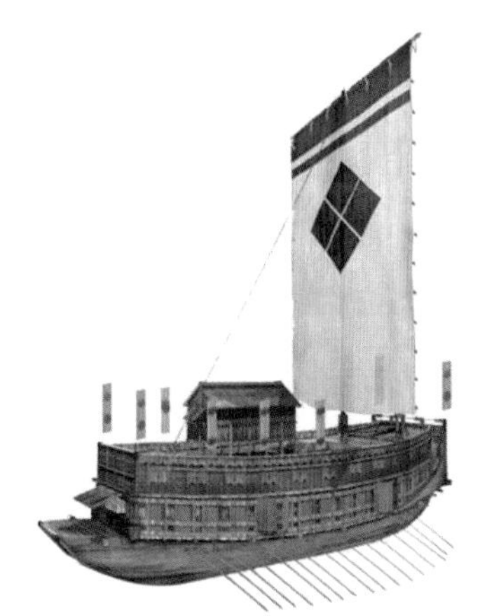

안타케부네 : 임진왜란 때 사용된 왜군의 지휘선

고바야부네 : 임진왜란 때 사용된 왜군의 연락선

이리저리 움직이며 허둥대기 시작했다. 가까이에서 뒤를 따르던 배 위에서도 소동이 일어났다. 따라오던 배들이 방향을 잃고 사방으로 흩어지기 시작했다. 사람들의 얼굴에 절망의 그림자가 드리워졌다.

"오메에… 시방 이게 뭔 일이당가…? 왜놈 배래요…어메… 어쩐디야…?"

사람들은 혼비백산하여 갑판 위에서 이리 뛰고 저리 뛰며 허둥댔다.

"모두들 진정하시오. 각자 자리를 지키시오."

한 사람이 배 중앙에 서서 큰소리로 외치며 배 안의 사람들을 진정시키려고 애썼다. 비록 황망한 가운데서도 갓을 쓰고 사람들 사이에서 위엄을 갖춘 그의 모습은 틀림없는 선비였다. 사람들은 주변에 놓아두었던 몽둥이나 갈고리 등을 손에 잡히는 대로 들고 그가 있는 뱃머리로 몰려들었다.

왜군의 표식을 높이 단 커다란 범선이 빠르게 다가왔다. 범선 위에는 조총을 들고 이들이 탄 배를 겨누고 있었다. 뱃머리에는 지휘자로 보이는 왜군 장수가 이들이 타고 있는 배를 가리키며 뭔가 소리를 지르고 있었다.

갑판에 있는 사람들은 어쩔 줄 모르고 서로 부둥켜안고 발을 동동거렸다. 사면이 바다인 곳에서 어디로 피한단 말인가? 그래도 급한 마음에 현장을 이탈하려고 아우성이었다. 여인들은 놀라서 울어대는 아이들을 치마폭에 감싸고 배 밑바닥으로 몸을 숨겼다. 몇몇 사람들은 벌써 바다로 뛰어들고 있었다. 바다로 뛰어들지 못한 대부분의 사람들은 멀리 육지를 바라보며 어찌할 바를 모르고 좁은 배 안에서 우왕좌왕하고 있었다. 배 주변은 순식간에 물에 뛰어들어 허우적대는 사람들의 모습들로 가득 찼다. 흰옷을 입은 사람들이 물속으로 가라앉았다 다시 떠오르는 모습들이 마치 커다란 호수에서 백로들이 어지럽게 날갯짓하는 듯했다.

왜군 범선이 배 옆구리에 바짝 붙자 사람들은 범선의 크기에 압도되었다. 40여 명이나 타고 있는 제법 큰 배였지만 왜군의 범선과 비교하면 고목나무에 붙은 매미처럼 보잘 것이 없었다. 왜군 병사들이 갈고리를 던져 배를 낚아챘다. 왜군들이 재빠르게 조선 사람들이 탄 배에 널빤지를 걸치고 다투어 뛰어내렸다. 그들은 조총과 장검을 들고 완전 무장하고 있었다. 왜군은 저항하는 조선인 장정들을 사정없이 베었다. 조선 사람들은 무기도 없는 비무장 상태였다.

"안 되오. 모두들 진정하시오. 몽둥이를 내리시오. 싸우면 안 되오."

갓을 쓴 선비는 배 중앙에 서서 큰소리로 외치며 배 안의 사람들을 진정시키려고 애썼다. 사람들은 저항을 포기하고 하늘을 향해 두 손을 들고 그가 서있는 곳으로 몰려들었다. 수십 명의 왜군들이 조총을 겨누며 다가왔다.

"쏘지 마시오. 쏘지 마시오. 제발… 이들은 죄가 없소. 무고한 백성이오."

선비는 사람들과 함께 가장자리로 몰리면서 손을 내밀어 애원했다. 갑판 위에는 여기저기에서 흰옷을 입고 널브러져 신음하는 사람들로 아수라장이 되었다. 그러나 선비가 아무리 외쳐대도 소용이 없었다. 우왕좌왕하던 사람들은 마침내 저항을 포기하고 다투어 바다로 뛰어들었다. 미처 피하지 못한 몇몇 사람들은 왜군들이 휘두르는 몽둥이와 칼에 맞아 갑판 위에 바둥거렸다. 왜군들은 조총을 겨누며 선비가 서있는 곳으로 일제히 몰려들었다. 배가 왜군에게 장악되고 상황이 도저히 걷잡을 수 없게 되자, 선비도 마침내 체념한 듯 북쪽을 향해 손을 모으고 뭔가 중얼거리더니 망설임 없이 바다로 뛰어들었다.

왜군 장수가 장검으로 바다에 빠져 허우적대는 그를 가리키며 소리를 질렀다. 왜군들이 일제히 갈고리를 던져 허우적대는 그를 잡아 올렸다. 갑판 위로 건져 올려진 그의 몰골은 말이 아니었다. 물에 젖은 흰옷은 몸에 바짝 달라붙어 가뜩이나 깡마른 체구가 더욱 볼품이 없었다. 왜군은 히죽거리며 그를 매몰차게 갑판으로 내동댕이쳤다. 몇 바퀴를 굴러 겨우 중심을 잡은 그가 일어나려 하자, 왜군은 그를 낚아채 갑판 바닥에 무릎을 꿇렸다. 손과 발길이 매우 사나웠다. 그는 그 와중에서도 머리의 상투를 계속 만지며 주변을 두리번거리면서 갓을 찾았다. 물에 젖은 상투가 반쯤을 풀려 머리카락 일부가 이마를 덮어 내렸다. 그는 꿇어앉은 채로 열심히 젖은 옷을 털고 머리카락을 올려가며 의관을 바로 하려고 노력했다.

형조좌랑 강항(姜沆) 선생의 초상화

그의 행동거지를 유심히 보고 있던 왜군 장수의 눈에 뭔가 보였다. 그가 부하들에게 손가락으로 가리키며 지시를 하자, 왜군 병사가 그에게 다가갔다. 병사는 선비의 허리를 사납게 낚아챘다. 그리고 재빠르게 그가 허리춤에 차고 있는 손바닥 크기만 한 조각을 뜯어내 장수에게 넘겼다. 상아로 만든 호패戶牌였다. 부하가 건네준 호패를 받아들고 내용을 확인하던 장수의 눈이 가늘게 변했다. 그는 병사들에게 제압당해 무릎을 꿇은 선비를 아래위로 한 번 훑어보고는 부하들에게 뭔가 알아들을 수 없는 말로 지시했다. 부하들이 재빨리 꿇어앉은 선비를 잡아 일으켰다. 그리고는 장수가 이끄는 대로 왜군 범선으로 끌고 갔다. 조금 전과는 조금 달라진 태도였다. 선비가 부하들에 이끌려 범선으로 이동하자, 왜군 장수는 손에 든 호패를 다시 확인했다. 호패는 상아로 만들어져 있었고, 앞면과 뒷면에는 다음과 같이 쓰여 있었다.

'강항姜沆정묘丁卯 형조좌랑刑曹佐郎'

선비는 바로 당시 조선 조정에서 형조좌랑刑曹佐郎으로 있던 강항姜沆이었다. 형조좌랑은 형조刑曹에 둔 정6품正六品 관직으로서 정원은 3인인데, 그 가운데 1인은 문관文官으로 임명하였다. 강항은 바로 문관의 신분으로 임용된 자였다.

"형조좌랑? 형조좌랑… 강항이라… 흐음…."

조선시대 사람들이 차고 다니던 호패
오늘날 주민등록증과 같은 용도로 사용되었다.

왜군 장수는 뜻밖의 수확을 얻었다는 듯 얼굴에 만족하는 듯한 미소를 지으며 고개를 몇 번 끄덕이며 강항이 끌려가는 쪽으로 고개를 돌려 바라보았다. 그는 호패를 부하에게 주고 잘 보관하라 이르고는 몸을 돌려 본선으로 올랐다. 부하들이 깎듯이 예를 갖추고 뒤를 따랐다.

당시 조선 사람들은 호패법에 따라 16세 이상의 남성들은 누구나 호패를 차고 다녀야 했다. 1677년숙종 3년에 편찬된『호패사목號牌事目』에 따르면, 호패는 계급에 따라 만드는 재료가 달랐다. 2품 이상의 관리이면 상아로 만든 아패牙牌, 3품 이하이면 뿔로 만든 각패角牌, 생원이나 진사이면 황양목이라는 나무로 만든 황양목패黃楊木牌를 사용하도록 규정하고 있다.

호패에는 착용하고 있는 자의 신분이나 지위를 비롯하여 거주지 등 기본적인 인적 사항을 담고 있었으므로 오늘날의 주민등록증과 비슷한 성격을 띠고 있었다. 그러므로 적혀 있는 내용도 신분에 따라 차이가 났다. 2품 이상과 삼사三司의 관원인 경우에는 관청에서 해당자의 호패를 만들어 지급해

주었다. 그러나 대부분의 사람들은 관직이 없었기 때문에 각자가 자신의 호패에 기재할 사항인 성명, 출생 신분, 직역, 거주지, 얼굴 특징 등을 단자單子로 만들어 관청에 제출했다. 관청에서는 이들이 제출한 호패를 관청에서 가지고 있는 단자와 대조하여 확인한 후에 낙인 하여 지급했다. 노비일 경우에는 일반 백성들의 기록 사항 외에 나이, 키, 주인의 이름이 기록되었다.

강항1567~1618의 자는 태초太初, 호는 수은睡隱으로 세조에서 성종 연간의 명신 강희맹姜希孟의 5세손이다. 1588년에 진사가 되고 1593년 별시 문과에 급제하여 이듬해 승정원 소속 정7품 주서의 임시 관직인 가주서假注書로 임명되었다. 이후 1595년 교서관 박사, 그 다음 해에 정6품 공조좌랑이 되고 이어서 형소좌랑이 되었다.

1592년 왜군의 침입으로 시작된 임진왜란은 1597년에 접어들어 조선을 구원하기 위해 출병한 명明과 왜倭 사이에 휴전 협상이 진행되면서 잠시 소강상태에 접어들었다. 초반 휴전 협상이 왜군에게 유리하게 전개되자 상황을 낙관한 왜군은 병력의 일부는 철수시켰다. 전쟁에 지쳐있던 사람들은 이제 비로소 전쟁이 끝날 것이라는 희망에 부풀어 있었다.

휴전 협상으로 전쟁이 소강상태에 빠지자 조정에서도 상황을 낙관하는 분위기가 팽배해졌다. 강항은 잠시 휴가를 청했다. 그는 고향인 전라도 영광에 내려와 가문과 주변 고을을 돌며 고향의 전쟁 피해 상황 등을 아울러 조사하겠다는 명분을 내세웠다. 강화 협상이 진행되는 상황에서 마냥 기다릴 수는 없다고 판단한 것이다. 휴가를 받은 그는 식솔의 일부를 데리고 전라도 영광으로 내려왔다. 잠시 가문의 상황을 점검한 그는 지역의 관리들과 함께 여러 고을을 돌면서 전쟁으로 인한 피해 상황 등을 일일이 점검하면서 바쁜 나날을 보내고 있었다. 그런데 고향으로 내려온 지 얼마 되지 않아 지지부진하게 진행되던 휴전 협상은 결렬되고 말았다. 철수했던 왜군이 다시 침공해왔다. 이른바 정유재란丁酉再亂이 일어난 것이다.

임진왜란 5년 동안 초토화된 나라는 다시 전란 속으로 빠져들었다. 그동안 전쟁으로 지칠 대로 지친 백성들은 거의 자포자기 상태에 빠졌다. 이제는 피난할 마땅한 곳조차 없었다. 산속으로 도망갔다가 전쟁이 끝났다고 다시 돌아와 가재도구를 정리하며 내년 봄 농사를 준비하고 있던 백성들은 또다시 날벼락을 맞은 것이다. 사람들은 거리마다 삼삼오오 모여 전해지는 소식에 촉각을 곤두세우고 있었다.

강항은 휴가를 내 고향으로 내려와 전쟁 피해를 복구하기 위해 계획 수립에 골몰하다가 휴전 협상이 결렬되었다는 소식을 들었다. 곧이어 왜군이 전주성을 공격하기 위해 지리산을 넘고 있다는 소식이 들려왔다. 그는 곧장 몇몇 장정들을 모아 전라도의 분호조판서分戶曹判書 이광정李光庭을 찾아갔다. 그는 이광정의 종사관으로 임명되어 남원 일대에서 관군에게 군량미를 수송하는 임무를 맡았다.

파죽지세로 지리산을 넘은 왜군은 전주성으로 가는 길목에 위치한 남원성으로 몰려들었다. 5만이 훨씬 넘는 왜군이 남원성을 포위했다. 당시 남원성을 지키는 부대는 명나라 부총병 양원楊元이 지휘하는 명군 3천여 명과 조선군 1천여 명이 전부였다. 그야말로 중과부적의 상황이었다. 이틀을 그럭저럭 버티던 남원성이 사흘 만에 함락되면서 왜군의 수중에 떨어졌다. 지휘관인 명나라 부총병 양원은 성이 함락되기 직전에 부하들을 팽개치고 달아났다. 지휘관이 사라진 줄도 모르고 성 안에서 끝까지 싸우던 조선군과 명나라 원군은 전멸했다. 왜군은 늘 해왔던 대로 성 안의 백성들을 남김없이 잔인하게 살육했다. 1597년 8월 16일의 일이었다.

왜군이 머물던 순천 왜성을 공격하는 임진정왜기공도
이 전투를 끝으로 1598년 11월 19일 정유재란이 끝났다.

남원성이 저항도 제대로 못해보고 함락 당했다는 소문은 빠르게 퍼져나갔다. 고향인 영광 곳곳을 누비며 겨우 모은 군량미를 남원성으로 운송하던 강항은 도중에 소식을 듣고 망연자실했다. 그는 급하게 마차를 돌려 영광으로 내려왔다. 그리고 군량미 수송을 책임지고 있던 순찰사 종사관 김상준金尙寯과 함께 저잣거리를 돌면서 격문을 돌렸다.

왜군의 재침 소식에 불안해하던 농민 100여 명이 격문을 보고 모여들었다. 집안사람들을 포함해 모두 고향 사람들이었다. 강항은 마음이 급했다. 100여 명에 불과한 인원으로는 남원성을 함락시킨 후, 전라도 일대를 휘젓고 다니고 있는 왜군을 막아내기에는 역부족이라고 판단했다. 그는 급한 대로 고향 마을이라도 지키려고 100여 명을 군대식으로 의병군을 조직하고 체계를 갖추었다. 그러나 왜군의 기세가 워낙 막강한데다 불과 100여 명 밖에 되지 않는 숫자로 왜군을 맞선다는 것도 무리한 일이었다. 며칠이 지나자 모여들었던 의병군 대부분은 뿔뿔이 살길을 찾아 흩어지고 말았다.

무기력감에 빠진 강항은 마을로 돌아와 집안 어른들과 대책을 의논했다. 지리산으로 숨어들자는 의견과 바다로 나가 흑산도로 피신하자는 의견이 팽팽했다. 며칠을 두고 갑론을박 끝에 배를 구해 일단 바다로 피신하자는데 의견을 모았다. 의견이 모아지자 집안사람들은 피난 준비를 시작했다. 바다로 피신하겠다는 사람들은 어른과 아이들을 합쳐 자그마치 60여 명이나 되었다. 의견에 반대하는 사람들은 삼삼오오 모여 지리산 자락으로 피난길에 나섰다.

강항은 장정 몇 사람을 데리고 바닷가 포구를 돌며 집안 식솔들을 태울 수 있는 배를 물색하기 시작했다. 며칠을 수소문하던 끝에 제법 큰 배 2척을 마련할 수 있었다. 여러 척으로 나누어 타면 바다에서 배와 배 사이의 연락이 쉽지 않고 통제하기도 어렵다는 의견 때문에 2척으로 한정한 것이다. 그는 짐을 꾸리고 따라나설 준비를 하고 있던 집안사람들을 태우고 바다로 나섰다. 강항의 집안사람들이 배를 타고 바다로 나간다는 소식이 퍼지자, 고을 사람들이 다투어 다른 배를 타고 따라나섰다. 형조좌랑이라는 벼슬과 종사관으로서 의병을 모으고 군량미 수송을 맡았던 그를 따라다녔던 사람들은 그가 아무런 근거 없이 집안사람들을 이끌고 바다로 피난할 리가 없다는 믿음이 있었다. 그렇게 따라나선 배들이 십여 척이 되고 보니 마치 선단을 이룬 것 같이 보였다.

1597년 9월 15일. 강항이 인솔하는 배 2척은 전남 영광 논잠포論岑浦 : 지금의 영광군 염산면를 벗어나 바다로 나섰다. 막상 바다로 나왔지만 어디로 가야 할지 목적지를 잡아야 했다. 우선 당장 왜군으로부터의 위협에 벗어나기 위해 현장을 이탈했기 때문에 후속대책을 논의할 시간이 없었기 때문이었다. 강항 일행은 16일에 괴머리猫頭, 영광군 군남면 옥슬리에서 쉬었고, 9월 17일에는 비로초飛露草에서 지냈다. 이들 포구에는 강항 일행처럼 전란을 피해 배를 타고 피난을 나온 배들이 수백 척이나 몰려 있었다.

정확한 정보를 얻을 길이 없어 피란민들은 바다 위에서 우왕좌왕했다. 강항 일행이 배를 타고 바다로 피신한 다음날 9월 16일, 명량해전에서 왜 수군은 이순신이 이끄는 조선 수군에게 참패를 당했다. 133척이나 되는 배가 침몰하거나 크게 부서졌다. 수백 명의 왜 수군들이 명량 바다에 수장되면서 왜 수군은 심각한 타격을 입었다.

왜 수군은 전열을 재정비해 복수를 하기 위해 명량으로 다시 몰려들었다. 이순신은 이 같은 상황을 미리 예상하고 명량해전 직후 곧바로 조선 수군을 이끌고 서해상으로 빠져나왔다. 작전상 후퇴였다. 조선 수군은 왜 수군의 추격을 피해 영광 앞바다를 거쳐 군산 선유도 앞 바다까지 올라왔다.

강항 일가가 영광 앞바다에 배를 타고 어디로 피신해야 할지 우왕좌왕하고 있었던 날들은 명량해전의 참패에 치를 떨면서 왜 수군이 이순신이 이끄는 조선 수군에게 복수하기 위해 혈안이 되어있을 때였다. 육지에서는 가는 곳마다 왜군들이 살육과 노략질로 생지옥으로 만들고 있었다. 영광 앞바다를 통과해 군산 쪽으로 후퇴하던 이순신은 『난중일기亂中日記』에 당시 영광 지역의 상황을 다음과 같이 적었다.

> "영광 칠산도(七山島) 바다를 건너 저녁에 영광 법성포에 이르렀더니, 흉악한 적들이 육지로 들어와 마을과 창고를 불 질렀다."

왜 수군이 이순신이 지휘하는 조선 수군을 찾으러 온 바다를 뒤지고 다닐 때, 강항의 가족을 비롯한 영광 주민들이 탄 100여 척의 배는 영광 논잠포 앞바다에서 머물고 있었다.

명량해전 이틀 뒤인 9월 18일. 아침 일찍 배 안에서 작은 소동이 일어났다. 갑작스런 소식이 깜짝 놀란 강항이 갑판 위로 올라가니 사촌 형 협浹이 사람들과 반갑게 인사를 나누고 있었다. 그도 그럴 것이 이순신의 휘하에서 선전관으로 종사하던 그가 갑자기 강항의 일행 앞에 나타났으니 사람들이 놀란 것은 당연한 일이었다. 강항은 꿈인지 생시인지 모를 정도로 놀라고 또 반가워 사촌 형의 손을 잡고 반갑게 인사를 나누고 어른들이 계시는 갑판 안으로 그를 안내했다.

강협은 집안사람들에게 이순신이 다시 통제사가 되어 부임했고 명량해전에서 왜군을 크게 격파한 사실을 전했다. 그리고 "지금 명량해전에서 참패한 왜 수군이 전열을 재정비하여 왜적선 1천여 척으로 조선 수군을 추격하여 우수영으로 밀고 올라오고 있다. 통제사도 워낙 적의 수가 많아 작전상 후퇴를 하면서 서해바다를 타고 올라오는 중이다"라고 말했다. 자신은 명량해전에서 승리한 후 본대에 합류하지 못하고 서해로 올라가는 통제사를 만나기 위해 육로로 올라가다가 고향에 들렀는데 집안사람들의 피난 소식을 듣고 수소문하여 이렇게 찾아왔다는 것이었다.

강협으로부터 소식을 들은 사람들은 파직되었던 이순신이 다시 통제사가 되었다는 것을 알았다. 사람들은 환호했다. 그러나 한편으로는 대규모의 왜 수군 선단이 서해로 밀고 올라오고 있다는 소식에 불안감을 감추지 못했다. 강항은 이제 대충 전세가 어떻게 돌아가는지 알 수 있어 다행이라고 생각했다.

이틀 후 9월 20일에는 "왜선 천여 척이 이미 우수영을 장악했다. 이순신 수군통제사는 바다를 따라 서쪽으로 올라갔다"는 소문이 들려왔다. 사촌 형 협이 전해준 소식과 정확하게 일치했다.

강항은 집안 어른들을 다시 모아 의논을 했다. 어떤 이는 육지로 다시 올라가자고 했고 또 어떤 이는 처음 계획했던 대로 흑산도로 피하자고 했다. 쉽게 결론이 나지 않자, 강항은 사촌 형 홍洪·협浹과 따로 상의 끝에 "배 안에 있는 장정이 40여 명에 달하니 통제사에게 가서 조선 수군에 합류하여 왜군과 싸우자"고 결정했다. 강항은 배 안의 사람들을 모두 불러 모아 자신들이 결정한 내용을 전달했다. 갑론을박하던 사람들이 할 수 없이 모두 그 의견에 동의했다. 바다 한가운데서 할 수 있는 것은 아무것도 없다는 것을 잘 알기 때문이었다.

강항은 뱃사공을 불러 이 같은 결정을 말하고 배를 몰아 이순신의 조선 수군에 합류하기 위해 군산 앞바다 선유도로 북상할 것을 지시했다. 사촌 형 강홍과 강협은 부친이 탄 배로 건너가 뒤를 따르기로 했다. 뱃사공은 고개를 끄덕이며 말없이 물러갔다. 그러나 그의 얼굴에는 실망의 빛이 가득했다.

22일 아침이 되었다. 뱃머리에 나와 상황을 점검하던 강항이 깜짝 놀라 뱃사공을 찾았다. 뒤를 따라와야 할 부친과 사촌 형제들이 탄 배가 보이지 않았기 때문이었다. 그리고 자신의 배를 따라와야 할 주변의 다른 배들도 보이지 않았다. 망망대해에 배라고는 자신이 탄 배뿐이었다. 게다가 북쪽으로 올라가야 할 배가 반대 방향인 남쪽 신안으로 향하고 있었다. 강항은 망연자실했다. 어른들이 호통을 치며 영문을 따져 묻자 뱃사공은 마지못해 사연을 털어놓았다.

강항으로부터 지시를 받은 뱃사공은 후 고민에 빠졌다. 군산 선유도 방향으로 올라가게 되면 자기 가족들이 있는 어의도와는 더 멀어지게 된다. 뱃사공은 자신의 가족에 대한 안위가 걱정이 되어 견딜 수 없었다. 그에게도 자신의 가족은 중요했다. 21일 밤, 날이 어두워져 사방을 분간하기 힘들어지자 그는 아무도 몰래 뱃머리를 반대 방향인 신안 어의도로 돌렸다. 강항의 집안은 피란길에 오르면서 두 척의 배를 준비했었다. 부친은 뱃멀미 때문에 작은 아버지와 함께 큰 배에 모셨고, 강항 형제는 그 밖의 집안사람들과 함께 작은 배를 탔다. 그런데 사공이 방향을 바꾸려고 몰래 닻줄을 풀어버렸다. 이 바람에 강항이 탄 배는 부친이 탄 배와 떨어지고 말았다.

뱃사공으로부터 자초지종을 들은 강항은 대노했다. 즉시 뱃머리를 다시 돌려 원래의 위치로 돌아왔으나 부친이 탄 배를 찾을 수 없었다. 그곳에서 그는 부친이 탄 배가 영광 앞바다 염소鹽所 : 영광군 염산면 방향으로 향했다는 소문을 들었다. 그는 뱃사공을 다그치며 다시 배를 몰아 염소로 향했으나 역시 찾을 수 없었다. 배 안에서는 사람들이 안절부절 하지 못하고 있었다. 강항은 집안사람들의 불안감을 해소하기 위해 진땀을 흘렸다.

23일 아침, 강항 일행은 부친이 탄 배를 찾기 위해 논잠포로 향했다. 논잠포는 자신들이 최초로 배를 타고 출항했던 포구였다. 논잠포에 거의 다다랐을 무렵, 안갯속에서 무장한 왜 수군 함선 한 척이 불쑥 나타났다. 배 안에서는 혼비백산하여 아수라장이 되었다. 사람들은 어쩔 줄 몰라 하면서 좁은 배 안에서 이리 뛰고 저리 뛰었다. 어린아이들은 울부짖으며 부모의 손을 놓치지 않으려고 악을 썼다. 이미 왜군의 무자비한 만행을 직접 눈으로 보고 겪은 사람들에게 이 같은 상황은 통제가 불가능한 공황상태에 빠지고 말았다.

오즈성(大津城) 성주인 도도 다카토라(藤堂高虎)

왜군이 배에 올라오자 사람들은 다투어 모두 바다에 몸을 던졌다. 강항도 할 수 없이 바다에 뛰어들었다. 그러나 대부분의 사람들은 왜군이 던진 갈고리에 걸려 배 위로 끌어 올려졌다. 헤엄쳐 달아나려던 사람들은 얼마 가지 못해 왜군의 조총 조준사격에 모두 물속으로 가라앉았다. 바다로 피난을 결정하고 논잠포를 떠난 지 9일 만의 일이었다.

강항이 왜 수군에 붙잡힌 때는 명량해전1597년 9월 16일에서 왜 수군이 이순신이 이끄는 조선 수군에 참패당한 지 일주일이 지난 9월 23일이었다.

강항 일행을 사로잡은 왜군 장수는 노부시치로信七郎라는 자였다. 그는 원래 일본 오즈성大津城 성주인 도도 다카토라藤堂高虎의 부하였다. 다카토라가 정유재란에 참전하면서 일본 수군 총대장으로 임명되자 그를 따라 종군하게 되었다. 다카토라의 왜 수군이 명량해전에서 이순신의 조선 수군에게 참패를 당하자 재정비한 수군의 일부를 이끌고 조선 수군의 뒤를 추격하여 북상하다가 영광 논잠포 앞바다에서 강항의 일행을 사로잡게 되었다.

강항 일행은 왜 수군의 함선에 옮겨져 바다에서 기다리고 있던 왜 수군 본대에 합류했다. 그곳에서는 이미 많은 조선 사람들이 잡혀와 갑판 위에 옹기종기 모여 있었다. 보아하니 저들이 만든 기준에 의해 사람들을 분류해 놓은 것이 틀림없었다. 붙잡힌 사람들은 모두들 제대로 먹지 못했는지 몰골이 말이 아니었다. 조정의 관리에다 이미 유학자로서의 명성이 있었던 강항은 따로 분리되어 대우를 받았다. 그의 신분은 인정했는지 강항과 함께 잡혀온 식솔들은 한 데 모여 있게 되었다.

이튿날, 왜군들은 큰 배 여러 척으로 조선 사람들을 옮겨 실었다. 조선 사람들을 태운 배는 남쪽으로 방향을 잡았다. 강항은 비로소 자신들이 일본으로 끌려가는 포로의 신세가 되었음을 알았다. 다행히 강항 집안사람들은 모두 한배에 타고 있었다. 모두들 불안에 떨었지만 당장 죽지 않은 것만 해도 다행이라 여길 수밖에 없었다.

강항 일행이 탄 배가 다른 왜군 함선 사이로 서서히 빠져나가고 있었다. 배가 섬들을 빠져나오는 동안 주변에는 왜군에게 잡혀 끌려가는 배들이 많이 보였다. 배들이 스쳐 지나갈 때마다 사람들은 맞은편 배에서 들려오는 고함소리와 울음소리를 들어야 했다.

그때였다. 가까이에서 스쳐가는 맞은편 배에서 큰소리로 외치는 여자의 목소리가 들려왔다.

"혹시 영광 사람 없습니까? 영광 사람… 영… 광…"

두 손을 입에 모으고 외치는 여자의 목소리는 너무나 간절했다. 낯익은 목소리였다. 사람들이 모두 소리 나는 배 쪽으로 시선을 돌렸다.

"아니… 저… 저 목소리는…? 애생이… 애생이 애미 아닌가?"

뱃멀미 때문에 갑판에 누워있던 강항의 둘째 형수가 뭔가를 알아채고 벌떡 일어나 소리 나는 쪽으로 달려갔다. 애생愛生이는 강항의 첩실이 낳은 딸이었다. 넓은 바다에서 두 배가 교차하는 간발의 순간에도 귀에 익은 목소리를 알아들은 것이다.

"자네… 애생이 에미 아닌가? 날세…나야… 자네 무사하구먼…"

둘째 형수는 단번에 그녀를 알아봤다. 틀림없이 애생이 어미였다. 그녀는 뱃머리에서 금방이라도 바다로 떨어질 듯 위태로운 모습으로 손짓하고 소리를 지르며 목이 메어 말을 잇지 못했다. 여인네들이 달려들어 그녀의 허리춤을 잡아당겼다. 집안사람들이 일제히 한쪽으로 몰리는 바람에 배가 기우뚱거렸다. 사람들은 서로 손짓을 하면서 어쩔 줄 몰라 이리저리 분주하게 움직였다.

"아이고… 형님. 그 배에 타고 계셨구만이라… 아이고… 대감께서는… 어떻게 되신…"

그녀는 소매를 들어 흔들면서 눈물을 닦느라 말을 잇지 못했다. 그녀는 곧장 바다로 뛰어들어 이쪽으로 건너오려는 듯 몸을 던지자 왜군들이 사납게 그녀를 낚아채는 모습이 보였다. 그녀는 악을 쓰는 듯 허우적대다가 갑판 위로 나가떨어졌다. 이목구비가 또렷하게 보일 정도로 가까운 거리를 스치듯 지나가면서 순식간에 벌어진 일이었다.

"여기… 서방님은 괜찮네. 무사하시네. 자네… 몸조심해야 하네."

갑판 위에서 한바탕 소란이 벌어지는 사이에 한 사람이 급히 갑판 아래 선실로 뛰어갔다. 후다닥 뛰어든 사내가 큰소리로 강항에게 갑판 위에서 일어난 일을 알렸다. 누워서 곰곰이 궁리에 잠겨있던 강항이 자리에서 벌떡 일어났다. 그는 깜짝 놀라 사내를 따라 갑판 위로 후다닥 올라왔다. 그는 사람들 사이를 헤치고 뱃머리로 나섰다. 그녀가 탄 배는 벌써 저만치 사라져가고 있었다. 사람들이 일제히 배 후미로 옮겨갔다. 어렴풋이 그녀의 모습을 알아본 강항은 목이 메었다. 그는 손을 들어 흔들었다. 그녀가 왜군들 틈에 둘러싸여 악을 쓰는 모습이 보일 듯 말 듯 했다. 엄마의 목소리를 들은 애생은 "엄마, 엄마" 소리치며 발작을 하듯 울었다. 둘째 형수가 애생이를 품에 안고 흐느꼈다.

줄곧 말없이 지켜보고 있던 왜군들이 달려와 개머리판을 휘두르며 사람들을 갑판 안으로 밀어 넣었다. 잠시 후 그렇게 소동은 가라앉았다. 사람들은 분노와 무력감에 몸을 떨었다. 강항은 훗날『간양록看羊錄』에 당시 상황을 이렇게 적었다.

"왜선 한 척이 지나갔다. 맞은편 배 위에서 갑자기 한 여자가 '영광 사람, 영광 사람 없소' 소리쳤다. 둘째 형수님이 나가보니, 애생의 어미였다. 논잠포에서 서로 엇갈린 이후 소식을 몰라 벌써 죽었거니 생각했는데, 아직 안 죽고 살아 있다니 기적이었다. 그녀가 애달프게 외쳐 부르던 소리를 생각하니 아직도 가슴이 찢어지고 창자가 끊어진다. 애생의 어미가 몸부림치다가 실신했고 그대로 굶어 죽고 말았다는 소식을 그 후에 나는 들었다. 날마다 밤마다 울고불고 몸부림치는 그녀를 왜놈들은 그럴 때마다 사정없이 두들겨 팼으나, 두들겨 패는 것쯤으로는 말릴 수 없었다고 한다."

섬들 사이를 빠져나온 배는 곧 망망대해로 들어섰다. 마침내 육지가 보이지 않게 되자 사람들은 절망감에 빠져들었다. 강항 일행은 그렇게 며칠을 배 위에서 보냈다. 그늘이라고는 없는 망망대해의 배 위에 내리쬐는 늦가을 햇볕은 너무나 따가웠다. 게다가 시간이 흐를수록 서서히 허기가 몰려왔다. 대부분 배를 타 본 경험이 없었던 사람들에게 뱃멀미는 견딜 수 없는 고통 그 자체였다. 그렇게 며칠을 버티는 동안 더 토해낼 것도 없는 사람들은 갑판 위로 하나 둘 축 늘어지기 시작했다. 그러고 보니 며칠을 제대로 먹지 못했다. 이러다 굶어 죽을지도 모른다는 두려움이 몰려왔다. 아이들은 배고픔과 두려움에 울음을 그치지 않았다. 왜군들의 짜증은 날이 갈수록 심해졌다. 조금만 시끄러워도 발길질과 욕설이 따랐다.

며칠이 지나자 고통을 호소하는 사람들이 하나 둘 나타나기 시작했다. 제대로 먹지 못한 데다가 뱃멀미가 겹치니 어지간한 체력을 가진 젊은이들도 견디기 어려운 상황이었다. 식수도 없이 갈증을 참고 버티는 상황이 계속되자, 노인과 여인들 특히 어린아이들이 마침내 한계를 드러내기 시작했다.

그동안 잘 버티고 있던 강항의 어린 아들 용龍과 첩이 낳은 딸 애생이도 마침내 축 늘어졌다. 제대로 먹지 못한 데다가 밤낮의 기온차를 견디지 못하고 감기에 걸리고 만 것이다. 아이들의 이마를 짚으니 열이 펄펄 끓었다. 밤새도록 아이들의 기침소리와 가래 끓는 소리, 신음 소리를 듣는 것은 괴로움 그 자체였다.

상황을 알아챈 왜군 병사들이 다가오자, 강항은 할 수 없이 왜군 병사를 붙잡고 아이들을 좀 살려달라고 애원했다. 왜군들이 약을 줄 리가 만무했다. 왜군들은 귀찮다는 듯 조총의 개머리판으로 강항을 밀쳐냈다. 한 대 세게 얻어맞은 그가 속절없이 갑판에 나가떨어지자, 왜군들은 겁에 질려 울고 보채는 두 아이를 낚아채 갑판 위로 올라갔다. 그리고 잠시도 머뭇거림 없이 아이들을 바다에 던져버렸다. 순식간에 일어난 일이었다.

갑작스런 상황에 사람들이 놀라 비명을 지르며 달려들었지만 이미 늦었다. 강항이 비명을 지르며 아이들을 구하려고 바다로 몸을 날렸다. 그러나 멸 발자국 움직이지도 못하고 왜군이 휘두르는 개머판에 맞아 갑판 위에 나뒹굴고 말았다. 일그러진 그의 얼굴에서는 피가 흘렀다. 왜군들은 발길질에 배를 맞은 그가 배를 잡고 고통을 참는 모습을 보면서 낄낄거리며 웃었다. 그 사이에 바다에 던져져 허우적거리면서 아빠를 찾는 어린 남매의 처절한 모습은 점점 시야에서 멀어져 갔다. 아이들의 울음소리도 점점 가늘어져 갔다.

강항은 이때의 심정을 『간양록看羊錄』에 이렇게 적었다.

> "아들 용과 딸 애생의 죽음이 너무나 애달프다. '엄마야, 엄마야' 하고 부르던 소리가 아직도 귓전에 생생하다. 내 나이 30세에 비로소 얻은 아이이다. 이 아이를 가졌을 때, 부인이 어린 용이 물 위에 뜬 꿈을 꾸었다고 했다. 그래서 이름을 용(龍)이라 지었는데, 이 아이가 물에 빠져 죽으리라 누가 생각이나 했겠는가?"

이튿날, 강항의 어린 조카 가련이도 희생되었다. 8살에 불과한 어린아이가 물을 마시지 못해 갈증에 시달리다가 바닷물을 마시고 구토와 설사를 계속하고 있었다. 사람들이 왜군을 붙잡고 어린아이에게 마실 물이라도 좀 달라고 애걸했다. 왜군들은 이 말을 듣고 '너 같은 것을 위해 줄 물도 약도 없다.'고 하면서 가련이를 낚아채 바다에 던져버렸다. 사람들이 미처 말릴 틈도 없이 순식간에 일어난 일이었다.

바다에 던져진 조카 가련이가 허우적거리면서 자기 아버지를 애타게 부르는 소리가 바다 위에서 오래오래 끊이지 않았다. 피눈물을 흘리며 발악을 하던 강항은 왜군들에게 잡혀 꽁꽁 묶인 채 이를 지켜봐야 했다. 그는 훗날 "왜놈들이 나를 얼마나 단단히 묶었던지 단단히 얽어맨 오랏줄이 살 속을 파고 들어가 손등이 모두 갈라지고 터졌다"고 회상했다. 사람들은 이런 비극적인 상황에 절망하면서 오열했다. 바다는 이런 고통을 아는지 모르는지 말없이 고요했다.

강항은 이런 일련의 일을 기록하면서 다음과 같이 썼다.

"가련이는 둘째 형의 아들이다. 올해 여덟 살이다. 얼마나 목이 말랐던지 바닷물을 들이켰는데, 그 길로 병을 얻어 토하고 설사하고 야단법석이었다. 그런데 이놈들 하는 짓 좀 봐라! 아파서 앓는 아이를 빼앗아 사정없이 바다로 내던졌다.

'아버지! 엄마! 아버지! 아버지!'하면서 부르다 부르다 마침내 힘에 겨운 듯, 가련이의 그 울부짖는 소리마저 마침내 바닷속으로 사라졌다. 아비가 무슨 소용이 있나. 어미가 무슨 소용이 있나. 네 죽음을 멍하니 보고만 있는 아비는 아비가 아니더냐? 어미가 아니더냐?"

강항은 첩 애생이 어미의 애달픈 목소리, 아들 용과 딸 애생이의 죽음, 어린 조카 가련이를 죽이는데 어쩔 수 없이 지켜보아야 하는 형과 형수, 그리고 자신의 모습을 이렇게 글로 남겼다.

비록 그들뿐만이 아니었다. 왜군들은 울고 보채는 아이들을 강제로 부모에게서 빼앗아 바다로 던져버렸다. 단지 성가시고 귀찮다는 이유였다. 몇몇 사람들은 왜군에게 항의하다가 저 자신도 산 채로 꽁꽁 묶여 바다에 던져졌다. 그렇게 바다로 던져진 어른과 아이들이 살려달라고 울부짖는 소리가 오래도록 갑판 위에 메아리 되어 떠돌았다. 시간이 흐르면서 그렇게 많은 사람들이 어이없이 목숨을 잃었다. 그렇게 많은 식솔들이 왜군의 만행에 어이없는 죽임을 당한 것이다.

강항은 이런 피눈물 나는 상황을 겪으면서 견딜 수 없는 무력감과 절망감에 몸을 떨어야 했다. 인간으로서 도저히 감당할 수 없는 고통이었다. 그는 가족들을 지키지 못했다는 자책감을 견디지 못하고 스스로 바다에 뛰어들어 자살을 시도했다. 그러나 그마저도 쉽지 않았다. 왜군이 갈고리를 던

쓰시마 섬(對馬島)

져 건져 올리는 바람에 실패하고 말았다.

며칠을 더 항해한 끝에 강항과 집안사람들은 쓰시마 섬對馬島에 도착했다. 그곳에서 약간의 식량과 물을 공급받은 배는 다시 바다로 나섰다. 강항 일행은 이키섬壹岐島을 거쳐 주방주周防州, 이예주伊豫州를 거쳐 시코쿠四國 지방 이요伊豫의 오즈성大津城, 오늘날 에히메현 오즈시大洲市으로 끌려갔다. 강항 일행을 포로로 잡은 다카토라가 그의 영지領地인 오즈성으로 끌고 간 것이다.

강항은 이렇게 포로로 끌려가면서도 복수의 칼을 갈았다. 그는 당시의 심정을 중국의 고사에 빗대어 다음과 같이 썼다.

"8일 동안 먹지 않았다. 그런데도 오히려 숨이 붙어 있는 것이 한스럽다. 그러나 죽지 않은 것은 장차 내가 반드시 해야 할 일이 있기 때문일 것이다. 의미 없이 죽는 것은 부끄러움을 씻는 것이 되지 못한다. 예양(豫讓)은 비수를 갖고 다리 아래 엎드려 조맹(趙孟)에 대해 원수를 갚기로 기약했고, 철퇴를 들고 모래밭에 나타나서 장량(張良)의 분을 씻기로 맹세했다."

예양은 중국 전국시대의 진晉나라 지백智伯을 모시던 신하로서 지백을 죽인 조양자趙襄子에게 복수를 하려다 실패하여 자결한 의인義人이었다. 장량은 조국 한韓나라가 진秦에 멸망당하자 이를 복수하기 위해 박랑사博浪沙 모래밭에서 철퇴를 들고 시황제始皇帝를 습격하려 모의했으나 실패하였다.

강항은 왜군에 사로잡혀 일본 땅에 도착한 후에 구차하게 사느니 차라리 죽는 것이 나을지도 모른다는 생각을 했다. 그러나 그렇게 죽는 것은 의미 없는 죽음이기 때문에, 부끄럽지만 살아서 복수를 해야겠다고 생각을 바꾸게 된 것이다. 포로로 잡혀온 그가 살아남아야 하는 궁극적인 목적은, 오로지 일본에게 당한 수모를 후일에 갚겠다는 것이다. 이런 이유 때문에 그는 탈출의 기회를 엿보면서 일본의 정세를 탐문하고 수집했던 것이다. 그의 『적중문견록賊中聞見錄』은 이런 의도에서 집필되었다. 즉, 일본의 실상을 조선 조정에 있는 그대로 전달하려고 했던 것이다.

강항이 일본의 정보를 샅샅이 수집한 것은 그래서였다. 그는 많은 사람을 만나 교류하면서 조선에 도움이 될 수 있는 자료들을 모았다. 강항은 『적중견문록』 외에도 『적중봉소賊中封疏』 등의 글을 지었는데, 여기에는 일본의 정세와 지리, 외교, 정치, 제도, 문물, 기후, 문화, 동향 등이 상세히 정리되어 있다. 『적중봉소』는 비밀리에 조선 왕에게 보낸 상소문으로 모두 3차례 시도되어 그 가운데 1부가 조정에 전달되었다. 조선에 전달된 '〈임진 · 정유에 침략해 온 왜장의 수壬辰丁酉入寇諸將倭數〉'라는 글에서는 조선에 쳐들어온 장수들의 인적 사항, 가계, 관직, 성격을 자세히 기록하기도 했다. 이러한 강

강항이 포로 생활하던 오츠성

항의 글들은 이후 조선의 대일본 안보, 외교 전략 수립에 있어서 없어서는 안 될 중요한 자료가 되었다.

오츠성에 도착하자 조선인 포로들에 대한 심문이 시작되었다. 그런데 뜻밖의 상황이 일어났다. 각자가 가지고 있는 작은 기술이라도 귀하게 인정해 주는 일본인들의 태도에 사람들은 점차 불안감이 사라지기 시작한 것이다. 고향에서 왜군들의 잔혹한 행위를 실제 경험한 사람들로서는 전혀 예상하지 못한 일었다. 시간이 흐르면서 사람들은 불확실한 미래에 대해 점차 안도하기 시작했다.

심문하는 과정에서 영주인 도도 다카토라는 강항이 학문이 매우 깊은 선비임을 알았다. 그는 이미 포로로 잡아 이송하는 과정에서 그의 허리춤에서 떼어낸 호패를 통해 그의 신분을 알고 있었지만, 그의 학문의 깊이가 이토록 상당한 줄은 미처 상상을 하지 못하고 있었다. 다카토라는 부하들을 모아놓고 강항과 그의 일행에게 무례하게 굴지 말고 후대하라고 지시했다. 강

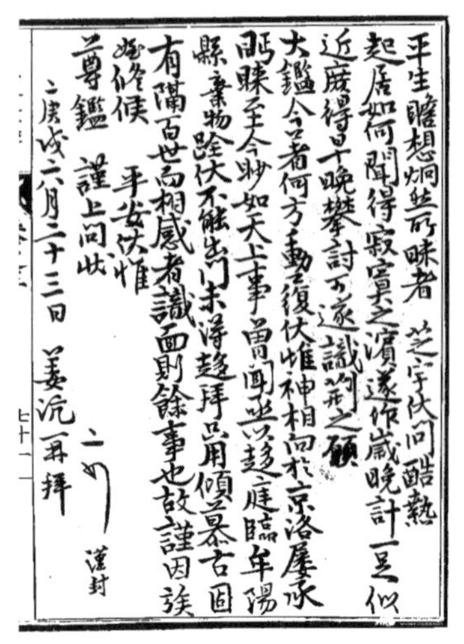

平生瞻想炯然所昧者 芝宇伏問酷熱
起居如何 聞得寂寞之濱 遂作歲晚計 一足似
近廢得日晚攀討下遂識荊之願
大鑑今之者何方動定復伏惟神相[illegible]於京洛屢承
睎睞至今眇如天上事 曾聞照以趍庭臨年陽
縣棄物蹤伏不能出門未得趍拜 且用傾慕古固
有隔百世而相感者識面則餘事也故謹因族
姪修候 手安伏惟
尊鑑 謹上問狀
庚戌六月二十三日 姜沆 再拜
謹封

강항이 선조에게 보낸 밀서

항은 오츠성의 성주 다카토라로부터 학자로서 대우를 받으며 10개월 동안 큰 간섭을 받지 않고 비교적 조용하게 생활했다. 그러나 연말이 되어 이국땅에서 동지冬至와 새해를 맞은 강항의 마음은 더욱 심란했다.

해가 바뀌어 무술년1598년이 되자마자 변고가 일어났다. 새해 벽두인 1월 5일, 끌려온 후로 계속 시름시름 앓던 조카딸 예원이 죽은 것이다. 포로로 잡혀오는 동안 배 위에서 무척 고생한데다가 이국땅에 온 지 얼마 되지도 않아 풍토병에 걸려 시름시름 앓더니 약도 한 첩 제대로 써보지도 못하고 아이를 잃게 된 것이다. 더욱이 나흘 뒤인 1월 9일에는 둘째 형의 아들 가희도 풍토병을 앓다가 숨졌다. 강항 형제의 여섯 자녀 중 세 명이 바다에 빠져 죽었고, 두 명은 일본 땅에서 죽은 것이다. 이제 남은 것은 자신의 작은 딸뿐이었다.

이때 그는 지난 시간들을 돌아보며 "이곳에 도착하여 끌려다니는 동안, 굶주림과 피곤함이 너무 심하여 열 걸음에 아홉 번은 넘어질 정도였고, 조카 둘도 연이어 병으로 죽었다. 가련하고 슬프지만 도리어 그들이 죽어서 아무것도 모르는 것이 부러울 따름이다"라고 기록할 정도로, 그가 겪은 상황은 너무나 처참했다. 그는 피를 토하는 심정으로 다음과 같은 시를 남겼다.

致汝無辜惟我罪 너에게 무슨 허물 있으랴, 모두가 내 죄이거늘

百年慙痛淚欄干 난간에 기대어 백 년을 울어도 못 풀 한이어라.

4월 27일, 강항은 어머니 제삿날을 차마 그저 넘길 수가 없어서 가진 물건을 팔아서 가족들과 함께 제수를 장만해 제사를 지냈다. 그런데 며칠 후 한 사람이 그를 찾아왔다. 그는 자신을 일본에 잡혀온 조선인이라 소개하고, 한양의 대발 거리에서 살았었다고 말했다. 그는 임진왜란이 터지고 한양이 점령되었던 1592년에 왜군에 잡혀와 당시 일본의 수도인 후시미伏見에 있다가 이예주伊豫州로 도망쳐 왔다고 하면서, 자신이 길 안내를 할 테니 함께 탈출하자고 말했다. 그는 일본 말을 유창하게 구사하고 지리에도 밝은 사람이었다. 강항은 너무나 기쁜 나머지 그를 붙잡고 감격의 눈물을 흘렸다.

1598년 5월 25일, 밤이 깊어지자 두 사람은 탈출을 감행했다. 조선으로 가기 위해서는 항구로 가서 배를 구해 가는 수밖에 없었다. 두 사람은 항구가 나올 때까지 쉬지 않고 서쪽 방향으로 뛰었다. 그렇게 사흘을 쉬지 않고 가다 보니 마침내 바다가 보였다. 우와지마宇和島라는 곳이었다. 두 사람은 바닷가 대밭 속에 숨어 잠시 휴식을 취했다.

잠시 후 대밭 숲 오솔길에서 인기척이 났다. 강항이 숨어서 보니 환갑을 갓 넘긴 듯한 일본인 승려倭僧였다. 강항은 잠시 고민하다가 숲에서 뛰쳐나와 그를 막아섰다. 승려는 깜짝 놀라 경계태세를 취했다. 강항과 함께 탈출한 사람이 유창한 일본 말로 그에게 자초지종을 말하고 조선으로 갈 수 있도록 도와줄 것을 간곡히 부탁했다. 사연을 들은 왜승은 흔쾌히 승낙했다. 포구로 가서 배를 탈 수 있도록 도와주겠다고 하면서 오던 길을 되돌아가며

따라오라고 손짓했다. 두 사람은 크게 안도하면서 연신 허리를 숙여 고마움을 표시했다. 왜승은 빙그레 웃으며 손사래를 치며 앞장섰다.

강항은 이 모두가 조상님들이 도와주신 은덕 때문이라 생각했다. 이제 포구로 가서 배를 구하기만 하면 된다. 강항은 피로도 잊은 채 왜승의 뒤를 바짝 따랐다. 소로를 벗어나 모퉁이를 돌아 폭이 넓은 길로 들어서자마자 강항은 깜짝 놀랐다. 그곳에는 왜군들이 그들을 기다리고 있었던 것이다. 그들은 바로 강항의 탈출 소식을 듣고 추격해온 다카토라의 병사들이었다. 강항은 그렇게 왜군에게 붙잡혀 다시 오츠성으로 끌려갔다. 탈출 시도는 그렇게 사흘 만에 실패로 끝나고 말았다.

오츠성으로 다시 끌려온 강항은 삼엄한 감시를 받으며 지내야 했다. 그러나 얼마 지나지 않아 왜승들이 그를 찾아오기 시작했다. 인근의 금산 출석사金山 出石寺에서 수련 중이던 중들었다. 강항의 학문적 명성이 인근에 널리 퍼지기 시작하면서 유학이 관심을 가진 사람들이 그와 교유交遊하기 위해 찾아오는 일이 잦아졌다. 상황이 이렇게 바뀌면서 강항도 비교적 자유롭게 보낼 수 있었다. 그는 이들과 필담으로 한시를 주고받기도 하고 더불어 학문을 논하며 시간을 보냈다.

1598년 6월, 도도 다카토라가 조선에서 돌아왔다. 조선에서의 전쟁 상황은 소강상태에 접어든 것이다. 8월 18일 도요토미 히데요시豊臣秀吉가 병사했다. 왜군은 이 사실을 극비에 부치고 본국으로 철수하기 시작했다. 정유재란이 거의 끝나가는 분위기가 되자, 다카토라는 강항 일가를 오사카大阪로 데려오라는 지시를 내렸다.

강항은 1598년 9월에 오사카大阪을 경유해 후시미伏見로 이송됐다. 후시미는 당시 일본의 수도였다. 강항은 후시미에서 성주城主 아까마스 히로미치赤

松廣道, 해운왕海運王 요시다 소안吉田素庵 등의 보호를 받으며 지냈다.

강항의 처지는 이때부터 조금 나아졌다. 그의 학문적 명성을 알게 된 일본의 명사들이 다투어 그와 교제하기 위해 찾아왔기 때문이다. 그 가운데 가장 대표적인 사람이 바로 후지와라 세이카藤原惺窩, 1561~1619였다. 그는 오늘날 일본 근세 유학의 시조로 불리는 인물이다.

> "나는 교토에 온 뒤로 왜국 실정을 알기 위해 왜승들과 교제했다. 그중에는 글도 알고 이치도 아는 자들이 없지 않았다. 의원 노릇도 하는 이안(意安), 리안(理安)도 가끔 나를 찾아왔다. 또 묘수원의 순수좌가 있었다. 그는 후지와라노 데이카(藤原定家)의 자손으로 다지마(但馬) 성주 아카마쓰 히로미치(赤松廣通)의 스승이다. 사뭇 총명하여 옛 글도 잘 알아 통달하지 않은 글이 없었다. 성격이 강직하여 왜인들 사이에 잘 끼지 않았다. 도쿠가와 이에야스가 그의 재주가 뛰어나다는 것을 듣고 교토에 집을 짓고 해마다 쌀 2천 석을 주고자 했다. 그러나 순수좌는 집도 쌀도 받지 않고 다만 기노시타 가쓰토시(木下勝俊, 오바마小浜 성주)나 아카마쓰 히로미치와 교유할 뿐이다."

여기에서 이안은 요시다 소준吉田宗恂, 리안은 그의 제자다. 후지와라는 일본 에도江戶 유학의 개척자로 평가받는 인물로, 도쿠가와 이에야스가 최종 승리를 거둔 뒤, 1600년 10월 그를 불러 『대학大學』을 강의하게 하자 승복僧服이 아닌 유학자의 복장을 입고 나타났다. 불교 수좌의 지위를 버리고 온전한 유학자로 다시 태어났던 것이다. 당시까지만 해도 일본에서 유학은 대부분 승려들이 공부했으며, 유학의 위치도 불교의 보조적인 학문에 머무르고

후지와라 세이카

있었다.

원래 후지와라는 적군의 공격으로 가족이 몰살당하자 숙부가 주지로 있는 교토 상국사相國寺로 피신해와 이곳에서 승려가 되었다. 그는 수도에 전념하여 마침내 순수좌舜首座의 자리에 올랐다. 순수좌는 사찰에서 주지 다음으로 높은 자리였다. 강항과 후지하라 세이카의 만남은 곧 일본이 성리학의 대가大家 강항을 만나 유학 융성의 계기를 맞는 순간이었다.

그와 교류했던 후지와라 세이카는 도쿠가와 이에야스의 명으로 대학을 강의하게 되는데 이전까지 일본의 유학은 당나라까지의 훈고학訓詁學의 영역에 그쳐 있었다가 강항을 통해 주자와 정자의 사서삼경 주해가 일본에 전해지게 되었고 이는 에도 막부에 성리학이 전해지는 계기가 되었다. 동시에 메이지유신의 사상적 기초가 되는 사람이기도 하다. 그가 강항에게 고백한 말은『간양록』에 그대로 수록되어 있다.

"안타까워라. 중국에서 태어나지 못했음이여! 또 왜 조선에서 태어나지 못하고 일본에서, 그것도 바로 이런 때 태어났을까요? 내가 신묘년(1591) 3월에 배를 타고 중국으로 가려 했더니 병에 걸려 돌아와야 했고, 병이 좀 나으면 조선으로 가려 했더니 연이어 전쟁이 터지는 바람에 나 같은 사람을 받아줄까 싶어 감히 바다를 건너가지 못했습니다. 귀국(조선)을 구경하지 못하는 것도 아마 운명인가 봅니다."

후지와라는 강항과 조선인 선비 포로들에게 은전을 주면서 경서經書를 써 달라 부탁했고, 조선의 의례복을 만들어 상례, 제례 의식도 익혔으며 공자묘도 세웠다. 강항은 후지와라에게 조선의 제도와 의례儀禮를 설명해 주었고, 사서오경四書五經 주석서에 일본식 훈訓을 다는 작업을 자문해 주었다. 다지마 성주 아카마쓰가 재정을 후원하고 후지와라가 편찬을 총괄하면서 강항이 큰 역할을 한 이 책이 일본 최초의 본격적인 성리학 교과서가 되었다. 후지와라의 제자 하야시 라잔林羅山은 스승의 추천으로 1607년 도쿠가와 이에야스의 시강侍講이 된 이후, 4대 쇼군 도쿠가와 이에쓰나에 이르기까지 막부의 시강으로 일했다. 하야시의 사숙私塾은 에도江戶 유학의 거점 구실을 했다. 후지와라가 죽은 후, 그의 제자 라잔이 쓴 스승의 행장에는 다음과 같이 기록되어 있다.

> "우리나라(일본)의 유학 박사는 옛날부터 한나라, 당나라의 주소(註疏)를 읽고 경전에 점을 찍고 일본어식 훈(訓)을 달았을 뿐이다. 그러면서 정주(程朱)의 서적에 이르면, 아직 십분의 일도 모르며 성리학을 아는 사람도 드물다. 이에 선생(후지와라 세이카)이 아카마쓰 씨에게 권유하고, 강항 등에게 사서오경을 정서하게 했다. 선생은 스스로 정주(程朱)의 뜻을 따랐는데, 이것이 훈점본이 되었으니 그 공이 매우 크다."

강항은 후시미성에서 일본 학자들에게 조선 성리학을 전하며 지냈다. 그러나 그는 수시로 인편을 통해 왜국의 사정을 조선 조정에 전하는 한편, 조선으로 돌아갈 기회만을 엿보고 있었다. 후지와라는 당시 일본 내에서 상당한 영향력을 행사하고 있던 큰 인물이었다. 이 때문에 훗날 강항이 석방되

교토 상국사(相國寺)

어 조선으로 돌아오는데 후지하라의 도움이 결정적으로 작용했다.

1600년 2월 6일, 도도 다카토라가 도쿠가와 이에야스德川家康의 부름을 받고 후시미성에 왔다. 강항은 일본어를 잘 아는 대구 출신 선비 김경행에 부탁해 정중하게 귀국을 요청하는 글을 다카토라에게 보냈다. 왜승 경안慶安도 다카토라에게 강항의 귀국을 거듭 부탁했다. 다카토라는 오랜 생각 끝에 강항의 귀국을 허락했다. 강항 일가는 그동안 모은 돈으로 배 한 척과 식량을 준비했다. 그리고 후지와라와 아까마스 히로미치赤松廣通를 만나 귀국 편의를 부탁했다. 히로미치는 통행증과 뱃길에 익숙한 사공을 알선해 주었다.

1600년 4월 2일, 마침내 강항 일가 등 38명은 후시미성을 떠나 귀국길에 올랐다. 이들은 대마도를 거쳐 5월 19일 식솔 10명과 다른 선비들, 뱃사공과 그 식솔 등 모두 38명과 함께 부산에 도착했다.

강항 일행이 부산에 도착했다는 보고가 조정에 전해지자, 선조는 즉시 강항을 불렀다. 일본의 사정을 알아보고자 한 것이다. 강항은 조정에서 선조가 자신을 부른다는 어명을 받고 한양 길에 올랐다. 6월 9일, 강항은 선조를 알현하고 일본의 사정을 알렸다1600년 6월 9일 자 선조실록 참조. 강항은 한양에 머물면서 승정원과 예조, 비변사 등의 자문에 응했고, 8월 1일에는 선조로부터 술과 말 한 필을 하사받았다.

9월 초, 마침내 강항은 선조가 친히 내린 말을 타고 고향인 영광군 불갑면 유봉마을에 돌아와 부친 강극검姜克儉에게 큰 절을 올렸다. 이듬해 1601년에 강항은 4도체찰사 이덕형 막하에서 『예부절왜서禮部絶倭書』를 썼다. 그가 왜국의 정세에 밝았기 때문이다. 1602년에는 대구 교수로 발령을 받았으나 부임했다가 곧바로 돌아왔다.

1607년선조 40년에 조선은 일본의 요구에 의해 회답쇄환사回答兼刷還使를 파견했다. 정사는 여우길呂祐吉, 부사는 경섬慶暹이었다. 귀국 후 여우길은 "왜인들이 강항이 지금 무슨 벼슬에 있느냐고 묻고, 충의와 절개가 대단하다고 칭송했다"고 조정에 보고했다. 이는 경섬의 『해사록海槎錄』에 전해진다.

1608년에 김장생金長生은 병조판서 이정구에게 강항의 천거를 부탁하는 편지를 보냈다. 당시 김장생은 북인들의 세도에 눌려 연산에 은둔해 있었고, 이정구는 서인이지만 소북파 영수인 유영경과 친하여 유영경이 영의정이 되자 병조판서를 하고 있었다. 김장생의 편지가 효과가 있었던지 강항은 순천교수에 제수되었다. 그러나 강항은 부임하지 않고 후학을 가르치는 데만 전념하였다.

강항은 귀국 후에 당시 사대부들로부터 시기와 경계의 대상이 되어 오랫

코토 후시미성(伏見城)

동안 시달려야 했다. 조선 중기의 문신 유계兪棨는 그의 저서 『간양록』을 읽고 강항에 대해 다음과 같이 평가했다.

"시대와 운명이 서로 마주 비딪고 세상인심 또한 몹시 어려운 시절이다. 다시 찾아낸 옥(玉)에서 흠만 찾으려 들고, 고운 살결에 흉터만을 꼬집어 내려 한다. 공(公) 같은 고결과 애끓는 심정을 세상에 널리 알려 이를 표창하여 주기는커녕, 도리어 깎아내리려고 매장하려 들었으니, 천하에 이런 일도 있단 말인가. 이건 너무도 심한 일이다."

강항은 왜국에서의 일을 모은 문집을 『건거록巾車錄』이라 했다. '건거巾車'란 본시 죄인이 타는 수레로서 강항이 자신을 스스로 죄인으로 자처한 것이

강항 선생을 배향하고 있는 내산서원(內山書院)

다. 그런데 그의 제자 윤순거尹舜擧가 소무蘇武의 고사를 인용하여 『간양록看羊錄』이라고 고쳐서 1658년에 발간했다. 홍문관 교리 유계兪棨, 1607~1664는 『간양록』 서문에서 이렇게 적었다.

"공(公) 같은 고절(高節)과 애끓는 심정을 세상에 널리 알려 이를 표창해 주기는커녕 도리어 깎아내리고 매장하여 들었으니 천하에 이런 일도 있단 말인가. 이건 너무도 심한 말이다. 그러나 다행한 일은 이 기록이 남아 있다는 사실이니, 공심(公心)을 가진 자가 이 글의 참뜻을 안다면 백 년도 못되어 시비의 논의는 결정되고 말 것이다."

강항은 1615년에 부친을 여의고, 3년 후인 1618년광해군 10년에 52세의 일기로 한 많은 생을 마감했다.

오늘날 강항에 대한 역사적 평가 작업은 한국에서보다는 일본에서 더 활발하게 진행되고 있다. 일본인들은 강항이 전수한 성리학의 진수는 일본 성리학의 깊이와 경지를 더욱 깊고 넓게 했다고 평가하고 있다. 일본 학문의 다양성과 자연현상에 대한 사유와 분석력은 후에 '난학蘭學'이라 불리는 서양 학문이 쉽게 일본에 뿌리내리도록 했다.

후자와라 세이카 등 일본 성리학자와 그 제자들은 서양 학문의 개념들을 동양적인 개념으로 바꾼 뒤 실용적 학문으로 발전시켰다. 이런 학문적 토양은 일본 근대화를 촉진하는 사상적 배경이 됐고 결국 일본은 근대화에 성공하게 됐다. 따라서 일본의 학자들은 일본 근대화 성공의 먼 뿌리를 강항에게서 찾고 있다.

강항은 일본 유교의 비조鼻祖가 되어 도쿠가와 이에야스 막부시대에 일본을 무武 중심 사회에서 문文 중심의 사회로 변화하게 한 학문의 원천이었다. 강항의 영향으로 일본 근대화를 꽃피우게 한 일본학자들이 자리할 수 있었다. 강항이 억류생활을 했던 일본 에히메현 오츠시 중심가 시민회관 앞에 1990년 '홍유강항현창비鴻儒姜沆顯彰碑'가 세워지고 일본인들이 강항을 기리고 있는 것은 이런 까닭이다.

강항의 고향인 전남 영광군과 일본 오츠시는 지난 2001년부터 교류를 갖고 있다. 오츠시 초등학교 사회 과목 부교재에는 '조선 선비 강항'에 관한 내용이 수록돼 있다. '강항 선생이 31살 때 포로로 오츠성에 압송되어 왔으며, 그때 유교를 가르쳐 일본 유교의 근본이 되었다'는 내용이다.

현재 오츠시에는 50여 명의 회원이 참가하고 있는 '강항姜沆 연구회'도 활동하고 있다. 이들 회원들의 활동 덕분에 강항이 일본에 처음 도착한 나카하마長浜 해안에서 오즈성까지 강항과 관련된 안내판이 자리하고 있고, 나무로 만든 안내판에는 강항이 쓴 한시漢詩도 새겨져 있다. 주민들은 강항과의 인연 때문에 오즈시가 일본 유교를 융성케 한 도시가 됐다는 사실을 매우 자랑스럽게 생각하고 있다. 그래서 강항의 높은 학문과 의로움을 기리는 한일 민간인들의 마음이 합해져 2019년 오즈시에서 '강항선생위령제姜沆先生慰靈祭'가 열리게 된 것이다.

오즈시 중심가에는 홍유 강항 현창비
현창비 옆의 안내문에는 (일본 주자학의 아버지, 유학자 강항)이라고 되어 있다.

강항의 존재는 일본 아사히朝日신문이 1980년 9월 1일 자 신문에 문화면에 "한·일을 이은 유자儒者 강항姜沆의 유적을 찾다"라는 제목의 기사를 보도하고, 이후 NHK에서 1989년 2월 23일 45분짜리 '유자儒者 강항과 일본'이라는 다큐멘터리를 방영하면서 일본에 널리 알려지게 됐다.

강항 선생이 돌아가신 지 어느덧 400여 년. 그가 전해준 학문을 시류에 잘 맞게 응용하여 오랜 시간을 공들여 강국으로 만들어 온 나라 일본. 그런 일본이라는 존재가 400여 년이 지난 지금 우리에게 어떤 모습으로 이웃하고 있는지 우리는 냉정하게 돌아봐야만 한다.

우리 모두가 또 다른 포로 강항의 모습이 되지 않기 위해서라도.

장원섭 교수의 자투리 한국사

우리 역사속 파란만장 이야기 1

초판 1쇄 발행 2022년 01월 10일

글쓴이 정원섭

펴낸이 김왕기
편집부 원선화, 김한솔
디자인 푸른영토 디자인실

펴낸곳 **푸른영토**
주소 경기도 고양시 일산동구 장항동 865 코오롱레이크폴리스1차 A동 908호
전화 (대표)031-925-2327, 070-7477-0386~9 · 팩스 | 031-925-2328
등록번호 제2005-24호(2005년 4월 15일)
홈페이지 www.blueterritory.com
전자우편 book@blueterritory.com

ISBN 979-11-92167-00-8 03810